———— 阅读之前 没有真相

午夜文库

怜悯恶魔

［日］西泽保彦 著
潘璐 译

新 星 出 版 社　NEW STAR PRESS

目录

1	无间咒缚
97	怜悯恶魔
187	艺术切割
241	称量死亡
281	后记

无间咒缚

当我们把小兔（即羽迫由起子）介绍给平塚总一郎刑警时，不是我吹牛，他的反应简直和我们预想的分毫不差。

"初次见面，你好，我是平塚。那个……你是匠先生的妹妹吧？"

"是的。"小兔摆出和蔼可亲的样子，向对方鞠躬致意。她心里肯定在默默吐槽，但是表面上丝毫不露端倪。"一直以来，我哥哥承蒙您关照了。"

"哪里哪里。我们有一件奇怪的案子，今天要麻烦两位了。"

"没事。反正我正好放暑假了。"

好吧，我得承认我很好奇平塚会如何理解小兔的话。暑假？什么暑假？是初中的暑假，还是小学的暑假？

"请这边走。"说着，平塚穿过厚重的木门，带领我和小兔进入一所宅院，沿着被修剪整齐的植物与园林柱灯包围的石子小路慢慢往前走。

"哇，平塚先生，你家好漂亮啊！"小兔瞪大眼睛，"天哪，走这么久才能到住的地方，都可以骑车了。"

"哈哈哈。大是大，骑车还是不行的。"

话虽如此，可是不夸张地说，我们走过的这条通道与其说是私宅里的小径，倒不如说更像是公共步行道。第一次见到平塚时，从他的举止穿着我就能感受出他教养不凡，但是没想到他竟然出身于当地的名门望族。

"这里现在是我母亲和兄长夫妇居住的地方，"平塚指着前方左侧的二层洋房说，"以前这里叫离馆，重新装修之后叫新馆了。"然后他又指指右侧,也许是我多心了,感觉他的语气有些沉重,"这是出事的地方……叫旧馆,现在无人使用,以前是主屋。"

那是一座木制平房,在宽阔的庭院的另一侧,与新馆之间由一条回廊相连接。虽然和新馆比起来,旧馆外观陈旧,但并不会给人阴森的感觉。据说这里就是灵异现象发生的地方,那它多少应该更像那种吓人的鬼屋才对,然而,在晚上九点,周围一片漆黑,这儿看上去就是一栋非常普通的日式房屋。

"嗯?你说什么?你刚才说兄长夫妇,平塚先生,你不是长子吗?"

"大家都这么认为,因为我叫总一郎。我故去的父亲叫迦一郎,本来他的确想给长子取名'一郎',但在祖父的坚持下,兄长取名为'德善'。道德的德,善良的善。据说祖父坚持要求孙辈的名字里必须有个'德'字,我父亲不得已,同意了。幸好后来生的第二个孩子也是男孩,父亲总算如愿以偿,给孩子取名为'总一郎'。"

"难道说你父亲是上门女婿?"

对于小兔略显莽撞的发问,平塚不但没有生气,反而好像觉得很好笑。

"你猜得没错。我祖父自己的名字里并没有'德'字,他对这个字到底有怎样的执念,我也不是很清楚。顺便说一句,我嫂子的名字里也有一个'德'字,道德的'德'。她叫德弥,'弥'是弥生的'弥'。不过她和我哥哥交往完全不是出于这个原因,他们是机缘巧合才在一起的。我哥哥结婚时,如果祖父还健在的话,他也许会很高兴吧。"

在平塚的带领下,我和小兔进入被称为旧馆的平房。这里的玄关像旅店一样宽敞，并排摆放二十双鞋也没问题。有些粗糙但不失设计感的脱鞋台颇有时代风情。走过木板铺设的小过道，立刻就进入到一个西式风格的餐厅。但这里的设备却复古到令人吃惊，冰箱门的把手都是那种立式短刀的样子，让人不禁猜测到底是从哪家古董店淘来的旧物。

一男两女坐在桌边的椅子上。确切地说，其中一名女性是坐在轮椅上。

我的目光不由自主地被这位坐轮椅的女性吸引过去。那松松盘起的日式发髻，精致的柳眉，秀挺的鼻梁，精雕细琢般的完美脸型，让她看起来宛如绝美的油画。看样子，这位五十出头的女性就是平塚的母亲了。如果不是之前就知道她的身份，光看那眼波流转的清澈双眸，大概会让人以为她是曾经活跃在荧屏上的女明星。她就是那么光彩夺目，令人赞叹。

"总一郎，这两位就是……"三十出头、仪表堂堂、戴着眼镜的男人站起来。他应该就是德善。

"我来介绍一下。这位是匠千晓先生，这位是他的妹妹，嗯……"

"我叫由起子。"兢兢业业扮演我妹妹的小兔说。

"这位是我哥哥德善，这是嫂子德弥。那位是我母亲巳羽子。"

与平塚的母亲相比，嫂子德弥的长相平淡无奇，但她同样具有让人无法忽视的特质。

"失礼了，原来这就是匠先生。我这话讲得可能不太合适，但真没想到你这么年轻。"

说话的是德善。而尽管待在他身后的德弥如同猫咪一般安静，她那仿佛能够看穿黑暗的眼睛却不禁让人产生一种奇妙的错觉，好像丈夫只是她通过腹语术操纵的木偶。

"哦，怎么说呢，我今年三月才刚从安槻大学毕业。"

"真的？今年三月的话……难道你是一九七〇年出生的？"

"嗯，是的。"

"我说总一郎，这真的没问题吗？这位先生在多惠和京子出事那一年才出生，你小子竟然说他也许可以解决困扰我们二十三年的谜团，你是认真的吗？"

德善说到一半突然闭上嘴，可能是因为发现身后的母亲和妻子都没有帮他撑腰的打算。

"对不起，我一着急就……也不知道是怎么回事……"德善笑了笑，敷衍地叹了口气。

先不管德善知不知道是怎么回事，反正我很清楚来这里是怎么回事。原因很简单：是漂撇学长，即边见祐辅，命令我来的。

时间退回到半天前，即今天早上，确切地说是一九九三年八月十七日，星期二上午九点。我和漂撇学长两个人在喝酒，地点是学生时代的老地方，也就是漂撇学长主要以喝酒聚会为目的、用低到近乎免费的价格租下的独栋破房子。我们俩从昨晚开始，喝酒闲扯了个通宵，后来终于都忍不住了，哈欠连连。而就在我们拉过坐垫准备躺下睡觉的时候，电话铃响了。

"谁啊？大清早的打电话……"学长抓起听筒，骂骂咧咧地说。然而下一秒，一脸不快的学长就笑开了花，因为打电话的是七濑小姐。

"啊，你好，你好，好久不见了。"漂撇学长的睡意一扫而空，兴高采烈地向对方问好。七濑小姐是安槻警署的一位刑警，和平塚是同事。在某次事件中我曾得到她的很多关照，而漂撇学长则热烈地爱上了像运动员一样潇洒帅气的七濑小姐。接到她打来的电话，学长当然兴奋得忘乎所以。"好的。什么？好好好，当然可以。我什么都可以。对对，现在吗？好好，当然可以。没问题。我这就去，你说去哪儿就去哪儿，只要你需要，我愿意上刀山下火海，哪怕让我飞到月亮上去都可以。好。好好好。哈哈哈哈。当然，就交给我好了。"学长周围的空气仿佛都变成了粉红色，但他说着说着，情绪又明显低落下去，我都担心他是不是突发心脏病了。看来是他的期待落空了。"是的。什么？哦。怎么会这样？哦，不是不是。哦，是这样啊……我、我明白了。总之，我这就去。"

漂撇学长像僵尸一样呆呆地挂上电话。"要去就快去啊。"我半开玩笑地嘲讽道，"怎么了，学长？一脸不高兴的。你不是要和七濑小姐约会吗？"

"她说她不来……"

"什么？"

"七濑小姐说她不来！"学长像撒气一样大吼大叫，"总之，她说，能不能让她的一个后辈来找我咨询一些私人问题，那个后辈的老家常年被不可思议的灵异事件困扰。他本人住在别处，所以倒还好，但是他的家人一直非常烦恼，不知如何是好。这个后辈问她有没有什么高明的解决方案，然后七濑小姐灵机一动想到了我，说这种怪事找边见就对了，他一定会不遗余力地帮忙解决。"

"学长，被七濑小姐委以重任，这不是很棒吗？"

"如果她也在场，那是很棒，我肯定高兴死了。管它什么灵异事件还是心脏手术，我都会全力以赴，干净利落地一举解决。嗯，绝不手软。"

"什么心脏手术？"

"不管这个了。总之，七濑小姐说她现在很忙，来不了。所以，那个后辈，姓什么来着？哦，那个姓平塚的待会儿要和我见面。唉唉唉……"学长长长地叹息一声，仿佛即将面对的不是七濑小姐的后辈，而是世界末日，"这个姓平塚的是个女生就好了。不，我是说，是个女生还好，但他叫总一郎，怎么想都是个男的……"

"平塚总一郎？咦？好像有点儿耳熟。嗯，安槻警署的刑警，姓平塚……平……哦，对了，就是那个平塚刑警！"

"怎么？匠仔，你认识他？"

"嗯，算是吧。前一段时间我身边发生了一起杀人碎尸案，我是第一发现人，所以受到平塚刑警的很多关照。哦，说是第一发现人，但我发现的不是尸体，而是当时正好和人约在疑似案发现场的地方——①"

"原来如此，那正好，匠仔，你现在去见见他吧。"

"啊？"

"我说让你去你就去。好了，赶快走吧，赶不上这班电车的话就来不及了。约定的地点是新厚木酒店一层的咖啡厅。我们以前去过那个酒店楼顶的啤酒花园，就是那里。"

"等、等等，七濑小姐是指名让你去的吧，我去算怎么回事啊？"

"我不是说了吗？七濑小姐来不了，来的只有那个后辈平塚刑警。你不是认识他吗？所以，他和你商量更方便，对不对？我说得有错吗？啊？有错吗？"

---

① 详情参见《解体诸因》。

"不、不是，这不是错不错的问题啊。"

"你要是有更合理的提议，尽管反驳我啊。你能反驳得了吗？反驳不了吧。肯定不行。好了，你加油吧。我得先睡一觉。晚安。"

我和漂撇学长认识多年，早就领教过他胡搅蛮缠的功力，根本没有讲道理的余地。没办法，我只好揉着惺忪的睡眼，离开了他的破房子。

我从安槻大学的后门进去，穿过校园，抄近道赶到位于大学正门的车站。

车很快就来了，通勤早高峰已过去一段时间，车里空荡荡的。虽然现在是暑假，但车里还能看到穿校服的初中生和高中生，也许是去参加补习班或者社团活动的。

我找了个座位坐下，不经意间把手伸进口袋，碰到一张折叠的信纸。那是几天前高千（即高濑千帆）寄给我的信。

同样从安槻大学毕业的高千去东京工作已经五个月了，她和我定期保持书信往来。通常我们只是简短地汇报近况，但这次她的来信比较长。她在信里详细记述了她从一个女同事那里听到的事，这位同事的哥哥去世了，而且围绕他的死亡存在许多谜团。高千说："有时间的话，能否请你帮忙想想这件事？"昨晚我本来想带着这封信找漂撇学长商量商量，但是一扯闲话就把这事抛到脑后了。随着电车咔嗒咔嗒的晃动，我又把信重读了一遍。

千晓

　　谢谢你前日的来信。我们远在两地，你竟然笔头如此勤快，实在出乎我的意料。这么说是不是有点儿失礼？不过怎么说呢，我真的感到很意外。

我基本上已经习惯在东京的生活了。遵照你的建议，面对老家那边的联系时我一直非常小心谨慎，请你放心。

和你预想的一样，父亲后援会的那帮人总是找各种借口来东京找我，有时候那些借口荒谬到让人目瞪口呆。不过到目前为止，我都巧妙地避开了他们。

但是这个世上诡计多端的人数不胜数，如果不是你事先警告过我，我可能早就掉进对方设下的陷阱了。我自认头脑聪慧，可我的对手是见多识广的老狐狸，比我厉害何止千万倍。我再次认识到这一点，并且提醒自己要牢牢记在心间。

现阶段我真的过得还不错，但是万一有一天，迫于重重压力，我没办法再对抗下去，只能选择继承父亲的衣钵的话，你来当我的秘书好不好？如果是你的话，一定能与政界那些魑魅魍魉斗争周旋到底吧。我就随便说说，别当真啊，只是开个玩笑而已。不过我真的不知道以后会发生什么事，因此绝不能掉以轻心。

现在的工作比我想象的有趣，每天都过得很充实。不过我打算不久之后休个假，回一趟安槻。八月下旬左右怎么样？等我决定了再告诉你。

请代我向小漂和小兔问好。

哦，对了、对了，我差点儿忘了正事。我有一个同期入社的同事，她叫鲇濑遥。她的老家在安槻，从海圣学园毕业后，她进入了东京的私立大学。她得知我是安槻大学毕业的前辈后，便和我比较亲近，有时我们会一起吃午饭。

鲇濑小姐有一个比她年长两岁的哥哥，叫洋司，去年去世了。据说是由于汽油泄漏而被烧死的，警方认定是意外事故。但是鲇濑小姐似乎怀疑哥哥是因为遭到恋人背叛，气愤之下自杀身亡的。现场没有发现遗书（也可能是烧没了）。另外，她哥哥的恋人和鲇濑小姐还是同学及好友，情况可谓非常复杂。她哥哥的恋人是演员，事故发生时正在国外工作，也就是说，两个人是远距离恋爱的关系。鲇濑小姐一定非常想找人倾诉，所以虽然我没有表现出特别的兴趣，她仍然主动把来龙去脉都讲了一遍。

据说她在整理哥哥遗物的时候，发现了一些难以理解的东西。他哥哥向消费信贷机构借了一大笔钱，但鲇濑小姐和她父母想来想去都不知道这笔钱用到哪儿了。她哥哥性格稳重踏实，在他位于东京的独居公寓里没有发现任何奢侈品，并且也没有他沉迷赌博或其他危险活动的迹象。所以，这些借款到底是怎么回事，鲇濑小姐百思不得其解。

关于这件事，我很想问问你的看法，所以我才详细写在信里。有时间的话，能否请你帮忙想想？

电车停下来。我叠好信放进口袋，在离新厚木酒店最近的车站下了车。酒店正门附近就有一个机场接驳巴士的停靠站，运气好的话，本月下旬高千回来休假就会在这里下车吧。看着车站，不知道为什么我有点儿难过。

"咦？这不是阿匠吗？"我来到约定的咖啡厅时，平塚已经到了。他看到我，似乎有些困惑。我解释说我是代替漂撇学长来的，平塚显得很高兴。"原来你和七濑介绍的人是朋友啊，真是无巧不成书。找七濑商量果然没错，如果是你的话，一定能帮我出谋划策。"

不不，先等等，你为什么对我抱有这么大的期待啊？你这样我会很伤脑筋的。我在心里这样抗议道。

"那个……我听说，你的家人因为家里发生灵异事件而感到苦恼，我也不知道自己能不能帮上忙，但我会努力……"

"没问题，你一定没问题，至少我非常放心。"

哎呀，你对我的信心是从哪儿来的啊？难道是因为上次我多管闲事插手了碎尸案的侦破吗？我心里非常忐忑。

"发生灵异事件的地方具体是在……"

"嗯，是我老家。在过去的主屋里，现在没人住，所谓的灵异事件就发生在主屋的客厅。那个应该叫什么来着？吵闹鬼作祟①？"

"主屋现在没人住？那应该不用太担心吧。如果实在不放心的话，可以找巫师驱魔，或者把房子拆了……"

"是啊，一般来说大家都会这样做。但是我母亲坚决反对拆除主屋。"

"你母亲反对？这又是为什么呢？"

"这个……嗯……"

我感觉到这不是三言两语能说明白的事，于是换了一个问题。

"灵异事件，具体指什么事？"

"简而言之就是在那栋无人居住的主屋里，物品在没人接触的情况下自行移动，甚至在天上飞舞。这就是吵闹鬼作祟吧？"

"不太好说，我对这方面研究很少。所谓吵闹鬼，就是发出怪声的幽灵吧？据说这种幽灵出现的时候总伴随着奇怪的沙沙声。"

"这样说起来，我家发生灵异事件的时候，好像也有怪声。"

"请问，主屋没人住的话，那么是谁发现灵异现象的呢？平塚先生，你没有亲身经历过吧？"

---

① 又称为"波尔代热斯现象"（Poltergeist），泛指物体莫名自发移动或发出声响的奇怪现象。

"我一次都没见过。不过这二十三年来,那栋主屋也并非完全禁止进入,只是严禁家人在里面过夜而已。"

"这又是为什么呢?"

"二十三年前的一个夜晚,有个女童死在了发生灵异事件的客厅里。"

平塚说的明明是在自己家发生的事,但是"女童"这种措辞又让人感觉好像很生分,这让我有点纳闷。然而,他接下来富有冲击力的一番话立刻把我心里微小的疑问吹得烟消云散。

"当时那间客厅是密室状态,而那个女童死于脑部外伤。据说从现场看,她就像是被由幽灵移动的物体砸死的一样,而事实上到现在都没有查明此案的真相。好像正因如此,我母亲才一直反对拆掉主屋平房。"

看来这次事件的走向越来越倾向于我不擅长的那个领域了。

"那么,也就是说,你的母亲是担心如果随随便便拆掉主屋,虽然不一定有怨灵作祟,但也有可能会发生不祥之事,对吧?"

"大概是吧。但是家里的其他人认为,正因如此,才更应该尽早拆除才对。每次就这个问题和母亲争论的时候她都会提出一个条件……"

"条件?"这个词让我感到很别扭。

"我母亲的条件是,让我们选择一个值得信赖的人,在主屋平房里住一宿。如果没有任何灵异事件发生的话,就可以拆除平房。"

"我懂了。所以,到目前为止,你们已经让好几个熟人去那里过了夜,然而每次……"

"是的,每次都会发生不可思议的事件。除了灵异现象,不知该如何解释。"

"那个……平塚先生,难道说这次叫漂撒,不,边见,也是想让他在那个平房里住一晚吗?"

"正是,但又不仅如此。我家里人都很着急,觉得这事该有个了断了。他们不单单想找个人住一晚看看有无灵异事件发生,更希望这个人能够从根本上解决问题。他们一直追问我,说你好歹是个刑警,就找不到这种人吗?我实在没办法,只好去找七濑商量。她本来介绍给我的是边见先生,结果你代替他来了,这就是缘分啊。阿匠,你可能认为我讲的都是无稽之谈,但是你能不能为我指点一二呢?"

"需要多了解一些具体情况,不然我也讲不出什么名堂。比如,二十三年前死去的那个女童到底是怎么回事……"

"关于这件事,实在抱歉,你要先接受调查委托,我才能向你说明。"一向温和的平塚先生突然变得极其严肃,让我吃了一惊。

他又说道:"老实说,我很想忘掉这件事。怎么样?要不要接受这项委托呢?当然,这次是我们家拜托你,会给相应的报酬的。"

"嗯……有一件事我想先确认一下。"我很犹豫要不要告诉他我害怕一个人在那个地方过夜,对神秘怪谈和超自然现象这一类东西也向来敬而远之,这也是没办法的事,"我必须独自一人在那里过夜吗?比如,能让你和我一起过夜吗?"

"不知为什么,我母亲不允许家里人在那里过夜。"

"也就是说,下达禁令不让家人在主屋过夜的是你母亲?"

"是的。所以不好意思,我不能陪你。啊,但是,如果你找个熟人陪你,十有八九是可以的。"

"也就是说,我可以带个同伴?"

"我觉得应该可以。我母亲只是禁止家里人在主屋住,如果她不同意你带同伴的话，我会去说服她的。"

"好吧，如果是这样的话，那我接受你的委托。"

"太好了。非常感谢。"

平塚说今天接下来还有工作，但晚上九点前应该可以收工，他希望我在九点左右直接去他老家。我记下了他老家的地址，然后平塚拿出一些东西递给我。我随意一看，大吃一惊，是我平时手头很少有的大额纸币。而且，有三张。

"这、这是什么意思？"

"阿匠，你说过你不开车，对吧？晚上九点地铁已经停运了，坐公交车也不方便，所以请打车过来吧。"

"不不不不，不用了。再怎么说，再怎么说，打、打车钱，这也太多了。"

"反正也要给你谢礼，等到那时再重新核算好了。这点薄礼，还请笑纳。那我们晚上儿点见，请多多关照。"

平塚如此说完便离开了。我茫然地坐了一会儿，等回过神来才发现，咖啡厅的小票当然也已经不见了。

惨、惨了……真伤脑筋啊，对于我这样的自由职业者，平塚还认真地计算报酬？他不会误以为我的本职工作是专业灵媒师吧？

总之，不能再待在这里了。无论如何也得拿出调查结果才行，不然也太丢人了。我得赶紧回漂撒学长家。我被充裕的金钱蒙蔽了双眼，一瞬间差点儿被打车的诱惑击败，最后硬是克制住自己，还是坐地铁回去了。

漂撒学长睡得正香，鼾声惊天动地。我朝他屁股飞踢一脚，一般来说我不会这么粗暴，可能是因为不习惯拿着大笔现金的缘故吧。金钱使我焦躁。幸好，睡得迷迷糊糊的学长并不知道我对他干了什么。我向他讲完事情的经过,请求他和我一起去平塚家过夜。然而,学长的态度十分冷淡。

"这种蠢事你自己去就好了,我才不陪你玩过家家呢!我困死了,再让我睡会儿。"

"我都说了,是晚上九点去他家,有足够的时间让你补充睡眠。"

"你不懂,这不是关键。别看我这样,我也是很忙的。"

"什么?你很忙?"这个男人昨晚和我一边灌酒一边天南海北地胡侃,现在倒说起这种话来了,"你到底在忙些什么啊?"

"喂喂,我啊,差不多也得赶紧从大学毕业了。所以我要凑够学分,写完毕业论文才行啊。我整天忙得昏天黑地。高千、小兔,都毕业了,对了,连你都比我先毕业了。托你们的福,我现在是孤家寡人喽。"

"我记得去年振臂高呼'大家要一起毕业啊!耶!'的就是学长你吧。"

"要不是每天都在和你鬼混,喝得烂醉,今年三月我也能顺利毕业了。"

"你还有脸说我!拜托你不要把过错都推到别人身上。"

"我实在走投无路了。要是再留级或休学的话,离开除学籍也就一步之遥了。我没有退路了,只能背水一战,无论如何都要在明年三月毕业。灵异事件也好,幽灵电车也罢,统统与我无关。如果被这些破事拖累,害得我毕不了业,你担得起这个责任吗?你担得起吗?你说啊!说啊!"

学长说得冠冕堂皇,可我知道他只是想找借口睡懒觉睡到天黑。眼看正面劝说无效,我又使出金钱战术。我拿出大额纸币在他面前晃了晃。"你看看这个。平塚先生说了,这只是交通费,如果调查有了结果，他还会再付更多报酬。你看怎么样？"

学长瞟了一眼纸币，丢下一句"无聊透顶"，又躺回坐垫上。

"我说匠仔，你不要小看我，我可不是会为金钱所动的那种人。绝对不是。金钱打动不了我，不过要是七濑小姐来求我的话……不，不是，总之我不是那种人。我啊，我说不是就不是……呼呼呼……"

学长说着说着便语无伦次起来，没一会儿工夫就又打起了呼噜。哎呀，这家伙明明就是见钱眼开的那种人嘛，看来他真是困到不行了。算了，算了，我认输。

那现在怎么办？我努力思考有没有其他可靠的人选，但脑子好像生锈了一样，完全转不动。于是我决定先回公寓补觉，毕竟从昨晚到现在都没合过眼。

这一天并没有其他安排，我本以为自己一沾枕头就能睡着，没想到脑内一隅的不安始终无法平息。我担心自己能否满足平塚的期待，辗转反侧，在浅眠中挣扎。

到下午三点，我觉得再躺下去只会更累。说起来，从昨晚到现在，我光灌了一肚子酒，一口饭都没吃过。我决定出门吃点东西。

我来到国道旁边的一个家庭餐厅，透过玻璃窗，看到一张熟悉的面孔。是小兔。她不是一个人，而是和两个陌生女生一起，三人围桌而坐。那两个女生没穿校服，但我猜她们八成是初中生，算上小兔，这三个人看起来就像"初中闺蜜三人组"。

小兔面前放着一本摊开的笔记本，她一边听那两个女生说话一边点头，并在本子上做记录。我十分好奇，透过玻璃窗窥探，也许是感到有人在看她，小兔转过头，对上了我的视线。她微微一笑，隔窗朝我挥手。那两个女生也向我这边看过来。

就像被三个人的视线吸引着一样，我不由自主走进店里，朝她们所在的座位走去。两个初中生像得到了什么暗示似的，不约而同地站起来，一起向小兔鞠躬道谢。"谢谢款待。我们先告辞了。"接着又朝我点头致意，然后就离开了。

我坐在她们刚才坐的座位上，与小兔相对。桌子上有两个装巧克力芭菲的空杯。我问："那两个孩子是干吗的？"

"我找她们帮忙做一下调查问卷。不是研究课题，只是个人兴趣而已。不过如果顺利的话，以后说不定也可以发展成一篇论文。"

今年三月，小兔从安槻大学心理学专业毕业，开始读研。如果告诉初次见面的人，这个梳着麻花辫、穿着短裤和深蓝色高筒袜的可爱女孩儿是研究生，一百个人里能有一个相信就算不错了。

"这样啊，是初中生心理调查之类的吗？"

"不限于初中生，我在做关于入睡仪式的研究。"

"入睡仪式？比如读高深的书籍或者听平和的音乐，还有睡前喝热牛奶之类的？"

"广义上来说，这些都包括在内。但是这种直接作用于身体、诱导睡眠的活动不是我想研究的，我所说的是字面意义上的'仪式'，偏重于心理或者精神层面的一套程序。这种行为本身并不具有催眠效果，但是如果不执行这套程序的话又无法安眠。比如有人睡前必须把第二天要穿的衣服一件件准备好，叠起来放在枕边，否则就睡不着。还有人明明知道家里门窗都关好了，上床前还是必须全部检查一遍才能放心入睡。"

"哦。但是……"

这时女服务员拿来湿巾和冰水，我犹豫片刻，点了一杯生啤。本来我还想点牛排，好久没大口吃肉了，但为了照顾小兔的喜好，最后我还是选择了什锦披萨和炸薯条。

"但是，这种事情一般比较认真的人都会做吧，纯粹只是一种习惯而已。我不是想挑刺，只是这些真能算得上仪式吗？"

"我说准备衣服和检查门窗这些只是举例啦。我认为，在某种意义上，入睡前进行的一系列活动与人类与生俱来的恐惧是息息相关的。"

"恐惧？什么恐惧？"

"因为人们无法预料自己熟睡时周围世界会发生什么变化。也许你会觉得我说得太夸张了，但是人们大多害怕外部世界的变化脱离自己的掌控，超出自己的认知，这种恐惧远远超出我们的想象。举个极端的例子，如果在你熟睡的时候有人来杀你，你会怎么办？所以我认为，虽然失眠的原因很复杂，但是归根结底，多少都与人们内心深藏的恐惧和不安有关。"

"所以，你所说的入睡仪式，就是为了平息恐惧、安心熟睡而进行的一系列活动。"

"正是如此。入睡仪式是一个大概念，其中包含多种多样个性化的形式和规律。这就是我现在研究的内容。"

"入睡仪式的具体形式当然是因人而异，但是真的存在很多不同的形式吗？"

"我对这项研究产生兴趣的契机是，上小学时我有个特别要好的朋友，她每天睡前必须写日记。前因后果我记不清了，总之，有一天我去她家玩，让她把日记本给我看。然后我才知道，那不是普通的日记，而是交换日记。"

"这不是很平常的事吗？"

"是吗？但如果她和交换日记的对象根本不认识，或者更极端地说，如果那个人根本就不存在，你还会觉得平常吗？"

"啊？有这种事？"

"我那个女生朋友交换日记的对象是她当时非常崇拜的一位女明星。每晚睡觉前，她都会把这一天干了什么、看到了什么、有什么感受，全都详细写下来。而且不是单纯地记录，而是以向那位女明星汇报的口吻进行记录。"

"汇报？她和那个明星见过面吗？"

"没见过，连那个明星的演唱会现场都没去过。她只是在电视上看到过那个明星，然后就疯狂地迷上了她。"

"那交换日记的回复部分怎么办呢？"

"当然是她假装女明星的口吻自己写的。'知道你今天过得很好，我好开心啊！''这种不好的事情千万不要放在心里哟！'等等，类似的回复写了好多。"

"所以，严格说来，这不叫交换日记，而应该叫'假想交友日志'吧？"

"对啊。假想交友日志，这个名字真妙。匠仔，我可以尝尝这个吗？"

"吃吧。其实这就是写给素未谋面的偶像的幻想日记，对吧？"

"她交换日记的对象好歹是现实中存在的人物。我在调查中发现，还有人和凭空想象出来的人物进行日记交换。"

"这我实在不能理解。"

"因为这种事和你扯不上关系。"小兔抓起薯条放进嘴里大嚼特嚼，"因为你总是喝酒，然后就醉醺醺地睡着了，完全不需要入睡仪式这种东西。"

"不，我不是这个意思。我是说，入睡前特意给幻想中的朋友写日记，可能有些效果吧，但具体来说这种行为到底是怎样起作用的呢？换言之，正如你刚才所说，入睡仪式是人类减轻与生俱来的恐惧和不安的手段，对吧？那么，想象自己和素未谋面的人，或者更极端的，和压根儿不存在的人交朋友，到底是怎样减轻恐惧的，还是说单纯因为这样做会让人快乐？"

"当然，让人快乐是不可忽视的要素，但我觉得一味强调这一点会让我们忽视本质。其他暂且不论，这种行为是一种仪式，这一点最为重要。仪式可以让人保持精神稳定，内心平静，可以把它看作一种形而上的活动。我好像越说越抽象了，不过我之所以故意说得抽象，是因为入睡仪式因人而异，形式繁多，不能只讲表象。而我做问卷调查的目的，就是想找出不同方式背后的规律具体是什么。"

"那么，从刚才那两个女生身上你发现什么规律了吗？她们还是初中生吧？小孩子也需要这种入睡仪式吗？"

"匠们，说句不好听的，你会抱有这种疑问，正是大人的妄想，认为小孩子不会有烦恼。其实你应该这么想，小孩子与大人不同，他们不懂得向外发泄烦恼的方法，因此，为了更好地入睡，他们很可能会想出一些大人根本想不到的手段。"

"原来如此。"

"那两个女生就读于一所公立初中，她们在上课的时候开小差，交换笔记本，上面写的都是与课程无关的幻想内容。后来被老师发现，批评了她们一顿。我有一个学长在那所学校任教，听他讲了这件事之后我很感兴趣，拜托他把她们介绍给我。今天我问了她们两个问题。第一，她们交换的笔记本上到底写了些什么内容；第二，她们有没有特殊的入睡仪式。"

"她们是怎么回答的？"

"我都有点佩服自己，居然精准锁定了两个完美的调查对象。

她们交换的笔记本上写的是前一天晚上睡前的幻想,类似于写给对方的报告吧。"

"所以这就是她们的入睡仪式,对吧?"

"和我以前的那个朋友一样,她们会在入睡前,把幻想的内容写在笔记本上,第二天上学的时候再交换。她们不断从对方的故事中吸收灵感,每天晚上自己写的故事篇幅越来越长,细节越来越多。"

"她们幻想的内容具体是什么?"

"学校里有一个她们特别讨厌的老师,应该是个男老师,当然她们没有告诉我这位老师的名字。她们在笔记本上写下了各种惩罚这个老师的方法,并且比赛谁的方法更损。从扔香蕉皮这样的小恶作剧开始,到往老师的鞋里放垃圾这种阴招,应有尽有。当然,她们并没有实行过,只是幻想而已。她们头天晚上各自写下对付老师的方法,第二天去学校交换。比如,一个人写我要把他的汽车轮胎全部扎破,另一个人写我要把他推进大海。久而久之,她们想出的招数在不断升级。她们云淡风轻地告诉我说,总有一天要把这个老师写死,即使是在幻想里。"

"云淡风轻地把老师写死?真够可以的。"

"她们非常清楚自己在干什么。她们说通过在幻想中折磨讨厌的老师,换取现实中精神的稳定,从而平息内心的怨恨。比起自己一个人进行幻想,和朋友一起幻想,效果更好。不能把幻想化为现实也没关系,这样就足够了。她们想得很明白。"

"而且,这样能睡得更好?"

"没错。听了她们的经历,也许有人会认为这是青春期特有的情感缺失危机,或道德感的沦丧。也许还有人会认为,通过想象与素未谋面的名人或虚构人物交流以达到精神平衡的做法,是一种宗教性沉迷的前兆。这些看法都有一定道理。但是，我认为正因为如此，这种行为才叫作仪式啊。"

"因为人生就是充满烦恼和不安啊。先不论方法本身的对错，必须进行净化心灵的仪式才能入睡这种事的确有可能发生。"

"不过你和漂撇学长就用不着这么麻烦，一瓶酒下肚，就什么都解决了。"

"也是。和你聊天的时候我突然想到，灵异事件能不能用心理学理论给出解释呢？"

"啊？什么意思？"

我简单讲述了我与平塚相识的经过，以及通过七濑介绍，他委托我调查灵异现象的事。

"就是这样，更详细的情况他之后会讲。反正到目前为止，据说已经有好几个人亲身体验了灵异现象，所以应该并不是喝醉酒或者做噩梦之类的原因。"

"匠仔，等等，你是认真的吗？你待会儿真的要去他家？你一个人在闹鬼的房子里过夜没问题吗？"不愧是多年的好友，小兔对我胆小的弱点一清二楚，不用我多说，她就指出了问题的关键。"连小学生都不怕的鬼故事都能把你吓得脸色苍白，抱头鼠窜，鞋都顾不上穿。"

"我也没办法啊。七濑小姐不去，漂撇学长一肚子怨气，不肯陪我。"

"现在把高千从东京叫回来也来不及了。好吧，我决定了，我陪你一起去吧。"

"什么？喂喂喂，这不行吧。带个男性朋友去还可以介绍说这是今天陪我过夜的同伴，突然把你带去，要怎么解释啊？"

"我愿意跟你赌一万日元，你不用做任何解释，那位平塚先生肯定会默认我是你妹妹的。"

"是、是吗?"我竟然如此轻易就接受了她的说法,"这么说好像也对。"

★

就是这样,我们的计划完美实现了。小兔决定在平塚全家面前把妹妹这个角色扮演到底。

"哥哥,没问题的。"平塚笑了笑,用略显随意的语气说,"这位匠先生是经常关照我的警署前辈介绍来的。我跟你打包票,他是个非常聪明的人,今天一定能把旧馆的问题彻底解决。"

你把我吹上天有什么好处啊?你的兄嫂、母亲把你的话当真了可怎么办?大家对我满怀希望,结果我却失败了,这样只会让他们加倍失望。而且这份压力我也承受不了。

"当然,如果真能一切顺利,也是我所期望的……"德善眼神飘忽,疑虑未消——这位的反应才是最正常的。

"那么,阿匠、由起子小姐,今晚就拜托两位了。我母亲和兄嫂要回房休息了,他们离开之前你们还有什么要问的吗?"

"那个……"我环顾餐厅,这里最初大概不是西式风格,是后来改装成这样的,"请问这栋平房是什么时候修建的?"

不经意间我对上了平塚母亲巳羽子的视线,心里一慌。太不可思议了,我简直像一个幼童,出生以来第一次见到母亲之外的成年女性,心脏怦怦乱跳。

若是在其他场合,我甚至可能把这种感觉称为爱情。巳羽子这个人,只是静静地待在那里,就足够让人心潮澎湃了。我不知道用魅惑来形容她是否得当。她的唇角浮现出一丝微笑，说不出是亲切还是嘲讽，但至少她的眼睛里毫无笑意。

"我不知道确切时间……这栋房子大概……"这是巳羽子第一次开口说话，她的嗓音略显沙哑，但吐字非常清晰，"是在我出生十年前建成的，也就是一九三〇年前后。"

"那么这个餐厅是什么时候改装成西式风格的呢？"

"是我结婚那年，一九五九年。"

"也就是说，夫人您是——"

小兔余光瞥到不擅长心算的我，插嘴道："您是十九岁结婚的？"

"是的。我高中一毕业就相亲结婚了，第二年德善就出生了。话说回来，由起子小姐你是匠先生的妹妹，对吧？请问你多大年纪了？"巳羽子反问小兔，并从轮椅上淘气地探出身子，这个动作几乎颠覆了她在我心中的神秘形象。

"啊？嗯……"小兔嗫嚅着。她不是被问住了，更可能是被巳羽子突然露出的戏谑笑容给迷昏了头。

"我、我年满二十了。"

"匠先生，"巳羽子突然娇媚地抬眼看向我，我不禁心神一震，"这个姑娘真的是你妹妹吗？"

"不、不是。"再继续说谎麻烦就大了。

"什么？这是怎么回事？"平塚大吃一惊，"由起子小姐不是你妹妹，那她是谁？"

"实在抱歉，她叫羽迫由起子，是和我同一届的，现在在安槻大学读硕士……"

"啊？啊？啊？硕士？你是研究生？你真的是研究生吗？"

"是的。果然，平塚先生也会为此吃惊啊。"小兔说完露出苦笑，挠挠头，"我生来一张娃娃脸，又是小学生身材，真对不起。"

"不、不，没事。先不说这个，你和阿匠是同届，也就是说，你们不是亲人，对吧？那你们还打算今晚一起在这里过夜？"

"对不起，是我死缠烂打拜托她的。"最后还是要丢脸地承认自己胆小啊，"一个人来这里体验灵异现象，这让我很不安。不，应该说……我很害怕。就是这样。"

"害怕？喂，我说你也不是小孩子了吧，让这种人今晚在这里过夜真的没问题吗？"德善也一脸震惊。

他的担心是合情合理的。把一个晚上都不敢独自上厕所，胆量不及三岁孩童的人送到发生灵异事件的地方过夜，就像让棒球菜鸟去参加职业联赛一样。不，可能还不如。

与德善的反应形成鲜明对照，小兔咯咯咯地笑弯了腰。明明她自己也是当事人，真不负责任。

"不过，夫人，您的眼光真厉害，一眼就看出我不是他妹妹。"

"那当然了。当哥哥的被委托这种工作，一般是不会特意带妹妹来的。"

"原来如此，的确是这么回事。但如果这个妹妹具有可以派上用场的特殊能力，就又另当别论了吧。"

"特殊能力？你有吗？"

"不不，我就是一个再平凡不过的普通人。哎呀呀，真是有辱您的法眼。"

平塚在一旁呆呆地看着小兔和母亲打趣。巳羽子忍不住讽刺儿子："总一郎，你心地善良没有错，但你是个刑警，却还不如我眼力好，这就不对了。"

"唉，母亲，您说得字字在理。"平塚也挠挠头，像在学小兔的样子，"我无话可说。"

"喂喂，总一郎，这不是笑话好不好！看看你找的大能人，不但怕黑，还带了个姑娘来，这像话吗……"

"哥哥，他会害怕，说明他是认真看待这件事的，而并非对灵异事件不屑一顾。另外，我说过匠先生是警署里的前辈介绍给我的，但是我找他来也不仅仅出于这个原因。最近市里发生的碎尸案，你知道吧？一个年轻男人被杀，尸体被装在六个箱子里，分别藏在不同地方。比他年长的情人被指认为凶手，最后跳楼自杀了。"

"哦，好像是发生过这样一件惨案……那又怎样？"

"这起案件搜查本部得出了错误的结论，部门解散后，正是这位匠先生最终识破了真相。"平塚得意扬扬地夸耀着，鼻子都快翘上天了，"看你一脸不相信的样子，这样吧，你可以去找我们警署的领导问问关于那起碎尸案的事。"

"由起子小姐，"巳羽子打断想要开口说话的德善，"你和匠先生是同届同学，那你们到底是什么关系呢？朋友，还是恋人？"

"恋人？怎么可能！"小兔哈哈大笑，像赶苍蝇一样用力拍打我的肩膀，"别看他这样，他还真有对象。他对象很恐怖的，能吓死人！要是惹她生气了，她就会化身为世界上最恐怖的女人……啊，对了！"

小兔猛地一拍手，像只真兔子一样蹦到巳羽子面前。巳羽子被吓了一跳，身体微微后仰，露出迷惑的表情。

"怎么了吗？"

"从刚才起我就一直觉得夫人好像有些眼熟，现在我终于明白了，您和他女朋友很像。"

"哎呀，是吗？"巳羽子饶有兴趣地冲我微笑，"我像匠先生的女朋友吗？这可真是没想到。"

"以后高千——啊，就是他女朋友高濑千帆，也一定能成为像您一般优雅的贵妇。对了，对了，我就说匠仔怎么从进屋起就一直热切地盯着您呢，原来是这样啊。"

的确，巳羽子独特的气质让我联想起高千。但我总觉得，巳羽子的眼神会让我如此心烦意乱，一定还有其他的原因。

"这真是我的荣幸。不过，为什么今天晚上她没有和匠先生一起来呢？"

"很遗憾，她人在东京工作，来不了，我是她的代理人。所以，我和匠仔过夜这件事，请您不用担心。如果他胆敢对我动手动脚，我就立即向他的恐怖女友告状，让高千用针扎死他。"

"我明白了。好吧，请两位这边走。"巳羽子轻抬下颌示意。德弥没有点头，只是沉默地推起轮椅往外走。说起来，自来到这里，我还一次都没听到德弥开口。

平塚和德善似乎不打算离开餐厅，只有小兔和我跟在巳羽子和德弥后面走了出去。出了餐厅，穿过狭窄的小过道，就来到了客厅。

进入客厅之前，我若无其事地看了看两边的情况。通往客厅的小过道左侧是连接新馆的回廊，右侧是另一条走廊。然而奇怪的是，这条走廊被一面墙堵住了，看起来很奇怪。这条走廊之前应该能通往其他房间，后来被封闭了。

"这里就是客厅。"

这间屋子有八叠[①]左右大，就整栋建筑的规模而言显得出人

---

① 一叠约为一点六二平方米。

意料的狭小。地板上铺着地毯，沙发、咖啡桌等客厅配套家具一应俱全。家具都是老物件，小巧玲珑，摆放紧凑，使得这里看上去就像一个用来玩过家家的房间。放在角落的电视机还是转动旋钮更换频道的那种，历史也很悠久了。

"请问，夫人——"

"匠先生，叫我巳羽子就好。我丈夫已经不在了，被称作夫人让我觉得很不自在。"

"巳羽子女士，难道说这间屋子还保持着二十三年前……的样子吗？"

巳羽子点点头。

"这间客厅和刚才的餐厅，都和那个时候一模一样。"

那个时候……难道是平塚所说的女童死亡的时候吗？

"这个冰箱也是老古董啊。"

"但是还很好用。"

巳羽子眼波流转，向我抛来一个仿佛别有深意的媚眼。这个举动不太符合巳羽子的身份，那种矫揉造作之感让我十分在意。

"冰箱里准备了一些食物，请随意享用。这里虽没人住，但每天都有人打扫，沙发靠垫也会定期晾晒，请不用担心卫生问题。"

"您也对之前来住的人说过同样的话吗？"我也不知道为什么，突然问出这个问题，大概是因为刚才巳羽子的那个眼神影响了我吧。

这时德弥已经推着巳羽子走到通往新馆的走廊了，巳羽子听到我的问话，转过头看着我。

"这是……什么意思？"

"我听说曾经有好几个人在这里留宿过，您也对他们说过同样的话吗？比如冰箱里的食物请随意享用这种话。"

"是的，当然说过。那么，接下来就拜托二位了。对了，有一件事，请务必遵守。"

此话一出，连一直嘻嘻哈哈的小兔都有些紧张起来。我们都被巳羽子的语气感染，不由得心里一沉。

"今晚到早晨，你们不用熬夜看守这里，如果感觉疲劳，随时都可以休息。但是，入睡前请务必留意门户安全。"我和小兔对视一眼。

"拜托了。只有这一点，请二位务必做到。"

"也就是说，还不能完全排除是外人入侵，跑来捣鬼的可能性……我可以这样理解吗？"

巳羽子与我视线相撞，一瞬间火光四射，我仿佛受到一记物理性重击。我怯怯地移开眼，余光看到巳羽子冲着餐厅方向嫣然一笑，是平塚过来了。

"总一郎，我一直在想，你的朋友里怪人真多啊。"接着巳羽子又转向我。门口小走廊上孤零零地摆着一个小柜子，上面放着一部白色的电话，她指着电话说："如果发生紧急情况，请用这部电话与新馆联系。但是这部电话无法拨打外线，也没有别的电话了，请二位将就一下吧。好了，那我们先告辞了……"

"母亲，我想再多待一会儿。"平塚说，"不过我不会在这里过夜的。我答应过匠先生，要给他们详细讲讲二十三年前多惠和京子的事情。"

"详细讲讲？有这个必要吗？"

"那件事说不定与现在发生的事有关。"

"你不要待得太晚。匠先生，由起子小姐，我们明天早上见。"

德弥推着轮椅，德善跟在后面，三个人经过回廊，朝新馆而去。

平塚打开客厅的拉门,我和小兔走上外面的檐廊,透过玻璃门可以眺望整个庭院。平塚指着檐廊的尽头说:"关门的时候,从这里把防雨门拉出来关紧,再从内侧插好木门闩,就可以了。"

对面的新馆灯火通明,可以清楚地看到巳羽子、德弥和德善正透过阳台的玻璃窗朝我们这边看。

平塚调皮地朝新馆方向挥挥手,但是那边的人毫无反应。"他们不会整晚监视这边的,请放心——"说着,他转身回到餐厅,"如果我在这里过夜就违反家规了,所以我尽量快一点说,两位放松听我讲就好。你们要喝点儿什么吗?"

我条件反射般地叫住了走向冰箱的平塚。"对不起,请等一下。"

"嗯?怎么了?"

我让正要伸手拉冰箱门的平塚退到一旁,打量了一下冰箱周围。

可能是看到平塚一头雾水的样子,小兔问我:"匠仔,怎么了?"但其实我也不知道自己打算干什么。

"也没什么……"我小心翼翼地握住冰箱门把手,咔嚓一声打开门。我听到不远处有另一个声音与冰箱开门声重合在一起,那声音很容易被开门的声音掩盖,稍不留神就会错过。

那种持续不断、像耳鸣般的嗡嗡轻响刚才是没有的。这难道是……

"阿匠,出什么事了吗?"

"没有……"我脑海中浮现出一个想法,不过我想等平塚讲完过去的事件的详情后再来验证这个想法的对错。

"平塚先生,你要喝点儿什么吗?这里有啤酒,还有好多饮料。"

"我和你们喝一样的就好了。我不能在这里多待。"

我拿出瓶装啤酒,小兔从食器架上取下三个杯子,我们三人在桌边坐下。

"好吧,看来二十三年前那件事我是非讲不可了。那是一九七〇年……"平塚突然闭上嘴,仰起头,好像有什么东西从天而降似的,"怎么说呢?这也算某种缘分吧。明明是我拜托你们今天来我家的,结果直到这一刻我才意识到这个巧合,之前完全没想到。当天也是八月十七日,二十三年前的八月十七日。"

"就是女童死亡那天?"

"对。确切地说,她死于十六日半夜,但她的尸体是十七日早上被发现的。当时我五岁,我哥哥十岁,上小学四年级。哥哥在放暑假,所以父母带着我们兄弟俩去大阪旅游了,我们是八月十六日早上出发的。"

"大阪?一九七〇年暑假的话,难道是去世博会了?"小兔一边熟练地倒着啤酒,一边歪着头问。

"没错,没错,你很懂嘛。那一年的三月,日本首次举办世博会,在大阪开幕。不过那时我才五岁,虽然去了现场,但说实话,我已经记不太清楚了。世博会给我留下印象最深的就是到处都人山人海,去哪儿都要排队。月亮石①是最热门的展品,我们也排队去看了,但我可能并没有特别留心。那个时候电影院里都不放普通电影了,而是总放一些和奥运会有关的纪录片,有时也会放世博会的宣传片,我和附近的孩子一起去看过。世博会上展

---

① 指在一九七〇年的大阪世博会上,美国馆展出的从月球上取回的岩石。

出的月亮石啊，还有自动浴缸之类的高科技设备，电影里全都有。后来想想，根本没必要累得半死跑到现场去看，看电影就足够了。"

"一九七〇年是昭和四十五年吧。那一年我们才出生，想象不出当时的情景。"

"'淀号'客机劫机事件[①]也发生在那一年。同年，三岛由纪夫切腹自杀。年号改为平成的那一天，有一位电视台的新闻主播回顾昭和时代，把这一时期称为'激动人心的时代'。确实，一九六四年到一九七〇年间，东海道新干线投入使用，东京奥林匹克运动会开幕，标志着日本进入高速发展期，可以说是昭和年代最为激动人心的几年。尤其是一九七〇年，更是高峰中的高峰，这一年里日本首次举办了世博会，并成功发射了第一颗国产人造卫星。对了，'淀号'事件也是日本历史上第一起劫机案，是吧？"

"由起子小姐，啊，不，羽迫小姐，还是你学识渊博。"平塚在称呼上踌躇了片刻，随即又轻松地笑起来，"总之，那年我们全家都去大阪旅行了，八月十六日早上出发的，我父母委托当时的住家仆人帮忙看家。"

"仆人？"

"她那时就住隔壁……"平塚神情一变，有些紧张地指着客厅对面的一扇拉门，"她叫上泉多惠，当年二十八岁，平常都是一个人住。"

平塚打开拉门，出现一条走廊，左侧是浴室和更衣室，右侧是卫生间。沿走廊往里走又有一扇拉门，打开第二扇门，是一个

[①]一九七〇年三月三十一日，九名日本赤军成员劫持了俗称"淀号"的日本航空三五一号客机。

类似储藏室的房间，地上铺着像竹席一样的东西。

"她就住在这个小屋里，白天在我家干活儿。外面的卫生间和浴室现在还能用，只是这间小屋不能住人了。"

夜风吹来，空气中弥漫着一股霉味。平塚关上拉门，插上门闩，返回餐厅。

"其实这栋平房里还有很多房间。请这边走。"

这次平塚走上小过道，指着通往新馆的回廊对面的走廊——就是中间被一面墙突兀地堵住的那条。

"墙壁另一侧原本是我父母的卧室和我们兄弟俩的书房。现在都拆了，变成了包月停车场。"

"拆掉了？这是什么时候的事？"

"我记得是一九七九年前后，我上初二的时候吧。那时，过去的离馆改建成为现在的新馆，于是我们全家都搬到那边去了。"

"一九七九年，也就是女童死亡事件发生九年后。事情已经过去那么久了，为什么不把这里的餐厅和客厅一起拆掉呢？是因为巳羽子女士反对吗？"

"不，其实是因为我父亲坚决反对。"

"你父亲？"

"不好意思。我东一榔头西一棒子地一直没讲到重点，现在我从头开始讲一遍。"平塚一口气喝干杯子里的啤酒，像在为自己鼓劲儿似的，"一九七〇年八月十六日，我们全家出发去大阪旅游。那天，多惠把她的独生女京子和母亲素奈从乡下老家接到这里。"

"接到这里？"

"用现在的话说，多惠是一个未婚妈妈，一直把女儿京子托付给在老家的母亲照料。那年京子五岁，和我同龄。虽然我没有去过她家,但据说她家在山里,以务农为生。因为从八月十六日开始,有一周时间我们全家都不在,多惠就趁这个机会把女儿和母亲接过来,打算一家三口悠闲自在地住几天。"

"这是多惠自己提出的要求吗?还是……"

"应该是我母亲提议的,她说多惠偶尔也需要和家人一起享受一下天伦之乐。我们出发时,多惠一家在玄关为我们送行,那时我母亲把京子叫到身边,悄悄递给她一个小口袋。"

"里面装的是零花钱吗?"

"应该是吧。这件事我记得很清楚,因为当时我和哥哥看到这一幕,也吵着要零花钱。然后母亲笑着说'等到了大阪就给你们零花钱',那时……"

说到这里,平塚突然呆呆地盯着虚空,眼神中流露出一丝不安。他这突如其来的表情变化让我以为是不是有人趁我们不备,偷偷溜进了餐厅,于是忍不住回头看。

小兔似乎也有同样的感觉,她快速回头,确认并没有外人之后又转头看向平塚。

"平塚先生,出什么事了吗?"

"不是……我只是想到,说不定这件事很重要。我母亲把小口袋给京子的时候,还在她耳边轻声说了几句话。我不知道其他人是否听到了,反正我听得很清楚。"

"巳羽子女士说了什么?"

"她说:'你不能进其他房间,但是电视可以尽情看,想看多长时间都可以。但如果看到太晚,可能会被妈妈骂,所以自己要多注意。'"

"电视?就是客厅里那台吗?"

"是的。我父亲对电视毫无兴趣,家里一直用着一台老旧的黑白电视机，直到那一年的前一年，才终于换成了最新款的彩电。然后我母亲就迷上了看电视，每天都坐在沙发上的同一个位置，一看就看到半夜，所有节目都播完了。有时她就直接在沙发上睡了。"

"哦，巳羽子女士原来是电视迷呀，真是出乎意料。"

"也许是因为当时她和我父亲之间的关系比较微妙的缘故吧。也不能说关系恶劣，似乎是母亲想要和父亲保持距离。但如果选择分房睡的话，夫妻之间的隔阂可能会越来越深。所以母亲才会养成每天晚上守在电视前，等父亲睡熟了才回卧室睡觉的习惯。"

平塚的语气没有明显变化，但也隐隐表达了对于父母关系的态度。

"得到我母亲的允许后，京子显得特别高兴。当时，上泉家不要说彩电，就连黑白电视都没有。所以对那个孩子来说，彩电就是最棒的玩具了吧。"

"请问……难道说，京子就是死在……"

随着讲述的深入，平塚的语气越发沉重，如同在沼泽中跋涉，每一步都比前一步更艰难，这让我不由得产生了不祥的联想。

"是的，她就死在电视机对面的沙发上。当然，那天我们全家都不在，这些情况都是后来听说的。八月十七日早上五点左右……"平塚用下巴示意了一下刚才带我们看过的仆人房，"素奈睡醒了。据她说，头天晚上，她和多惠，还有京子，三个人并排睡在地板上。京子想多看一会儿电视，但她妈妈说小孩子必须早睡，所以八点左右就让她回房间睡下了。"

"我是不太清楚孩子的作息，不过晚上八点是五岁儿童正常的睡觉时间吗？"

"我觉得没什么不对的啊。而且京子习惯了农家生活，应该有早睡早起的习惯吧。晚上八点睡觉，说不定已经比平时在老家时睡得晚了。"

"也对。那多惠和素奈随后也睡下了吗？"

"听说素奈先去睡了，她应该平常就习惯早睡。多惠总是忙着清理打扫，通常是我家最后一个就寝的，那天晚上应该也是如此。第二天早上，素奈比平时多睡了一会儿，五点左右才起床。隔着一床被子，多惠鼻息平稳，依然睡得很熟，但是紧挨着素奈的京子却不见踪影。其实素奈半夜醒过一次，她不知道具体是几点钟，但记得那时多惠已经睡了，而京子不在。当时她以为京子上厕所去了，并没有多想，很快又睡着了。"

"然而，早上醒来，京子还是不在……"

"对，所以素奈很担心，她先去卫生间查看，可是里面没有人。她又想，京子会不会是肚子饿了，一早去餐厅找吃的，于是又去餐厅找，但那里也没人。她觉得京子不会这么早就跑出去玩，但她还是检查了门窗，发现都关得好好的，没有有人出入过的迹象。"

"她没去现在已经拆掉的那几个房间查看吗？"

"那是后来的事了。素奈终于开始担心，京子是不是不听话，溜进我家里人的房间玩了。于是她又去我父母的卧室、我们兄弟的书房等几个房间找了一圈，可还是没找到京子。如果外孙女没有凭空消失的话，那么就只剩一个地方了，那就是当时的离馆。素奈沿着回廊走到一半，突然想起主屋还有一个房间忘了找。"

"就是客厅……对吧？"

"没错，素奈去了客厅。不过，正如你所见，坐在餐厅的这张桌子旁边，一眼就能看到客厅里面的情况。如果京子一早起来就去看电视的话，素奈不可能发现不了，而且肯定能听到电视的声音。"

"那当时电视开着吗?"

"据说没有。已经束手无策的素奈想到京子会不会在偷偷摸摸地看电视,没有打开声音。她走进客厅查看,发现沙发上盖着毛巾被,并且浮现出一个隆起的人形,看身材不是成人,而是小孩儿。不仅如此,还有一个座钟压在那个人形的头部……"

"座钟?"

"对,那个座钟现在还在。"

平塚站起来,走进客厅,指指装饰架。那上面放着一个白色与茶色相间、有大理石纹的座钟,材质结实,看起来就分量十足。

"素奈记得前一天上午,她和外孙女一起看电视的时候,那个座钟还放在架子上,她顿时觉得很可疑。你看,这里到这里……"平塚在装饰架和沙发之间比画着,"距离很远,有四五米吧。素奈想,座钟怎么会跑到沙发上去呢?会不会是外孙女搞的恶作剧呢?她又定睛一看,座钟压住的那部分毛巾被黑乎乎的,这是怎么回事?于是素奈掀起毛巾被,映入眼帘的却是京子惨不忍睹的尸体。脸部被砸烂了,几乎认不出原来的样貌。"

"就好像……就好像座钟自己飞过来,重重地砸在了京子的脸上一样。是这样吗?"

"正是如此。看到惨死的外孙女,素奈失声惨叫。可能是被母亲的叫声吵醒了,多惠睡眼蒙眬地走过来。'妈,你怎么了?大清早的乱叫什么?早饭做了吗?'多惠哈欠连天地抱怨,不紧不慢地走向客厅门口。素奈拼命朝她大吼。'别过来,多惠,你不要过来,不要看,千万不要看,你不能看啊……'然而……"

"然而,多惠还是看到了。"

"素奈说,每次回想起当时多惠疯狂的样子,她自己就也快疯了。据她说，多惠紧紧抱住京子的尸体，号啕大哭，嘴里不住嚷嚷着'醒醒呀，求求你醒醒呀'！但是京子一动不动，毫无反应。那时做母亲的不知有多么绝望。素奈来不及阻止，多惠已一脚踢向拉门，连隔雨的木门都一并踹碎了，跌倒在外面的庭院里。后来素奈把倒在地上不动弹的多惠送进医院，多惠却趁医生不备逃跑了，下落不明。几天后，人们在海边发现了多惠的尸体。"

"她……难道是自杀？"

"恐怕是的。京子突然惨死，多惠受不了这样的打击，所以就……"

"请问，这个不祥的座钟为什么还原封不动地摆在这里呢？"

"警察为了调查有无他杀的可能性，把这个座钟拿走检查了几天，后来又还回来了。当然，家里人也提过把这东西处理掉，但是我父亲不同意。"

"你父亲不同意？"

"就像我之前说过的，我当时才五岁，还认识不到此事的重要性。据我哥哥说，父亲坚持主张这个座钟是关键物证，绝不能扔掉，而且必须放在原来的位置。那时我家的很多亲戚朋友都住在附近，但无论他们如何劝说，我父亲一概听不进去。"

"嗯，你刚才提到他杀的可能性，还有物证什么的……那么，对于京子的死，当时警察得出的结论是什么？"

"警方确认了前一天座钟还放在和沙发有一定距离的装饰架上，因此排除了座钟意外掉落、事故致死的可能。然而，有外人潜入房间，用座钟把京子砸死的推测也不成立。因为主屋和离馆都没有发现任何外人进入的痕迹。"

"那么……嗯，难道说……"

"警方最后得出的结论是,不是事故的话,那么就只可能是发现尸体的素奈或母亲多惠,她们中一人干的。"

"不,你等一下,动机是什么?素奈是京子的外婆,多惠是京子的母亲,她们为什么要用如此残忍的手段杀害自己的至亲呢?"

"简单来说就是没有动机。警察说凶手就是发疯了……"

"发疯?也就是说,警察指认的凶手是……"

"是多惠。警察认为虽然周围的人都没有察觉,但其实她患有精神病。那天晚上,不知什么原因导致多惠精神错乱,用座钟把独生女砸死了……哎呀,听上去确实像胡乱猜测,但没人能推翻这一说法,因为警察找到了物证。"

"物证?是什么?"

"是指纹。多惠平时打扫卫生很仔细,每天都会把座钟和其他装饰品逐个擦干净。结果,座钟上只检测出多惠一个人的指纹,这成了指认她是凶手的决定性证据。"

"但是……"

"而且,多惠选择了自杀,这也成为认定她患有疾病,杀死女儿的旁证。这就是当年警察最后得出的结论。"

"但是你父亲迦一郎先生并不这么想,对吧?"小兔膝行着靠近平塚,探出身子,并用我闻所未闻的严肃语气提出质问,"你家亲戚苦口婆心地试图劝说你父亲,让他认为那个座钟是不祥之物,必须赶快扔掉,可他坚持认为座钟是重要的物证,绝不能扔。迦一郎先生的做法显然表明他不相信是多惠杀死了京子。"

"正是如此。"平塚的懊恼之情都包含在这短短一句话里。

"与过去的主屋相连的卧室和书房都被拆掉了,这间客厅和餐厅,以及仆人的房间却保留了下来。这也是出于同样的理由吗？"

"是的。我父亲……我父亲认为京子是被人恶意杀害的，而且他说凶手不是多惠……"平塚神情木然，我都忍不住担心他是不是没有心跳和呼吸了，"而是我母亲。"

"啊？"小兔惊叫一声。可能是察觉到自己声音太大，她急忙用手捂住嘴。

"他说你母亲……巳羽子女士是凶手？"

"就是因为这个，我母亲才会变成现在这样子。"

我意识到他所说的"现在这样子"指的是巳羽子坐轮椅的样子，心里有些不安。

"新馆，也就是过去的离馆，是一栋两层建筑。一楼有举行各种红白喜事的大厅、准备室和配餐室；二楼是父亲的书房和摆放古董的陈列室。有一天，那是……那是哪年来着？对，是我刚上小学那年，一九七二年。"

"也就是京子事件发生两年后，对吧？"

"是的。刚才我说过，我和哥哥的房间在这边主屋。过去的离馆对孩子来说没什么吸引力，除非有客人拜访，我们很少去那边。那天我为什么要去离馆来着？原因我已经记不清了。但我还记得穿过回廊的时候，就听到了父母激烈争吵的声音。"

"激烈争吵？"

"我不记得具体措辞了，反正当时父亲在斥责母亲……他说：'我知道，杀死京子的就是你！'"

"那巳羽子女士说了什么？"

"我母亲反驳说：'没人比你更清楚，不可能是我。'"

"这也是理所当然的。因为京子死的时候，巳羽子女士正和丈夫迦一郎先生，以及两个儿子德善先生和总一郎先生，一起在大阪旅游。"

小兔突然改称平塚先生为总一郎先生，若是一般情况，可以解释为她这么做是为了更好地区分开几个不同的"平塚先生"，但不知为什么，此时我却认为理由没这么单纯。应该说我确信不是这么单纯。小兔充满柔情又意味深长的声音和表情让我没法想得单纯。

"你说的一点没错。这一点我父亲也没法驳斥，但尽管如此，他还是对母亲不依不饶，并且越来越愤怒暴躁。然后，一声非同寻常的巨响把我吓到了，虽然我没有目睹，无法不负责任地下定论，但我认为父亲在冲动之下把母亲从楼梯上推了下去。等我跑到那里的时候，发现母亲躺在一楼走廊的地板上。"

小兔张开嘴，但最终什么都没说，也许是因为从平塚讲话的语气就能感受到这段经历给他留下的伤痛有多深。

"楼梯上的父亲呆呆地看着下面。母亲对吓傻的我说：'快叫救护车。'但是再怎么说我都还只是一年级的小学生，根本不知该如何是好，身体动都动不了，只能害怕地看着楼上的父亲。直到现在，有时我还会突然想到，那是一场噩梦吧？那不是现实中发生过的事吧？'总一郎！'那时母亲用从未有过的严厉口吻喊我的名字，我吓了一跳，低头看向她，母亲怒目而视，那大概是我这一生唯一一次看到母亲露出如此恐怖的表情。然后她说：'妈妈是自己摔下来的。妈妈下楼的时候不小心踩空了……'"

"总一郎先生，那你相信了吗？"

"当时根本谈不上什么信不信的，我连母亲说了什么都无法理解。在我傻站着的时候，父亲叫来了救护车。母亲腰椎骨骨折，是重伤，但她还是坚持对医生说自己是踏空了摔下来的。医学方面的事情我不太懂，我只知道母亲的伤通过手术完全治好了。然而不知为什么,自那之后,母亲走路时便有些困难。也不是完全不能行走,只是久而久之,就变成现在这个样子了。"

"迦一郎先生坚信是巳羽子女士杀死了京子,他有什么证据吗?对了,你说过多惠是未婚妈妈,难道……"

"是的,恐怕是这样的。"平塚摇摇头,但他显然不是在否认小兔委婉的猜测,"虽然事到如今也没办法确认真相了,但我认为京子是我父亲的亲生女儿,也就是和我有血缘关系的妹妹。我听过一些传闻,是我出生之前的事了。据说祖父母还健在的时候,我父亲身为上门女婿,在家里地位低下,就像从别人家借来的猫一样。后来,哥哥出生前后祖母和祖父相继去世,父亲渐渐显露出隐藏多时的暴君本质。有一天,他终于对仆人多惠下手,然后,京子就出生了……好几次我想问又不敢问,直到现在也没法再找父亲确认了。但是恐怕事情就是这个样子,若非如此,也无法解释为什么京子的死会让父亲对母亲产生如此强烈的怨恨。"

"一九七九年,也就是巳羽子女士被推下楼梯七年后,主屋另一侧的卧室和你们兄弟俩的房间被拆除了,对吧?"

"是的。当时大家都认为这栋平房会全部拆除。离馆改建成了新馆,全家都搬过去住,为了抹去惨案带来的悲伤记忆,平房应该全部拆除才对。但是父亲坚持保留悲剧发生的客厅、餐厅,以及仆人住的小房间。"

"迦一郎先生的理由是什么?"

"根本没有理由。他只是翻来覆去地念叨:'必须要保留,所以要保留。'那时我上初二了,身体开始发育,变得强壮,又正值叛逆期顶峰,经常顶撞父亲。我说:'你自找麻烦,故意做这种莫名其妙的事,不就是想刺激母亲,惹她生气吗?你适可而止吧!'"

"就像保留那个座钟一样,迦一郎先生是把成为事发现场的客厅,以及餐厅,都当成有可能解开京子之死谜团的重要证据了吧?"

"虽然没有确证,但恐怕就是这样,除此之外也想不出其他理由了。大概是事件发生后的第二年吧,借着庆祝全家乔迁新馆的机会,附近的亲戚又上门对父亲软磨硬泡。他们说保留主屋的一部分毫无意义,劝父亲全部拆除,再盖新房。我以为父亲依然会固执己见,没想到他竟然提出了一个条件。"

"他的条件是不是找一个人在主屋过夜,如果没有发生任何不可思议的现象,就可以彻底拆除主屋?"

"你真聪明。严格说来,他的条件还包括来的人不能住仆人房,必须在餐厅或客厅过夜才行。第一个接受挑战在这里过夜的,是我父亲的一个表弟,当时他还在上大学。他根本不信什么灵异事件,打算在客厅的沙发上舒舒服服睡一宿就完事了。然而……"

"真的发生灵异事件了?"

"算是吧。那天晚上,他坐在客厅的沙发上,喝着从冰箱里拿出的啤酒,迷迷糊糊中听到某种奇怪的声音。滋啦滋啦,嘎哩嘎哩,像有人在旁边磨牙似的。他说那声音特别难听。"

"这……就是所谓幽灵出没的声音吗?"

"是吧。然后突然间,'哐啷'一声,一个东西重重地落在他身边。他慌忙查看,发现是那个座钟,就躺在一旁,几乎紧贴着他的大腿。当然,这个座钟原本放在稍远处的架子上,他事先确认过这一点。结果座钟居然凭空飞过来,简直把他吓坏了。他怀疑有外人进来捣鬼,但是之前他再三确认过门窗都关好了。"

"难道迦一郎先生也像刚才巳羽子女士那样,事先特意叮嘱过他的表弟要关好门窗？"

"你可真是明察秋毫。事先父亲对他再三强调，门窗要务必关好，不要之后找茬说是外人的恶作剧，根本不是灵异事件。所以，他表弟把檐廊的防雨门和通往厨房的拉门都关得严严实实，门闩也都插好了，还确认过好几次。除他本人以外，没人进出过客厅，座钟却从架子上飞到他身边，这只能用灵异现象来解释了。父亲的表弟原本不相信任何超自然现象，这次是真的被吓到了。然而其他亲戚依旧很乐观，说他八成是喝醉了做噩梦什么的，换成其他人情况肯定就不一样了。可是根本不是这么回事，前来过夜的人，无论男女老少，都经历了同样的事情。"

"你父亲开出的条件一直没变过吗？就是叫人在这里过夜，没有发生灵异事件的话，就同意拆除主屋。"

"是的。起初亲戚们还不屑一顾，总有好事之人主动请缨来这里过夜。然而每次都发生同样的事，光是听到类似磨牙的怪声，接着座钟就会从架子上飞到沙发上。渐渐地，亲戚们开始相信恐怕真有恶灵作祟，都吓得不敢来了。"

"飞来的座钟万一真把人打伤或打死了怎么办？就算能证明有恶灵存在，也不能弥补啊。"

"有些人很谨慎，选择在餐厅而不是客厅过夜，因此即使发生同样的灵异事件，也不会造成实际伤亡。虽然每次座钟都是飞到沙发上，但是谁也说不准哪天会不会突然飞到别处去，所以大家都很害怕。有一段时间亲戚们好像偃旗息鼓，不想再管我们家的事了，但没过多久他们似乎又想起来了，又有很多人上门继续劝说父亲。每次父亲都是提出同样的条件：找人在这里住一晚，没事发生的话就立刻拆掉主屋。他们之间的斗争一直持续到父亲去世为止。"

"迦一郎先生是什么时候去世的?"

"是在我上高三的时候,也就是一九八三年。那一年,大韩航空的客机在库页岛海域被苏联军用机击落坠毁,在全世界引起一片哗然。这一年我家也发生了很多事。先是我参加高考,然后哥哥大学一毕业就和青梅竹马的德弥结婚了,不久之后我父亲因为中风去世。"

"原来德善先生和德弥女士是青梅竹马啊?"

"是的。他们从幼儿园到大学一直在一起。他们本来想过学生时代就结婚,后来觉得还是毕业后再结婚比较好,于是一毕业就举行了盛大的婚礼。之后不到半年,父亲就去世了。真是兵荒马乱的一年。不过说句不好听的,亲戚们倒是松了口气,总算可以拆掉主屋了。然而……"

"然而他们没想到,这次提出反对的是巳羽子女士,对吧?"

"没错。这件事实在莫名其妙,起初我母亲打算办完父亲的葬礼就马上拆除主屋,态度甚至比那些亲戚还积极。结果,她突然就……"

"她突然开始反对拆除主屋了。她的理由是什么呢?"

"我不知道。从那以后,无论别人怎么劝,母亲都坚决反对拆除主屋。"

"而且她还提出了和迦一郎先生同样的条件……"

"不,起初她根本没提条件,只是强调不能拆。"

"啊?她竟然没说'找人在这里过夜,无事发生的话就可以拆掉主屋'吗?"

"没有。她说不行就是不行,那顽固劲儿一点不输父亲。"

"但是你不是提到过,除了我和匠仔,还有其他人接受了你母亲的条件,在这里过夜吗?"

"事实上,直到最近母亲才终于让步。我想想,大概就是我大学毕业后,在警校进修完毕,刚当上刑警的那段时间。"

"也就是说,是迦一郎先生去世五六年之后的事?"

"差不多吧。啊,对了,应该是刚刚改号为平成的一九八九年。那时我哥哥极力劝说母亲拆除主屋,他比其他亲戚都积极,但母亲依然充耳不闻,固执己见。然而就在昭和天皇驾崩的新闻播出后不久,母亲好像突然心血来潮,改了主意。"

"她做出让步了?"

"是的,她提出了和父亲一模一样的条件。她说你们可以找一个值得信赖的人在这里住一晚,如果没有任何事情发生,就立刻拆除主屋。"

"所以你们找了好几个人来,可是都不行?"

"是啊,每次都发生同样的怪事。先听到类似磨牙的噪声,接着架子上的座钟会瞬间移动到沙发上。无论谁来都一样。从那时到现在差不多过去四年了,哥哥和母亲之间的斗争还在持续。"

"我想问一下,一九八三年到一九八九年之间,也就是巳羽子女士反对拆房,但没有提条件这段时间里,从来没人在这里过过夜吗?"

"据我所知,没有。不过白天应该有仆人来打扫,家人有时也会出入这里。"

"那么有灵异事件发生吗?"

"我想应该没有……不,等等,也有可能……如果哥哥来这里的时候碰巧目睹过什么怪事,他也不会告诉别人。"

"嗯,他大概觉得座钟突然自己飞过来这种事,不小心说漏嘴的话,只会让母亲更加激烈地反对拆除主屋吧。他的这份用心也不奇怪。从一九八三年到一九八九年期间,那台冰箱是什么状态？一直通着电吗？"

"不，应该没有。那几年间，冰箱除过霜之后就拔掉电源，再没用过。一九八九年之后，只有有人在这里过夜时才会接通电源，因为要把饮料放进冰箱招待客人。大概就是这样吧……"

平塚话音刚落，小兔就马上开口，好像掐准了时间点以避免沉默降临似的。"总一郎先生，你平时是不是不住这里？"

"对，我一个人住公寓。"

"一个人？你没结婚吗？"

"没有。不怕你笑话，我这个人吹毛求疵，所以不受欢迎。"

"是吗？我觉得你不太像个刑警，我是指好的意义上。你是个很棒的人。哎呀，真不好意思，被我这种要相貌没相貌，要身材没身材的女生这么评价，总一郎先生会很困扰吧？"

"不不不。刚才你说我母亲和阿匠的女朋友很像，对吧？我和阿匠不一样，我很不擅长与母亲那种有明星派头的女性相处。嗯，也许可以说我比较传统，我还是更喜欢可爱型的女性。"说这番话的时候，平塚的声音和表情都多了几分前所未有的兴奋。

"太好了！那么，人家是不是也可以期待一下自己有机会和总一郎先生交往呢？"

及时吐槽是我身为朋友的义务。"你自封为可爱型的女性，不脸红吗？"

"你闭嘴啦！哈哈哈。不过话说回来，我不是开玩笑，总一郎先生，你真的不太像刑警。你是为什么想成为警察的呀？"

"上小学时，我写过一篇关于未来理想的作文，说我想成为刑警，抓尽全世界的坏人。当然，那时我并没有深入思考过这个问题，只是受到电视剧的影响罢了。但是后来上高中时，我又在全家人面前宣布说我将来要当警察，而且说得很认真。结果，既然夸下海口，不当警察也不行了。我总觉得家里人会记住我说的话，如果我干了其他工作，家人就会笑话我说：'你当年讲得头头是道，其实都是胡扯吗？'那也太丢脸了。我当上警察，说不定只是因为意气用事吧。"

"哇！好棒呀！我越来越欣赏你了。"

"谢谢，我实在受之有愧。"平塚站起身，显得有些害羞，"时间不早了，我也该告辞了——"

"平塚先生，不好意思，我还有一个问题，不知当问不当问。"我拦住他，"巳羽子女士知道迦一郎先生和多惠的关系吗？"

"我觉得母亲不可能全然没有察觉。"

"丈夫对住家女仆下手，连孩子都生了，然后还要继续和这个女仆住在同一屋檐下，让她照顾自己的日常起居。巳羽子女士对此作何反应？"

"至少我没见母亲在公开场合发过火。嗯，也可能只是因为那时我还小，没有注意到。不过我觉得多惠和母亲的关系一直不错……啊，这么说起来……"

"她们之间发生过什么事吗？"

"多惠勤劳谦逊，不是喜欢抱怨工作和待遇的那种人。只有一次，她找我父母交涉，要求多付一些工钱。"

"多付工钱？就是要求涨工资吗？"

"她希望我父母给她一些津贴。她说她想找医生开药，需要钱。"

"开药？多惠是哪里不舒服吗？"

"据说她那时患上了严重的失眠症，需要医生开安眠药，所以才找我父母要钱的。但是我母亲强烈反对，还谆谆教导她说

'睡不着也不能依赖药物，长期吃药肯定对身体有害'之类的。父亲好像打算给她一些钱，但是母亲坚决不允许。因为这件事，有一段时间多惠对我母亲怀恨在心。她感到愤愤不平，觉得自己每天辛勤劳动，就想晚上能睡个好觉，可是夫人却完全不能理解。这好像是我刚出生不久时发生的事，我也都是听别人说的……啊，对了，我又想起一件事，我母亲丢过一条心爱的毛巾被。"

"毛巾被？"

"就是母亲在客厅躺着看电视时常用的那条毛巾被。不知怎么突然不见了，怎么找都找不到。"

"也就是说那条毛巾被可能被多惠藏起来，或者丢掉了？"

"当时我还年幼，记得不太清楚了，但我隐隐有一种感觉，因为安眠药一事而心生怨恨的多惠似乎想给母亲添点小麻烦什么的。但是安眠药事件发生在我出生后不久，也就是一九六五年或六六年。而母亲开始用那条毛巾被应该是在我家换了彩电以后，也就是一九六九年之后。若是多惠报复我母亲的话，时间也未免隔得太久了吧。也许在我不知情的情况下，多惠和母亲的冲突一直持续着，比如多惠三番五次找我母亲要钱开药，我母亲就是不给，诸如此类。她们之间肯定存在一些矛盾，但大多数时候关系还是挺好的。真的，这绝不是孩子的偏见。"

"那么，已羽子女士明明拥有非常确凿的不在场证明，为什么迦一郎先生还是强烈地怀疑她杀了京子呢？"

"父亲的所作所为有损男人的名誉，从这一角度考虑，他可能也后悔自己做出了这等丑事。先不管我母亲的想法，反正父亲主观认定母亲肯定会因此憎恨他。他怀疑被愤怒驱使的母亲说不定有一天会对多惠或京子，甚至对他自己下毒手。他偏执地认定母亲早就对京子虎视眈眈，打算在京子的真实身份公开之前将她除掉，然后，母亲真的动手了……当然，如果我父亲真的这样认为的话，那只能说他陷入了被害妄想。我母亲是正室，又有两个儿子，即使父亲承认京子是他的私生女，也不会给母亲带来任何损失。假如出现了户主继承权问题的纷争，母亲也不会处于不利的境地。所以京子的存在不值得我母亲冒险杀人，这个道理显而易见，不用多想就能明白。"

"所以，迦一郎先生到底为什么会忽视这个道理，一味地怀疑妻子呢？是启程去大阪之前，已羽子女士对京子的几句耳语引起了他的注意吗？"

"有可能……他也许觉得，母亲告诉京子可以尽情看电视，是想不着痕迹地把她引诱到客厅去。而且，也是母亲提议让多惠把京子和素奈从乡下接来的。我父亲可能觉得这其中一定有鬼，且终生都没有摆脱这一执念。好了，我真的该走了，告辞……"

平塚走出餐厅，这次没有再回头。

"那么，接下来就看我们的了。"

"匠仔，你想干什么？"

等平塚的身影消失在回廊另一侧之后，我站起身，轻手轻脚地走近冰箱，小兔跟在我身边。我竖起耳朵，凝神倾听，刚才那种耳鸣似的声音还在持续。

我贴着墙，窥视冰箱与墙壁之间的缝隙，发现死角里有个支棍似的东西，似乎延伸到更深处，像是有人故意设下的机关。如果打开冰箱门，根据杠杆原理，这根支棍就会开启某个开关。

"难道真如我想的那样？"

"你在看什么？"身边的小兔也试图察看缝隙里的情况，"我什么都看不见。"

我退到一边，让小兔来看，并从她头顶伸手指点。那根蛇腹状可伸缩支棍从冰箱门一角延伸至里侧墙壁，并从大概一人高的地方穿过去。

"这个东西大概连着墙壁那边。"

"和什么连在一起？"

我打开通往仆人房的拉门，发现与餐厅一墙之隔的是厕所，而且是西式风格的。看来也是后来为了配合餐厅风格而重新装修的。

我看向和支棍延伸方向高度差不多的位置，那里有一个储物用的顶柜。打开柜门，一个不倒翁形状的钟表赫然摆在里面。钟表的指针在移动，除了白色的短针和长针以外，还有一根红色的指针，正指在三点的刻度上。

"我说匠仔，你到底在干什么呀？"小兔努力挺直身子，向顶柜张望。她指着那个不倒翁形的钟表问："这是干什么的？"

"恐怕是个定时器。"

"啊？什么东西的定时器？"

"应该是缝隙里那根支棍的定时器。想象一下，支棍和这个钟表连在一起，冰箱门打开就会以特定角度推动支棍，打开开关，计时器开始倒计时。我想大概就是这样的设计。"

"倒计时？"小兔再次伸长脖子张望，"这个红针指示的就是设定好的时间吗？也就是凌晨三点？凌晨三点会发生什么？"

"还能发生什么？当然是灵异事件了。凌晨三点，我们应该能亲眼看到客厅里的座钟飞起来的样子。"

我和小兔从厕所出来，穿过餐厅，进入客厅。

"嗯……这东西能碰吗？"小兔抬抬下巴，示意了一下装饰架上的座钟。

"能吧。"我下意识地透过玻璃窗向新馆看去,此时那里灯光昏暗,不见人影,"他们也没说不能碰。"

小兔把座钟拿下来,小心翼翼地用双手捧着。"是发条式的。如果用定时器操控的话,它又是怎么飞起来的呢?会是这下面有什么弹射装置,一启动就能嗖地飞出去,像战斗机的弹出座椅一样吗?可是怎么能保证它准确地命中沙发呢?先不说距离问题,角度稍有偏差也不行了。"

"这个只有等实际见识过才能知道了。"

"那么,也就是说,如果不开关冰箱门的话,就不会发生灵异事件了?"

"应该是。平时冰箱不通电,只有找人来过夜的时候才接通电源。仆人事先会往冰箱里放些饮料,打开冰箱门的同时也激活了定时器。然后,当晚,冰箱门初次打开时,就启动了倒计时。这个机关应该就是这样设计的吧。而且之前主人会告诉客人冰箱里的食物饮料可以随意享用,这就是触发灵异事件的引子。我想,就算不能保证客人一定会吃喝冰箱里的食物饮料,但为了打发漫漫长夜的无聊时光,每个人都会打开冰箱看看吧。"

"所以,今晚发生灵异事件的时间已经被设定为凌晨三点了?"

"可能吧。不过不到那个时候,谁也说不准。"

"但是如果真像你说的那样,这不就是个骗小孩的把戏吗?"小兔把座钟放回原处,"迄今为止来过夜的所有人里竟然没有一个人察觉,这不是很奇怪吗?"

"因为大家都先入为主地认为普通百姓家不会安装这样的机关吧。或者,也可能是心理作用的缘故,因为之前就听说很多人在这里遭遇了灵异事件,自己也认为那就是灵异事件。其实,如果我没有得到暗示的话，可能也不会想到这一点。"

"暗示？什么暗示？"

"暗示就是巳羽子女士。"

"什么？"

"我总觉得她好像希望我发现这个机关……"

"啊？你说她希望你发现？"

"提到冰箱的时候，她明显别有用意。"

"什么意思啊？"

"我也说不清，也许是我想多了，但如果巳羽子女士知道灵异事件其实只是这个机关诱发的……"

"你等等，难道这个机关就是巳羽子女士布置的？二十三年前，她就是用这个东西把京子……"

"不……布置这个机关的恐怕是迦一郎先生。"

"啊？是总一郎先生的父亲？不是巳羽子女士吗？为、为什么？你为什么会这样想？"

"因为最早坚持保留一部分旧屋的是迦一郎先生……我知道你会说他这么做是因为他把这里当作可能揭开京子之死谜团的重要证据，但我认为，事实正相反。"

"正相反是什么意思？"

"我们假设迦一郎先生是想把这部分主屋当作证据保留下来，也就是说，他确信这里有某种机关，导致京子的死亡。如果是这样的话，他反对彻底拆除主屋是说不通的，不是吗？因为拆房子的话，施工人员肯定会仔细检查房子的边边角角，这样一来机关自然就暴露了呀。你说是不是？"

"这么说的话……也对。"

"而且平塚先生说过，迦一郎先生严禁移动这个座钟的位置。"

"因为他怕移动了位置,这个机关就不好用了,你是这个意思吗?"

"他为出过事的座钟设下这样的限制,这很不正常,所以我也想不出其他理由了。恐怕不仅是座钟,他还严禁家人移动客厅里的其他家具,尤其是那个沙发。"

"对啊,这是理所当然的啊。如果不这样,座钟就无法自行飞到沙发上吓唬人了。超自然现象什么的也就无从谈起了。"

"刚才平塚先生没有提这一点,可能是不小心忘记了。又或者他觉得保留部分主屋,其中也包含保留家具的位置,这是不言自明的。所以他自认为讲得很全面,没有漏掉任何细节。"

"等一下。所以说,迦一郎先生反对彻底拆除主屋,不是想留作证据,而是为了隐藏机关吗?"

"我的想法正相反。因为如果他想隐藏机关的话,赶快把主屋拆掉不就完事了吗?"

"等等,匠仔,你这不是自相矛盾吗?你不是刚说过拆掉主屋会暴露机关吗,怎么现在又说拆掉主屋可以隐藏机关呢?到底是哪种,你说清楚。"

"事实上,这个矛盾之处正好证明了布置机关,制造所谓灵异事件的人就是迦一郎先生。"

"怎么说?"

"你看,假如迦一郎先生希望暴露机关的话,他一定会对施工人员再三强调,如果发现任何在普通住房里不该出现的东西,无论多么微小,都必须向他汇报。在下达过命令的前提下把主屋彻底拆掉,也不会有问题。"

"嗯,然后呢?"

"假如相反,迦一郎先生希望隐藏机关的话,他就会告诉施工人员发现可疑之处也无须在意,只管拆掉房子就好。那么,施工人员直接把这里夷为平地就万事大吉了,对不对?"

"你到底在说些什么啊?不管是哪一种假设,最后的结论都是可以拆掉主屋吧?"

"没错。总之,如果设置机关的不是迦一郎先生,而是其他人的话,我想不出任何他反对拆除主屋的理由。"

"你完全把我绕晕了。"

"简而言之,设计这个机关的就是迦一郎先生。"

"那也就是说,二十三年前杀害京子的不是巳羽子女士,而是迦一郎先生……不,等等,匠仔,这不是很奇怪吗?如果迦一郎先生通过这个机关杀死了京子的话,那他之后应该为了销毁证据而把主屋拆掉才对啊,你说是不是?"

"没错。所以按照逻辑只能得出一个结论,设置机关的是迦一郎先生,然而杀死京子的却不是他。"

虽然我随口说了"按照逻辑"这种话,但我的推论到底是不是有理有据,严格按照逻辑来的呢?说实话,我有点心虚。因为我知道我是在对手头已有的信息进行了肆意的取舍筛选后,才把最初脑海中浮现的直觉变成现在的结论的。然而……

然而,尽管如此,我依然确信自己的直觉是正确的。我的根据是什么呢?就是巳羽子。她的那双眼睛大概对我施加了某种催眠术……她似乎拥有一种不可思议的神秘魔力,让我毫不犹疑地一路抵达真相所在……这可能只是我的妄想,但我却无法把这种妄想从头脑中抹除。

"如果杀死京子的不是迦一郎先生的话,那他设置这个机关是出于什么目的呢?"

"设置那个机关的目的就是为了让座钟飞到沙发上。二十三年前,几乎每晚都躺在沙发上看电视的人是谁呢?"

"是巳羽子女士……啊!"小兔慌忙用双手捂住嘴巴,朝新馆方向飞快地瞟了一眼,"匠仔,难道,难道迦一郎先生真正想杀的人是巳羽子女士吗?"

在这紧要关头及时阻止我的可能也是我的直觉。不当心的话就会掉入陷阱哦……自我防御本能及时发出了警报。也许巳羽子在有意无意地诱导我接近所谓的真相,那我不妨将计就计。但至于揭开真相的具体方法,我没道理一直被她牵着鼻子走。

"这个不好说,现在还无法断言。总之,我们等着瞧吧。定时器设定的时间是凌晨三点,我们看看那时会不会真的发生灵异事件。等看完这出好戏,我再把整个事件重新思考一遍。"

"嗯,也好。"刚要迈步的小兔又停下来,看了一眼座钟,"这个钟已经停了,从二十三年前发生悲剧那人以来就一直这样了吗?"

"可能吧。也许是坏了,也许只是没有上发条。"

"差五分十二点……这就是京子死亡的时间吗?"

"如果座钟是因为撞击到京子头部而停止的,那么这就是死亡时间了。"

"我觉得好怪异啊,如此重要的座钟凝固在了那一刻,而藏在那边顶柜里的定时器却还在一刻不停地走动。"

小兔把目光从座钟上移开,转身往餐厅走去,我跟在她身后。

"定时器设定的时间是凌晨三点。"小兔坐在桌边,瞥了一眼手表后立刻双手抱头,发出哀号,"天哪,还有三个多小时呢!怎么办啊!要是在漂撇学长张罗的喝酒大会上,三个小时一眨眼就过去了,可是坐在这里干等的话,可太无聊了。"

"如果你有信心不醉的话,我们可以把冰箱里的啤酒全喝光,你看怎么样?还有五瓶左右。"

"五瓶?才五瓶!不到一小时就喝完了。就算你自己一个人喝,也用不了多长时间。"

"对了,我带着高千的来信呢,你要看吗?"我从口袋里拿出信。

"好啊,不过人家可以读吗?"

"她在信上写了,说也可以给漂撒学长和小兔看。或者应该说她需要我们的看法,希望我们能帮她。"

"什么意思?她出什么事了吗?"

"和她本人无关,是她的一个叫鲇濑遥的女同事,认为哥哥的死有很多谜团。总之,你读读信吧。"

"好嘞,给我吧。哇,好厚一封信啊,高千每次来信都写这么长吗?你每次都把她的信当成宝贝似的随身带着吗?这种时候我是不是该嘲笑一下你们俩呢?"

"这次是特殊情况,她有事找我们商量。而且我也怕晚上太无聊,所以就把信带来了。"

"哦?是吗?暂且相信你一回好了。"

小兔展开信纸读起来。当然,最开始读到的是高千的生活近况。

"哎哟,她说多亏你的建议,她一切安好。我说匠仔啊,你还真是个好参谋。秘书?咦?你要给高千当秘书了?太好了,太好了,匠仔,快去给她当秘书吧。嗯,她要回安槻度假,时间未定?匠仔,你一定很想赶快见到她吧,真好啊,到时候你可以独占高千了。"她一边看一边嘟嘟囔囔,自言自语似的吐槽。然后,她终于看到正题了。

小遥的哥哥鲇濑洋司有一个比他小两岁的女朋友，叫飞鸣翼，人称翼公主。小兔和小漂听这个名字肯定马上知道是谁，千晓呢？嗯，我看他十有八九不知道，肯定会缠着你们给他解释。

"哦——"小兔像老花眼似的双手把信纸举得离自己很远，吃惊地眨眨眼，吹了一声不成调的口哨，说，"是那个翼公主吗？真没想到啊，那个翼公主竟然有一个日本的男朋友。"

"你认识她？"

"当然了。我说，作为安槻人，不知道她才奇怪呢。就算在所有安槻出身的名人里，她也算数一数二的。毫无演艺经验的她偶然在美国参加了一次试镜，成为某部著名电视剧的女二号，宛如灰姑娘般的传奇经历让她在当地家喻户晓。好像她的本名原本是用半假名写的，后来在海外成名后就改用片假名写了。"

"你知道的可真多啊。"

"你不知道才让人意外呢！我可真佩服你，一直是老样子，对社会上的事一概不知。虽说你家没电视，但后来她出了大事的新闻，你总该有所耳闻吧？"

"大事？你是指这位翼小姐在洛杉矶出车祸去世的事吗？"

"对对对，你这不是知道嘛。哦对，高千肯定在信里写了。嗯，所以她想知道这起事故和鲇濑洋司的死是否有关系，对不对？啊，别别别，你不要告诉我。等我好好看完信再说。"准备继续看信的小兔又抬起头来，"话说匠仔，高千一直叫你千晓吗？"

"就在写信的时候这么叫。"

"哎呀呀，你们两个人，在人前装得客客气气的，私底下这么亲密,叫我该说什么好呢。"

我不禁苦笑出声。小兔没有放过我,追问说:"怎么了?快说到底怎么了。看你这副表情,显然有事瞒着人家。"

"没有,没有,你误会了,我只是感叹高千真是敏锐。至于是怎么回事,你读到最后就明白了。"

"还装腔作势地卖关子,真恶心。那你们打电话的时候怎么称呼?你们偶尔也会电话联系吧?打电话的时候她也不叫你匠仔,而是叫你千晓吗?"

"两种都有吧。"

"那你在写信或打电话的时候怎么称呼高千的啊?"

"有时候叫她高千,有时候叫她千帆,两种都有。"

"千帆?你叫她千帆?你都对她直呼其名了?天哪,我羡慕死了!哦,不,不是,我不羡慕,人家才不羡慕呢。"小兔一边不知所谓地抱怨着,一边又开始看信。

> 翼小姐和洋司的妹妹鲇濑遥是同学,据说小学起两个人就是好朋友了。以前她们经常去对方家里玩,但是直到升入海圣学园初中部三年级,翼小姐才第一次见到洋司。洋司在同一所学校的高中部读二年级。有一次翼小姐去鲇濑家玩,碰巧洋司也在家,小遥就介绍两个人认识了。这大概就是命运的邂逅吧,翼小姐对洋司一见钟情,还问小遥她哥哥有没有女朋友。
>
> 然后小遥说:"怎么可能。大概因为我哥喜欢书法的缘故,总是老气横秋的,打扮又土气,完全不受女生欢迎。你喜欢他的话,我可以帮你们撮合一下。"于是翼小姐立刻写了一封信,让小遥转交给洋司。洋司看完信马上写了回信。

两个人就这样开始交往，并成了全校出名的跨年级情侣。

"呃，全校出名的情侣什么的，真是够了。哼，人家才不羡慕呢。"读着信，小兔又开始乱七八糟地吐槽。

他们交往得很顺利。洋司高中毕业后进入东京某私立大学读书，之后的两年间，他们一直保持远距离恋爱关系。偶尔也打电话，但主要通过写信交流。洋司和翼小姐都是笔头很勤快的人，不过即便如此，能保持每周通信一次的频率也很惊人。每次寄信前，翼小姐都会把写好的信拿给小遥看；洋司每次写完回信也会拿给妹妹看。从字里行间，小遥能够感受到两人之间感情很深。

终于，翼小姐也迎来了高考的一年，她报考了一所东京的女子大学。其实她原本打算和洋司上同一所大学的，但她的成绩稍微差了一些。因此，她选择了离洋司学校很近的女子大学，并且顺利考上了。小遥则考上了洋司就读的大学，当时她认为将来翼小姐和哥哥结婚的可能性很大。

在妹妹眼里，洋司虽谈不上老封建，但也的确像传统日本男人一样保守古板，还有一些大男子主义倾向。但翼小姐很擅长哄这种男人，小遥认为这两个人简直就是天生一对。

去东京上大学之后，生活日渐忙碌，小遥不再像以前那样频繁地与翼小姐见面了。但她听周围的人说，那两个人的感情依然很好。这期间翼小姐和洋司不得不再次开始远距离恋爱，虽然起初两人约定最多只分别一个月，但谁也没料到，翼小姐这一走就是很长时间。

大一那年暑假，翼小姐选择前往位于洛杉矶的一所面向外国人的语言学校进行短期进修。她一直非常喜欢英语，除了学校里的课程之外，她还去外面参加补习班，口语是她最擅长的。她打算日后从事能够发挥语言优势的工作，高二时听说海圣学园在澳大利亚的友好学校要招收交换生时还去参加了选拔考试，只可惜最终落选了。那时她感到十分惋惜，但依旧认为自己的英语水平比其他人都要好。说不定她去洛杉矶进修是为了扳回一局吧。起初她和洋司约定，短期课程一结束，也就是九月份，她就回国。

那所语言学校开设在一所大学里，一次偶然的机会，翼小姐认识了那所大学电影系的一位老师。这位老师同时是某部新电视剧的选角评委，在他的推荐下，翼小姐参加了电视剧的试镜。剧组想选拔一个有东方面孔的新人演员出演女二号，当然，翼小姐没有抱任何希望，甚至做好了被嘲笑的心理准备。尽管她的英语很流利，但毫无演艺经验，这种情况下没人相信她会被选中。

然而，众所周知（可能不包括千晓），她竟然通过了试镜，从无名之辈一跃成为电视剧里的女二号，作为演员出道了。于一九九〇年到一九九一年期间播出的这部电视剧成为当时的热门剧，翼公主也因此成名。

为了专心演戏，翼小姐正式向女子大学申请了退学。她一直待在洛杉矶，一次都没回过日本。此时洋司已经毕业参加工作了，小遥相信他们的感情依旧很顺利，并继续保持着书信联系。航空信件需要一周才能寄到，因此他们平均每月通信两次，信里没有提到过任何冲突矛盾，一切都很平常，没有什么需要担心的地方。也许是因为洋司工作很忙，写信的时间有限，从他遗物里找到的航空信上的邮戳来看，后来他们的通信频率减少到两三个月一次。但是联系从没中断过，看起来二人之间也没有什么重大危机……但是……

但是，翼小姐最终还是在那个纸醉金迷的世界里迷失了。一九九二年初，一则爆炸性新闻传至日本。在洛杉矶当地，翼小姐与同剧组的美国男演员开车出游时遭遇车祸，双双身亡。而且有传闻称，事故发生时，在副驾驶席的翼小姐正在给开车的男演员口交，导致他没有注意前方的情况。

"啊，我想起来了，好像是听说过类似的丑闻……"小兔长叹一声。我大概能想象到她读到哪里了。她又打开一瓶啤酒，倒进杯子里，不发一语地一口气喝干了，目光一直没有离开信纸。

据小遥说，从洋司遗物中找到的翼小姐的来信，内容还和以往一样，没有任何可疑之处。当然，洋司做梦也不会想到，身在大洋彼岸的恋人已经不再是原来那个清纯的女生了。之后又有传闻说翼小姐日常沉迷各种危险游戏，并且吸食大麻成瘾。然而，只读信的话，完全看不出丝毫端倪。

恋人客死他乡已经是一个沉重的打击了，更让他忍无可忍的是，恋人还背着自己和其他男人混在一起。而且后来洋司才知道，翼小姐的遗物里没有一封他寄去的信。她生前的美国室友说，翼小姐一般只是检查一下来信，大部分直接丢掉了。看起来她的心早就不在洋司身上了，给他回信也只是做做样子而已。

小遥说洋司终于还是不堪打击，选择结束自己的生命。翼小姐去世半年后，洋司在位于高圆寺的公寓附近的空地上自焚。

据附近居民说,他们看到洋司往一个汽油桶里装满垃圾,然后点燃。平时偶尔会有人把落叶收集到汽油桶里用火焚烧,加上当时洋司还准备了一个小型灭火器放在旁边,所以目击者没有觉得可疑。然而下一秒,只听"砰"的一声巨响,洋司全身都被火焰包围。目击者慌忙四处求救,并用一旁的灭火器尝试灭火,但无济于事。消防车和救护车很快赶来,洋司被送往医院,然而抢救无效,半天后就去世了。

为什么洋司会在眨眼间就烧成一个火球呢?对此,警察给出的结论是,那天空地上违章停放的一辆汽车漏油了,洋司没注意到地上的汽油,点着火后火势就一发不可收拾。

然而,小遥却有不同的看法,直到现在她都怀疑是洋司往地上浇汽油的。恋人死了,更可悲的是他早已失去了她的心。洋司无法面对如此残酷的现实,最终选择用自焚这种痛苦的方式告别人世。

洋司死后不久,小遥发现了一件怪事。洋司生前曾借过一大笔消费信贷,虽然大半已经还清,但是他既没有大额消费,也没有疯狂的收集癖,到底为什么要借那么多钱呢?

小遥和她的父母百思不得其解。后来他们又从洋司的公司那里听说了一件怪事。洋司生前差不多每隔两三个月就会申请一次与周末连休的带薪假期,从去年入职开始就一直这样。

也许洋司休假是为了去美国?他的家人当然也想到了这一点。如果他真的去了美国,那应该会和翼小姐见面才对,然而,问遍她周围的熟人,都说不记得曾有日本的访客来找过她。翼小姐死前寄给洋司的信里也只字未提两人在洛杉矶见面的事。

洋司应该有一本护照。他父母还记得洋司上大三时，曾让他们把户籍复印件寄给他（他的住民票①已经转移到东京了）。那时翼小姐刚通过试镜，取消了回国的计划。洋司父母认为儿子办护照是为了万一有需要，可以去美国找女朋友。然而，在洋司的遗物里却怎么都找不到他的护照。

如果洋司没有去美国见女朋友，他借钱到底用来干什么呢？走投无路之下，他的家人找到了洋司学生时代的好友仓木，问他是否了解此事。仓木说洋司借钱十有八九是为了还大学期间向他借的钱，再一问那时借钱的数额，仓木说出的数字让小遥和父母都惊呆了。据他说，从大三到毕业的两年间，洋司分多次向他借了总额几百万日元。

仓木家境富裕，性格大方豪爽，被问到把这么一大笔钱无息借给一个穷学生会不会感到不安时，他回答说完全不会。他说这些钱不是一次性借出的，更重要的是，他信赖洋司的人品。他还说虽然每次只能还一点点，但最后陆续都还清了。

有一件事值得深思，洋司自焚是在一九九二年夏天，而就在不久前，他刚刚还清了从仓木那里借的所有钱。先不论借钱的目的，小遥说洋司的这一做法很符合他的作风。简单说来就是，翼小姐死后洋司很想立刻随她而去，但他又等了半年才自杀，这是因为姑且不管消费信贷那边，他觉得至少必须把从朋友那里借的钱还清。如果辜负了朋友的信赖，那他死也不能安心……

好了，千晓，看到这里，你是怎么想的？洋司是自杀

---

①日本的住民票主要用于记录该居民当前居住的地址。

吗？他在学生时代借那么多钱是为了什么？这与他的死有什么关系吗？最让我烦恼的是，我该怎样应对小遥？

其实，有一次我无意中问她，洋司遗物里找到的翼小姐的来信真的是她写的吗？小遥说绝对没错。

信封后面写的寄信人地址就是翼小姐在洛杉矶的住所。小遥和翼小姐一度疏于联系，并不知道翼小姐出道后就从学生宿舍搬到了合租公寓。洋司死后，小遥询问了翼小姐在当地的熟人，他们确认信封上的寄信人地址就是她住的公寓。

小遥还说她很熟悉翼小姐的笔迹，甚至不用把这些信与高中时代翼小姐的大量来信进行比较，就可以断定从洛杉矶寄来的信是她亲笔所写。我问："真的没有可能是其他人代笔吗？"她勃然大怒，断然否定说我怎么会有如此愚蠢的想法。然后，我也不知该说什么好了。

有时间的话，能否请你帮忙想想这件事。啊，这封信也可以拿给小兔和阿漂看，我也想听听他们俩的看法。不过如果他们知道我叫你千晓的话，可能会被他们嘲笑一番，所以要不要拿给他们看，你自己决定吧。拜托了。下次再聊。

"哎呀，高千果然料事如神。真是的，难怪你刚才会苦笑。"小兔唰唰几下叠好信，喝光了泡沫早已消失的啤酒，"我不明白，高千为什么要这么烦恼？她不想揭露朋友哥哥的黑历史，直接装傻不就行了吗？真搞不懂她干吗要和自己过不去。"

不愧是小兔，高千信里含糊其词的信息一下就被她抓住了。不过，在信的最后，高千给的提示已经很明显了，能理解也是正常的。

"她肯定是没办法装傻了吧。她的那位朋友鲇濑遥小姐，意识到高千已经觉察到真相了。高千说她无意中问朋友是否确认过翼小姐来信的真伪，对方肯定立刻就听出这个问题大有深意，便让她解释，我估计高千试图装傻，但她的朋友没那么好糊弄。先声明自己的推论只是不负责任的想象，然后把假设告诉对方，这样做倒是简单，可这件事涉及朋友哥哥的人品，就非常棘手了。所以，就算是高千，也不知该如何是好了。"

"也就是说，高千虽然没有直白地写出来，但她其实是希望，除了她自己得到的结论之外，我们再帮她想出其他合理的假设，对吧？她是在问我们能不能想到一个更加稳妥的解释，让她可以告诉朋友，且不会冒犯对方。"

"大概就是这样。但我什么都想不到，除了高千得到的结论之外，恐怕没有其他解释了。"

"是啊，看来我们三个人想到一块儿去了。怎么说呢，虽然很遗憾，但这就是个典型的悲剧故事啊。简而言之，翼小姐考上东京的大学，和洋司团聚之后，对他的感情就迅速降温了。"

"恐怕没错。翼小姐来东京不到半年就决定离开日本，虽然一开始说好只是参加一个月的短期进修，但她好不容易才和男友重聚，这么快就想出国，怎么都说不过去。"

"反过来想想，只出国一个月这一点，本身就令人费解。如果翼小姐真的那么喜欢英语，打算将来从事相关工作的话，应该向大学提出休学申请，出国专心致志地学习一两年或更长时间。然而，她却特意选择在来东京后的第一个暑假去参加一个半吊子的短期进修，我只能认为她是因为对黏人的男朋友感到厌烦，打算暂时躲开他。"

"按理说，久别重逢的恋人应该恨不得每天都腻在一起才好。别说一个月，就连一秒钟都不想分开吧。可是，看翼小姐的做法，说不定她对洋司的感情早就淡了。"

"结束远距离恋爱后，每天待在一起却发现对方身上有各种小毛病。我猜，翼小姐来东京后不久就向洋司提出过分手，但是洋司并没有当真。按常规模式推测，女人提出分手，男人十有八九会觉得对方只是在耍小性子，等她心情好转就没事了。不过，为了洋司的名誉我还是说一句吧，以他们的情况来看，洋司的乐观也并非全无道理。因为一开始是翼小姐先一见钟情，对他死心塌地的。"

"洋司肯定觉得，她对自己的爱和关怀怎么可能说消失就消失了呢。翼小姐决定去美国进修这件事依旧没有让他认识到事情的严重性，他觉得翼小姐只是去一个月而已，九月就回来了，等她回来两个人又会和好如初。与其说乐观，我认为应该说洋司具备不可动摇的自信。毕竟，翼小姐考上大学前那两年里，洋司单靠写信就留住了她的心。因此，即使知道翼小姐通过了试镜，短期进修结束后也不会回国，洋司也没有慌张，甚至根本没当回事。他认为就算两人不见面，只要经常给身在美国的翼小姐写信，就能维系住他们之间的感情。然而……"

"他不停给翼小姐写信，对方却一封信都没回。我想即使翼小姐收到信后看都没看就丢掉，我也不会吃惊。所以，这时洋司应该意识到女朋友变心了……"

"不，虽然我没资格说这话，但我觉得洋司根本没认清这一点。他直到最后都不承认，或者确切地说，他无法面对翼小姐不再爱自己的事实。"

"嗯对，原来如此，就是这样。正因如此洋司才会一直自欺欺人，认为翼小姐的心依然属于自己。但是不管他写多少封信，对方就是不回复。可能他也打过电话，但对方也是爱搭不理的。

翼小姐越无视他,他就越偏执。她应该跟我好好沟通呀。我写了信,她应该及时回信呀。可现实就摆在眼前,翼小姐一封信都不回,于是洋司干脆……"

"自己写回信了。"

"一个人就算再不成熟,一般也不至于做到这个地步,或者说根本想不到这么做。可是洋司手头保留着翼小姐上高中时写给他的大量信件,可能就在他重读那些信的时候,这个念头突然冒了出来。干脆模仿她的笔迹,给自己写回信好了。高千信里提到过洋司爱好书法,所以他应该多少有一些临摹的经验。"

"当然,练过书法也不一定就擅长临摹,但可能洋司碰巧是这方面的高手,或者他拼命练习过,而且他不缺乏临摹素材。总之,最后他能够惟妙惟肖地模仿翼小姐的笔迹,连妹妹都能完美骗过。要知道,鲇濑小姐可是从高中时代起就看过他们之间的来信,对翼小姐的笔迹再熟悉不过了。"

"他费了这么大的劲儿,就是为了维护自尊。"

"但只是模仿翼小姐的笔迹写回信还不行,信封上的邮戳才是回信是从洛杉矶寄出的客观证据。所以,他无论如何也要弄到邮戳,没有邮戳的话,先不说能不能骗过别人,连他自己都骗不了。"

"骗自己……吗?"小兔半是怜悯半是厌恶地叹了口气。

"是的。洋司想骗的不是别人,正是他自己。他给自己洗脑,翼小姐没有变心,她还对自己一往情深,证据不就是从遥远的洛杉矶寄来的一封封回信吗?对,这一沓回信就是证据,我们两个人依然是深深相爱的一对情侣。"

"为了把这出独角戏演到底,就必须以不低于高中时代通信的频率,不断收到盖着洛杉矶当地邮戳的信才行。信从日本寄到洛杉矶需要约一周，翼小姐的回信从洛杉矶寄回来也需要大约一周，这样计算的话，每个月至少要去两次洛杉矶，把模仿翼小姐笔迹写的信从那里寄出。他竟然……竟然做到这种地步……唉……"小兔深深地叹了口气，几乎要把酒瓶子吹倒了，"天哪，我实在说不下去了。"

"坐船往返的话太花时间了，为了多少划算一些，洋司只好买了往返成田和洛杉矶的廉价机票。"

"如果他真的在大学毕业前的两年里——准确地说是一年半——每个月都往返洛杉矶两次的话，那他有多少钱都不够花。不过国际线航班应该会赠送里程之类的吧。"

"即使这样也省不了多少钱。况且，洋司还有很多其他不得不花钱的地方。"

"你是说除了买机票之外？比如呢？"

"首先，他必须找到翼小姐在洛杉矶的新住所。因为连翼小姐从小到大的好友鲇濑小姐都不知道她从学生宿舍搬到了合租公寓……"

"对呀。翼小姐参加短期进修期间应该没有给洋司回过信，所以他根本无从得知她的新地址……我是说，如果他一直待在日本的话。"

"我只能想象一下他的做法。他先去了洛杉矶，然后委托那里的私家侦探多方寻找。这个过程需要的花费难以预计，毕竟他的调查对象是一个女演员，先不管那时她有多出名，私家侦探应该会抓住这一把柄，狠狠地敲诈他一大笔钱，估计远远超出他的初期预算。"

"你又来了，说得就好像亲眼看见了似的。"

"因为顺着这个思路想比较方便理解。总之，通过这件事，洋司明白了他不能找当地人帮忙。"

"什么意思？"

"也就是说，如果洋司的目的只是把那些伪造信件盖上洛杉矶的邮戳再寄回日本的话，那他根本不用花大钱亲自前往美国，不是吗？"

"也对啊。"

"洋司只要把多封伪造信件装在一个大信封里，寄给当地的帮手，再让这个帮手把里面的信一封封寄出就行了。那他就不用每次都亲自奔赴洛杉矶寄信了，开销也大大降低了。"

"对啊，你说得没错。如果洋司有熟人住在洛杉矶的话，他一定会这样做——"

"不，熟人可不行。越是关系亲近的熟人，洋司就越不可能拜托。如果他让对方把寄信人是女性的信件寄给在日本的自己，对方再迟钝，也能明白洋司的意图吧。无论这个熟人怎样守口如瓶，洋司也绝不会容忍除自己以外，世上还有第二个人知晓这个秘密。"

"原来如此，你说得有道理。洋司这个人思想传统，自尊心很强。假装和远隔大洋的恋人通信这件事实在过于丢人，万一这个秘密暴露了，他一定会疯掉的。不过，尽管如此，至少在最初阶段，他大概也考虑过雇用一个不会觉察到这个秘密的外国人帮忙寄信吧。"

"也有可能。不过最终洋司还是决定亲自前往洛杉矶寄信。也许是雇人调查翼小姐住址时栽过大跟头，总之，他认为花再多的钱，也比雇外人省心。"

"果然他有多少钱都不够用啊。比如，为了神不知鬼不觉地潜入翼小姐所住区域寄信，就需要吃饭、住宿、租车，等等，这笔开销就很惊人了。"

"所以,如果没有仓木这个出手大方的富二代朋友,即使洋司想出了这种自欺欺人、逃避现实的计划,恐怕也无法实行。"

"对啊。他再怎么钻牛角尖,没钱,一切都是徒劳。"

"大学毕业参加工作后,对洋司来说,比缺钱更棘手的是缺时间。然而,他还是坚持请假,每两三个月去一趟美国,寄出伪造信件,这时在背后驱动他的早已不是对女友的留恋,而应该说是一种执念了。"

"比起留恋或执念,我觉得他的行为更接近一种惯性。也许我的想法有些过分,但我认为,得知翼小姐的死讯时,他说不定终于松了口气。再也不用伪造信件了,再也不用坐飞机往返日本和洛杉矶,把大笔金钱浪费在这种无聊的事情上了。我知道我不该这样说一个过世的人,但我就是这么想的。"

"准确地说,洋司应该是在还完学生时代向仓木借的钱之后,才真正松了口气。"

"还有一点很奇怪,洋司真的是自杀吗?他在空地上烧的东西是他的护照吧?"

"除了护照,我也想不到其他可能了。毕竟他的护照上有从学生时代起的大量出入境记录。不过,我想即使有人看到他的护照,应该也不会马上想到他频繁往来日本和洛杉矶,是为了寄出伪造信件。"

"但是对洋司来说,这是他人生的污点。所以他想尽快把护照烧掉,不让别人看到,这一点我明白,但他是不是自己也想死呢?我觉得他没打算去死,因为如果他想自杀,就应该把护照和伪造的翼小姐的来信都一起烧掉才对吧?"

"我觉得不能完全排除洋司自杀的可能性,说不定他就是想用自己的死，让翼小姐对他的爱成为不可动摇的既定事实。"

"这是什么意思？"

"洋司烧掉护照，抹消了自己出国寄信的证据，同时他又把大量伪造的翼小姐来信保留下来。这样，只要他一死，他生前和翼小姐的亲密关系就成了无可反驳的历史。我想这就是洋司的目的所在吧。"

"那他把护照烧掉就行了，不用自己急着去死啊。等他以后寿终正寝，家人在他的遗物里找到那些信，结果也是一样的吧？"

"如果那时周围没人记得他和翼小姐的事了，那一切也就没意义了。所以，他必须得在人们还记得翼小姐，并且记忆还很鲜明的时候做这件事才行。"

"也就是说，在洋司心里，他和翼小姐相爱的幻象比他自己的生命重要多了。他想让大家都相信自己和翼小姐直到最后都是一对恩爱的情侣。我不知道这算不算表演型人格，但总之，洋司希望这场戏能在他死后也一直演下去。"

"不过自焚这种方式要说可疑，也是挺可疑的。我只说个人看法，即使想自杀，也不需要非得选择这么痛苦的方式吧。所以我觉得，也有可能他原本打算烧掉护照之后再选择其他方式自杀。换句话说，他的确想死，只是那天他无意中引燃了泄漏的汽油，意外烧死了自己。"

"唔……那你给高千回信的时候就写，在这一点上我和你的看法稍有不同。"小兔看看手表，站起身来，"哎哟，聊着天时间一眨眼就过去了，好戏就要开幕了。"

"小兔，你等等，我们还没说到关键呢。"

"你是说高千怎么应对她的朋友鲇濑小姐？这个我就不方便

多嘴了,这是参谋的工作啊。"

"喂喂,你说我是参谋?"

"不是你还有谁?匠仔,你要是不能凭一己之力赶紧解决这件事的话,以后还怎么当高濑千帆大人的秘书啊?"

"谁说我想当她的秘书了?"

"如果高千希望你当她的秘书,而你坚决不干的话,全世界人民都不会答应的哦。总之,我觉得,高千把自己的猜测原原本本地告诉她的朋友,也不会有任何问题的。"

"为什么?"

"洋司生前这些自欺欺人的把戏,鲇濑小姐应该也多少有所察觉。这不是很明显吗?她在洋司的遗物里找到了翼小姐的来信,信封上写着一个洛杉矶的地址,而她还特意去确认了一下这个地址。你说这是为什么?如果她对于翼小姐和哥哥一直保持通信这件事毫无疑心的话,就不会这么做吧。但她去找人确认了,也就是说,她已经起了疑心。"

"原来如此。"老实说,这一点我完全没想到,"你这么一说,也对啊。"

"也许鲇濑小姐找高千商量,就是想让外人点破这个事实。长痛不如短痛,被外人说出来,也比心里一直有个疙瘩好。这件事到此结束。走吧,我们去灵异事件现场。"小兔说完就风风火火地走向客厅,我没办法,只好跟着。

"现在是两点四十五分,嗯,厕所顶柜上的那个定时器比我的表快五分钟,所以再有十分钟——"

"小兔。"

"干吗?"

我用下巴示意了一下,小兔向檐廊看去。透过玻璃门可以看到新馆那边，昏暗的灯光下有两道人影，正隔着窗户向我们这里张望。

一个是坐着轮椅的巳羽子，另一个是站在她身后的德弥，没有看到平塚和德善。

"嗯，总一郎先生和他哥哥不在啊。"

"那是当然。"

"因为他们俩不知道定时器的事。可是德弥呢，她知道吗？"

我没有回答，而是朝新馆方向微微招了招手。小兔立刻心领神会，她狡黠地笑了笑，像体操选手展示肌肉那样高高举起右臂，然后用左手食指戳了戳自己的手表。

远远望去，巳羽子似乎没有任何反应。而德弥虽然面无表情，但那一瞬间她好像全身都紧绷了起来。小兔也看到了。

"你看，德弥好像也知道定时器的事。"

"从战术上讲，她应该比巳羽子女士更容易动摇。"

我这话刚一出口，小兔立刻用她那双与众不同的水润眼眸瞪着我，向我投来好像满含哀怨，又像在斥责我冷血无情的复杂眼神。

紧接着她突然垮下肩膀，朝新馆瞥了一眼。

"我说匠仔，巳羽子女士果然……果然很像高千啊。"

"你是想说你现在非常理解德弥的心情了吗？"

小兔"扑哧"一声笑出来，像芭蕾舞演员一样转了个圈，后背朝着玻璃门。

"嗯，也许可以说看到她就像看到以前那个惨兮兮的自己吧。哈哈，还真是惨兮兮的，各种意义上。"

"也是。不过你这不是又有新的邂逅了吗？"

"喂，我说，这次你给高千写信的时候，肯定要大书特书总一郎先生了吧?"

"如果你不让我写的话我就不写了。"

"不不不,不要,倒不如说我想让你写一写,这样就可以断了自己的退路,虽然我也不太明白是什么退路。总之,先不管这个了……"小兔看向装饰架,脸上的笑意已经消失了,"如果真的发生灵异事件的话,就应该从那里开始,对吧?"

"对,那个座钟会飞到天上。但一味盯着那里的话,说不定会错过什么——"我的话音未落,座钟就像突然转了个身似的从架子上消失了。

接着,从墙壁另一侧传来咔啦咔啦、嘎吱嘎吱的金属摩擦声,的确有些像巨大的磨牙声。

"这、这是怎么回事?"

"这就是所谓的灵异现象的前奏啊。座钟看起来像是凭空消失了,其实应该是从旋转门转到了墙壁的另一侧,现在大概正在传送带上,向上方运送。"

"把座钟往上运送?"

"嗯,最后到达天花板里侧,然后……"我指沙发上方,"从那里——"我话还没说完,就听"砰"的一声,天花板开了一个口,一个黑影落下来砸在沙发上,扬起一阵灰尘。掉下来的正是那个座钟。

"哎呀,这算什么灵异现象啊!"

"看透了机关的话,就只能算一场粗制滥造的闹剧了。"

我正要走近沙发,突然感觉到新馆那边有人看着这边。除了刚才就在阳台上的巳羽子和德弥,德善和平塚兄弟俩也来了,而且都一脸紧张。不知是巳羽子叫他们来的,还是他们睡不着,察觉到异样后自己过来的。

我把手抬到与视线齐平，指指沙发，然后举起座钟给他们看。就像接到什么信号一样，他们四个人马上一起经过回廊往这边来了。

"匠仔，难道这个装置就是二十三年前……"小兔说道。

"如果这么想，那就正中对方的下怀了……"我原本只是随口一说，但猛地意识到，既然机关已经暴露，那么接下来不管怎样，哪怕死缠烂打，也要把解谜的主动权掌握在自己手上。我有预感，稍有不慎，我就会被巳羽子牵着鼻子走。

"什么意思？"

"听好了，接下来你要在大家面前装出一副一切尽在掌握的样子。"

"啊？不，匠仔，你等等，你突然这么说，我可做不到啊。你先好好解释一下。"

"说实话，我没信心一个人对抗巳羽子。所以，请你摆出一副'我什么都知道，你们自己看着办'的样子吧，拜托了。"

"好、好吧，我明白了。"

很快，平塚领头走进客厅。

"果然发生了吗？"

"你说灵异现象吗？很遗憾，那只是……咦？"我指指头顶，却发现天花板已经恢复原样。也对，如果座钟掉下来之后天花板没有马上闭合的话，那机关应该早就被发现了。我把座钟放回装饰架，向他们解释了冰箱门如何启动定时器，以及座钟如何通过旋转门进入墙壁另一侧，并被传送带送到天花板内侧，最后掉落在沙发上。这种骗小孩的简单机关，我讲解起来都觉得丢脸。

"总之就是这样。以前来这里过夜的人如果留意过天花板的话，很容易就能发现蹊跷之处了。但可能大家都先入为主地认为，既然说座钟是飞过来的，那么就应该是从水平方向飞过来的。而且如果没能事先发现定时器的话，也不知道座钟什么时候会飞过来。"

"你、你给我等一下，我们家的主屋里竟然藏着这么个鬼东西？！"德善双目圆睁，唾沫星子乱喷，"也就是说，二十三年前，不是发疯的多惠杀了京子，而是有人用这个机关杀了她？"

"如果真是如此，那么你认为是谁设计了这个机关呢？"

"这……这……"惶恐不安的德善弓着身体，不经意地瞄了一眼巳羽子，又赶紧移开了视线。他好像被自己下意识的想法吓坏了，喃喃道："难、难道……"

"你是想说，难道是你们全家一起去大阪世博会时，可以确保自己有不在场证明的巳羽子女士用这个机关杀死了京子吗？"

"我、我不想这样想……"

"你也不必这样想，因为这种事根本就不存在。"

"不存在？"安心和迷惑的表情在德善的脸上交织，他耸耸肩，张开双臂，"不存在那当然很好，不过你为什么能如此自信地断言呢？你的证据是什么？"

"德善先生，为什么你看到这个机关后会想到是你母亲设计的呢？你的理由很明显，因为二十三年前，告诉京子可以随便看电视，把她引诱到沙发上的正是巳羽子女士。是这样吧？但是，请仔细想想，假如在去大阪的前一天巳羽子女士设定了定时器，那她是怎么预料到那时京子一定在沙发上的呢？"

"啊？这个……"

"你也许可以这样想，百分之百准确的预测是不可能的，但巳羽子女士可以赌一赌这个盖然性啊。"

"盖然性？"

"就是可能性。比如凶手计划杀死一个人,他知道这个人总是在特定时间走下一段特定的楼梯,于是凶手就经常在那段楼梯上放一个玻璃球,期望某一天那个人踩到玻璃球,跌落楼梯摔死。你也许会觉得,凶手一定是智商不够才会用如此愚蠢的办法,因为成功的可能性也太低了。然而,可能性低并不代表绝无可能。而且最重要的是,这种方法一旦成功,警方很难,或者说几乎不可能发现凶手和动机。这就构成了所谓的完全犯罪。"

"完全犯罪……"

"一般情况下,这个略带恶意的机关可能一直没能造成什么严重的后果。但如果时间足够长,也许有一天就会成为杀人的工具。这就是盖然性谋杀。二十三年前,家人集体外出,并提议多惠把在乡下的母亲和女儿接过来,这些条件都提高了用机关杀人的成功概率。京子之死就是种种微小恶意汇聚而成的偶发结果。"

我慢慢走近巳羽子,她眼睛一眨不眨地盯着我,"巳羽子女士,你就是希望大家这样想吧?"

"啊?你说什么?"德善气急败坏地大吼,"你到底什么意思?"

"巳羽子女士希望大家认为二十三年前,用这个机关预谋盖然性杀人,最终导致京子死亡的是她本人。更进一步说,她希望自己被当成凶手控告,所以她不让德善先生和平塚先生在主屋留宿。因为如果儿子识破机关,也许会为了保护母亲,秘密销毁证据。因此,必须请外人揭开谜团。"

"这、这到底是怎么回事?"平塚急得不住摇头,并一步跨到我和巳羽子之间,"实在不好意思,你说的我完全听不明白,能不能请你从头开始,详细地解释一下?"

"巳羽子女士,我不清楚接下来你要如何反驳我,但是我丑话说在前面,你怎么说都不可能动摇我的结论——你没有用这个机关杀死京子。"我的视线越过平塚的肩膀,死死盯住巳羽子,又刻意用讽刺的语气补充了一句,"真是不巧,对吧?"

巳羽子没有躲避视线,她毫不示弱地微微一笑。也许是感受到母亲身上散发出的气场非比寻常,平塚跟跄着后退了几步。

"阿匠,你是说,我母亲没有杀人,但是她希望被当成凶手起诉?"

我缓缓点头,尽可能表现得心情沉重。我都不知道自己演技如此高超,不过为了应对眼前的局面,某种程度的装腔作势是有必要的。

"巳羽子女士,如果你真心期望我能识破机关,给你定罪的话,那实在太遗憾了。"

"你有证据吗?"没有借助德弥的帮助,巳羽子自己推动轮椅,向我逼近,"如果你认定我没有杀京子,那就拿出证据啊!"

"很简单,证据就是这个机关在一九七〇年根本就不存在。"

"什么?"众人困惑的惊呼此起彼伏,其中小兔的声音很微弱,其他人应该没有听到。

"这个机关应该是一九七九年才布下的,也就是京子死去九年之后。"

"九年之后?"一头雾水的平塚惊恐地来回看着我和巳羽子,"为什么?"

"过去的离馆改建成新馆的时候,原本应该将这间旧主屋一起拆掉,但是你父亲迦一郎先生坚决反对,要求保留客厅和餐厅,只拆掉了他们的卧室和你们兄弟俩的房间。这种做法很奇怪,因为如果是为了探明京子的死亡真相,需要保留重要证据的话,那把主屋整个儿留下就好了,不需要特意留一半拆一半。"

"难道说……"平塚露出恍然大悟的表情,"难道说,是为了保留布置机关的必要空间,才留下了这几间屋子?"

"正是如此。看来你已经明白了,没错,设置这个机关的就是平塚迦一郎先生。"

"是父亲?"平塚和德善嘟囔着,又异口同声地问,"这是为什么?"

"因为迦一郎先生确信,京子是巳羽子女士杀的。"一时间,全员沉默,空气中暗流涌动。

"他认定凶手只可能是巳羽子女士。但京子死时,巳羽子女士人在大阪,而且就和他自己在一起,她拥有完美的不在场证明。迦一郎先生甚至想到,也许是巳羽子女士找其他人下的手。但是如果素奈的证词可信,就不可能是外人潜入作案。当时家中只有多惠和素奈,她们也不可能杀死可爱的京子。所以,凶手只能是巳羽子女士,但是迦一郎先生绞尽脑汁也想不出巳羽子女士究竟是怎样杀死京子的。不清楚杀人手法,那一切都无济于事,所以他无论如何都要搞清楚这一点,巳羽子女士到底是怎么杀人的……迦一郎先生不断在心中追问自己,牛角尖越钻越深。"

"咣啷"一声,只见巳羽子倚靠在轮椅扶手上,摇摇欲坠,好像要摔下来似的。她似乎想站起来,但是失败了。

"母亲!"德弥大叫,声音尖得如同玻璃碎了一般。我还是第一次听到她出声。"您怎么了?不要勉强自己。您脸色不好,今晚还是早点休息吧。"

"不要紧,不要紧。"转瞬间已恢复冷静的巳羽子露出温柔的微笑,在德弥手背上轻轻拍抚,"匠先生这个莫名其妙的故事还没有讲完,不听完结局我可睡不着。"

"结局就是,坚信巳羽子女士就是凶手的迦一郎先生,在执念的驱使下制造了这个机关,而这个机关就是灵异事件背后的真相。"

"父亲……"德善茫然地来回看着母亲和妻子,"他这么恨母亲吗?恨到要自己造一个机关陷害她……"

"不不,德善先生,事实正好相反。"

"相反?"德善情不自禁地反问,他好像被自己尖锐的声音吓了一跳,立刻掩饰性地干咳几声,"这、这是什么意思?"

"应该说,迦一郎先生是为了抑制自己对巳羽子女士的憎恨,才造了这个机关。这样想才合理。"

"为了抑制憎恨?"德善求助似的轮流看向母亲、妻子和弟弟,但是没人打算开口解答,"这、这到底是怎么回事?"

"假设某个被找来过夜的人发现了这个机关,心生怀疑,然后去报警了,警察会怎么想呢?结合一家人搬入新馆的时间推测,这个机关大概是一九七九年以后布置的。因此,不管设置这个机关的目的是不是为了伤害住在这里的客人,它也和一九七〇年京子的死毫无关系。"

"警察会得出这样的结论?但是——"

"请回忆一下我刚才说过的话。迦一郎先生为了设置这个机关,特意只拆除一半主屋,保留了一半。反过来说,如果不这样做的话,他就没法造这个机关,因为原来的卧室和你们兄弟俩的房间太碍事了。"

"哦。"

"明白了吧?京子死时主屋还是原来的样子,所以,那几个房间拆掉后才布下的机关显然与京子之死无关。警察也不傻,他们肯定会得出这个结论的。迦一郎先生心知肚明,他根本没法把杀人的罪名安到巳羽子女士头上。"

当然，迦一郎的心路历程究竟是怎样的我并不清楚，但为了引出结论，姑且就认定是这样好了。

"既然如此，迦一郎先生为什么要设置这个机关呢？因为不这样做的话，他就不能克服自己对妻子的憎恨。"

"是她干的，是她杀了京子。"我身后的小兔吟唱般地自言自语，"我能确定就是她，绝对、绝对没有错。但我不知道她是怎么做到的，怎么想都想不通，怎么找都找不到蛛丝马迹。那么，干脆我自己制造一个杀人手段吧。除此之外，别无他法。"

自己制造杀人手段……对啊，迦一郎就像伪造恋人来信的鲇濑洋司一样，在现实与自尊的夹缝中苦苦挣扎，为了维持心理平衡而采取了极端的方法。

"他……怎么会这么傻？"平塚好像对父亲产生了些许同情，脸上浮现出难为情的神色，"我无法理解他的做法。"

"迦一郎先生暗自担心，如果任由这份恨意发展下去，他迟早会做出伤害妻子的事情。结果有一天，担忧变成了现实。京子去世两年后，他在一次与妻子的争吵中失手把她从楼梯上推了下去。"我顿了一下，屋里鸦雀无声，气氛沉重得让我透不过气来，但我必须得说下去，"我难以想象这件事对迦一郎先生造成的影响有多大，他一定在想接下来该怎么办。他想不出妻子杀死京子的方法，这使得他对妻子的积怨越来越深。如果不能把对妻子的怀疑当成妄想，彻底抛在脑后的话，总有一天他真的会疯掉。但如果老实地承认那是妄想，又意味着尊严扫地，这是他更加无法容忍的。为了保全尊严，他觉得自己迟早会选择一种简单的手段……"

"保全尊严的简单手段……你是说，他会伤害母亲，甚至杀死她？"

"迦一郎先生觉察到自己对妻子怀有杀意,之后的七年里他一直非常痛苦。他认为自己必须做些什么,以防止真的走到无可挽回的那一步。这个机关就是他为了拯救自己而制造的。他觉得,如果有这样的机关,那么即使妻子人在大阪,也有可能实施杀人,因此他对妻子的怀疑就不是妄想,而是有根据的。为了维持精神上的稳定,为了压抑对妻子的憎恨,为了克制对妻子的杀意,迦一郎先生就是这样说服自己的。"

"这……这……怎么会这样?"

"你觉得我说得太过了?"

"我只想说我没办法理解父亲的想法。他承认对母亲的怀疑全是妄想不就没事了吗?多简单的事呀,他怎么就做不到呢?"

"因为迦一郎先生坚信巳羽子女士与京子之死脱不了干系。那么,他为何会如此确信呢?那是因为巳羽子女士的确和京子之死有关。"

我突然感受到一股杀气,用余光瞄了一眼,发现不是巳羽子,而是德弥正杀气腾腾地怒视着我。

"当然,我不是说巳羽子女士杀死了京子,但是她间接促成了京子的死亡,而这件事又把绝望的多惠逼上了死路。对此,巳羽子女士自己也心知肚明。所以,被迦一郎先生推下楼梯的时候,她马上为丈夫开脱,一口咬定是自己失足踏空摔下去的。她这样说当然也是顾虑到碰巧在场的儿子的心情,但除此之外,她选择直面丈夫的恨意,也是一种自我惩罚,是她赎罪的方式。"

"够了,请不要再说了。"德弥打断我。她的声音低沉粗哑,仿佛在诅咒我全家不得好死。"都是一派胡言。你到此为止,好自为之……"

而我却自顾自地继续往下说:"这也是为什么在迦一郎先生

去世后,原本打算彻底拆除主屋的巳羽子女士却突然改变了主意的原因。巳羽子女士意识到,憎恨自己的丈夫去世了,如果他制造的那个机关也随之消失的话,世上就再没有人或物可以惩罚自己了。刚才我说巳羽子女士是造成京子死亡的间接原因,但她恐怕认为是自己直接导致了那场悲剧。多年来,悔恨和罪恶感反反复复地折磨着她的心,让她痛不欲生。因此,她一直希望近亲之外的人能识破灵异事件的真相,并指认她就是二十三年前杀死京子的真凶。"

我无视德弥匕首般锐利的目光,故意露出挑衅的微笑。"不过,巳羽子女士,你的期望落空了。不管你怎么想,现在是时候抛下无端的罪恶感,开始新生活了……"

"闭嘴!"德弥冲到我和巳羽子之间,像要扑上来把我撕成碎片一样,"你给我闭嘴!你看我们好欺负是不是?一个人在那里胡言乱语,没完没了。母亲,我们没必要理会这种信口开河的疯子,还是早点儿回房……"

"德弥女士,我能理解你的心情。这些年来你对巳羽子女士尽心尽力,言听计从,但是你真的不想知道巳羽子女士这一行为背后的动机,不想知道她为什么落入这种境地吗?"

德善看着突然张口结舌的妻子,猛地回过神来。

"什、什么?德弥,这是怎么回事?难道你……"

"往冰箱里放饮料,设定定时器,这些准备工作也许是巳羽子女士自己做的,但我想更有可能是她身边最亲近的人,也就是德弥女士帮她做的。"

"德弥,这是真的吗?如果真是这样,你为什么到现在都不说……"

"不过,德弥女士,你只知道自己做的事与灵异事件有因果关系，但这么做目的何在，恐怕你一直蒙在鼓里吧？或许你认为怎样都无所谓，只要能为巳羽子女士帮上忙就好了……"

"请不要跑题！"巳羽子语气威严，好像当头抽了我一鞭子似的。然而，紧接着，她又轻声笑起来。"你只说关键部分就好。我认为自己该对京子和多惠的死负责，并希望被指认出来，匠先生，你是这么说的对吧？如果你的想法正确，那你倒是说说，我为什么不早点儿找人来呢？"

巳羽子似乎认为我无法驳倒她，看起来胜券在握，脸上甚至露出与她气质不相称的得意表情。不，等等，这是圈套吗？但即使是圈套，也只能让我得出同样的结论。

"如果我真的这么想被定罪的话，为什么不早点儿找人来这里过夜呢？哦对，难道总一郎忘记告诉你了，先夫去世后，我的确反对彻底拆除主屋，但我之前并没有提出让外人来这里过夜，体验灵异现象啊。"

"这个我知道。你是在平成元年才提出这个条件的，你说如果有人在这里过夜，并且没有发生任何灵异现象的话，就同意拆除主屋？"

"是的。所以，你不觉得奇怪吗？你刚才说我故意找人来，是想让这个机关暴露，但实际上我的做法不更像是想隐藏真相吗？"

"你当然想隐藏。在特定期限内隐藏，对吧？"

"这是什么意思？"

"从一九八三年到一九八九年，这段时间里你没提任何条件，只是一味地反对拆除主屋。因为这六年具有重要意义。"

巳羽子轻咬嘴唇，眼中第一次浮现出近乎胆怯的迷茫神色。

"巳羽子女士，你的确一直认为自己该对京子的死负责，并希望被指认出来定罪。但这六年里又另当别论，这六年间你无论如何都不希望被人发现这个机关，不希望自己扯上杀人的嫌疑。这是为什么呢？"

我回过头冲小兔微微示意。被突然要求接话的小兔反应很快。

"一九八三年迦一郎先生去世后，您确实打算立刻找机会暴露机关，让警方把您当作真凶定罪。但是那时发生了一件事，让您不能这样做。"小兔悄悄地向平塚靠近，"总一郎先生在高中时代，大概是一九八三年之前的某一年，在家人面前说他将来想当一名警察。"

"啊？"

平塚好像很惊讶为什么自己的事突然在这种场合被提出来。他焦急地看向我，似乎想让我催促小兔收回刚才的话。

"当然，我也不清楚成为警察的具体流程有多严格，但是我们假设，有一个想成为警察的青年，而他的家人，比如说母亲，因为杀人罪被逮捕了，那么他的前途会怎样呢？我再说一遍，我不知道现实中有没有人因为家人犯罪而不得不放弃当警察的梦想，巳羽子女士当时应该也不太清楚这一点。但是万一仅仅因为自己有罪，就害得儿子理想破灭，可怎么办呢？她无论如何都不希望这种情况发生。巳羽子女士希望自己被定罪，但必须要等儿子当上警察之后。"小兔轻轻把手放在平塚的胳膊上，"这就是为什么从迦一郎先生去世，到平成元年这六年间，巳羽子女士一味反对拆除主屋的原因。直到儿子从警察学校毕业，实现了梦想，她才让步，加上了那个附带条件。"

"为什么……为什么要这么做……这是为什么……"平塚说不下去了，他看着仰望着他不住点头的小兔，然后又慢慢把视线转向巳羽子，"母亲，您为什么要做到这种地步？为什么认定是自己杀了京子……不、不、不……"他猛烈地摇着头,似乎自己也不清楚要质问母亲什么,"阿匠、由起子小姐,对不起,我想先确认一下,母亲绝对没有杀死京子对不对?对不对?这是事实,对吧?是这样的吧?"

"是的。正如我刚才所说,一九七〇年的时候,那个机关还不存在。因此,不仅巳羽子女士,其他人也不可能远程操控机关,杀死京子。"

"但是……但是,为什么母亲认为自己应该对京子和多惠的死负责?为什么这么久了,母亲依旧不能摆脱这种毫无由来的罪恶感?这到底是为什么?"

巳羽子移开视线,我跨出一步,故意站在她面前。

"巳羽子女士,你有自白的权利,还是要让我讲给大家听?"

"这二十三年来,我只希望能有人揭露我的罪行,除此之外,别无他求。"她抬起湿漉漉的眼眸望向我,我的心仿佛被紧紧攥住,一时间心潮澎湃,不能自已,好像听到对方在表白爱意,"如果可以自白,我早就这么做了。"

我努力让自己平静下来,突然感到事情不太对劲,好像被对方摆了一道。我以为自己解开了谜团,没想到谜团之中还藏着谜团,真相背后还有真相。这个想法在我的脑海里挥之不去,但是眼下我没空深究。

这时德弥懊恼万分,小声啜泣起来。"母亲,求您了,不要再说了,算我求您了好不好?她明明没有做坏事,你为什么……为什么要这样折磨她呢?她没有错啊……"德弥崩溃地跪倒在地,号啕大哭。德善低头看着妻子,手足无措。

"如果今天巳羽子女士彻底与过去决裂,那她就不再需要你的帮助了。德弥女士,你该不会是在担心这个吧?"

德弥脸色突变,我知道我猜对了。她缓缓站起身,直勾勾地盯着我,形同鬼魅。

"巳羽子女士,你明明已经可以自如行走了,却非要一直坐在轮椅上……"这话引来一阵骚动,嫌我无凭无据妄下断言,过于突兀,"迦一郎先生还活着的时候,你这样做想必是为了中和他过于激烈的怨恨。你做好了心理准备,决意正面接受丈夫的所有恨意。但是对迦一郎先生而言,对你的怨恨越强烈,他自身受到的反噬也越厉害。一个行动自如的妻子和一个只能依靠轮椅生活的妻子,哪个更容易让他保持相对宽容的心态呢?就这样,你和迦一郎先生殊途同归,最后达成了某种意外的默契。"

德善和平塚两个人的表情十分复杂,一方面他们好像怀疑我的精神是否正常,另一方面,他们感到迷惑不解,因为觉得我的话越听越有道理。

"迦一郎先生去世后你就不需要再坐轮椅了,但你又顾虑到长男之妻德弥女士。你一直接受她尽心尽力的服侍,与其说身体需要她,不如说你能体谅她想为你服务的心情。与你和迦一郎先生一样,你和德弥女士之间靠的也是一种默契。因此,现在德弥女士最恐惧的就是,一旦你从长时间的心灵桎梏中解脱出来,就不再需要她的帮助了……"

"啪"的一声脆响,是德弥以迅雷不及掩耳之势扇了我一个耳光。虽然从某种程度上说,她的反应在我的意料之中,但我可没料到她下手如此之狠。我踉跄着退了几步,险些一屁股坐在地上。其他人都愣在当场,只有小兔不慌不忙地扶住了我的后背。

"哎呀匠仔,你说话就不能委婉一些吗?有必要说到这个地步吗?德弥女士肯定也希望巳羽子女士从苦海中解脱出来啊。"

"也是。不过,她应该很担心这样的话,她们之间多年来建立起的默契会瞬间土崩瓦解。"

正要伸手再扇我一耳光的德弥听闻此言，像灵魂出窍般突然僵住了。

"比起难以预计的变化，不如安于现状。某种程度上说，这样想的人都是胆小鬼。德弥女士，如果你真心为巳羽子女士着想的话，就要拿出勇气来。"

德弥慢慢放下手，目光游移不定。很快，她又抬起头，对上我的视线。她显得心事重重，但眼神却前所未有地安定。"你打算代替我母亲，把来龙去脉都解释清楚吗？"

巳羽子的所作所为并非只为了被人指认为凶手，接受刑罚。她的目的没有这么单纯。德弥当然也明白这一点，所以她刚才改变态度，向我发起挑衅。而现在她的态度突然转化，恐怕是因为她意识到我已经逐渐趋近核心真相了吧。

那我也不用再耍花招、兜圈子了。想到这里，我稍微放下心来，但恐怕后面还有考验。不过无论如何我都要公布真相，谁也不能阻拦。老实说，我现在有一种被骗上贼船的感觉，只是转念想到巳羽子的处境就释怀了，她被可怕的咒缚困住多年，甚至不得不委托他人帮她解脱，实在太可怜了。于是，我冲德弥点点头，继续说道："那么，我就来说明一下为何巳羽子女士会和京子之死扯上关系。我认为契机恐怕就是巳羽子女士丢失了心爱的毛巾被这件事。"

"毛巾被？"德弥惊讶地来回看着我和巳羽子，看来她虽然了解事件的全貌，却不清楚其中的细节。

"通过毛巾被丢失这件事，巳羽子女士才意识到多惠有多么恨自己。"

"也就是说，多惠果然心怀怨恨，伺机报复，对不对？她故意把母亲喜欢的毛巾被藏起来……"平塚看着闭目养神的巳羽子，若有所思地说。

"不，多惠并非想把毛巾被藏起来，只是出于某种原因，她没办法把毛巾被放回原来的地方。无奈之下，她只好用毛巾被丢了这个借口蒙混过关。"

巳羽子睁开眼，却没有开口插话的意思，看来我只能从头说到尾了。

"多惠对巳羽子女士怀恨在心的原因是安眠药。"

"安眠药？"

"一九六五年前后，多惠被严重的失眠所困扰，想找医生开安眠药的她向主人请求预支薪水，却遭到巳羽子女士的坚决反对。当然，巳羽子女士不是出于恶意，倒不如说她是为多惠的健康考虑才拒绝的。但正是她的这份好意，最后导致了无可挽回的悲剧。"

我以为会有人阻止我说下去，没想到大家都只是盯着我，等我说完。

"我听说多惠和巳羽子女士一直关系不错，我也认为这不是表面装样子。但是在多惠的内心深处，在意识都没有涉足的地方，她对巳羽子女士的怨恨已在慢慢积累。不仅仅是安眠药的问题，可能也包含对女主人地位的嫉妒，因为巳羽子女士是迦一郎先生明媒正娶的妻子。"

不知不觉间，我在向沙发靠近。

"藏在多惠深层意识中的怨恨逐渐发酵，有一天终于发展成杀意。我不知道多惠在多大程度上意识到了这份杀意，但她一定在时刻告诫自己绝不能产生恐怖的念头。但是随着失眠日益严重，她对巳羽子女士的怨恨也越来越深，她觉得自己如此痛苦都是女主人的错。与此同时,杀意也日益强烈。当然,多惠没有完全失去理性,把想法付诸行动,她采取的是空想杀人的办法。"

"空想杀人?杀死我母亲吗?"

"我也只能想象一下多惠的这一习惯是如何形成的。也许某天晚上临睡前,她无意中想象自己亲手掐死了巳羽子女士,然后那一夜她竟然睡得很好。从此,她就每天——"

"这就是所谓的入睡仪式。"小兔插嘴道。

"对。起初还只限于空想,但后来她可能发现,如果借助可以联想到巳羽子女士的物品,效果会加倍。她的具体做法我也只能靠想象,比如她可能偷了一张巳羽子女士的照片,用剪刀剪碎。总之,她不再局限于想象,而是将行动与想象结合,在幻想世界中杀死巳羽子女士。这成了多惠每晚的入睡仪式。反过来说,如果不进行这一仪式,她就无法睡熟。这时……"

我看了小兔一眼,她安静地听着,努力如我事先要求的那样,摆出一副胸有成竹的架势。

"家里的黑白电视换成了彩电,然后客厅里的沙发成了巳羽子女士每晚都会待的地方。她每天都会盖着心爱的毛巾被,舒舒服服地躺在那里看节目。即使她没待在那儿,多惠也能活灵活现地想象出女主人躺在沙发上的样子。可能是恨屋及乌吧,那条毛巾被就成了多惠进行入睡仪式的重要道具。"

"难道……"平塚露出了然的神色,战战兢兢地问,"多惠把那条毛巾被当成我母亲,做了一些可怕的事,以至于没法把毛巾被还回去了?"

"也许她一时冲动,把毛巾被剪成了碎渣。不管她做了什么,总之就是毛巾被被毁了。我想她后来可能买了一条新毛巾被,并向女主人承认了错误。"听到这里,巳羽子点点头,"这件事让巳羽子女士觉察到了多惠的异常心理，也进一步意识到她对自己抱有怨恨和杀意。她打从心底感到恐惧，多惠竟然为了入睡，每天晚上都在想象中杀死自己。一想到多惠鬼气森森的样子，巳羽子女士就不寒而栗。她担心如果放任多惠的行为，总有一天对方会真的对自己下手。"

我慢慢扫视在场的每个人，大家的表情告诉我他们都不想让我继续说了，但没有一个人把这话明明白白地说出来。

"出发去大阪世博会之前，巳羽子女士告诉京子可以尽情看电视，她这样做自然是有目的的。说不定京子晚上会偷偷溜进客厅看电视，说不定她怕被妈妈和外婆发现，会钻到毛巾被下面躲起来，然后就那么睡着了……而多惠为了进行入睡仪式来到客厅，看到沙发上有人躺着，可是她做梦也没想到那是京子……"

"但是这一切并不一定会发生。"平塚呼吸粗重，从嗓子里挤出这句话，"你刚才提到盖然性，说到底，母亲只是在试着赌这个盖然性啊。"

"巳羽子女士，你大概亲眼看到过多惠进行入睡仪式时的样子吧？比如她把靠垫放到毛巾被下面，当作是你，用绳子死死勒住之类的。"

巳羽子闭上眼睛，点点头。

"所以你就想，难道多惠每天晚上都是用这种方法在头脑中杀死我的吗？那么，晚上把京子引诱到客厅的沙发上，也许可以治治她。而且你认为这种方法应该没有任何危险。如果京子被勒住脖子，就算她睡得再熟，也会立刻惊醒，拼命反抗。这样一来多惠就会意识到勒错了人，马上住手。巳羽子女士，你确信这种做法是安全的，所以才会在出发去大阪之前告诉京子可以尽情看电视。"

此时平塚已经说不出话了，只是灰心丧气地一个劲儿摇头。

"不用我多说，谁都能想到多惠为了进行入睡仪式而失手杀掉女儿这种事，发生的可能性无限趋近于零。巳羽子女士肯定也是这样认为的。如果事情按照她所想象的发展，那多惠应该会幡然醒悟，意识到自己的行为有多么危险，说不定会就此打消杀意。巳羽子女士只是在赌这种盖然性。可她万万没想到，这次多惠用的是座钟。多惠用座钟猛砸毛巾被下面的物体，她没有发现毛巾被里的不是靠垫，而是京子。砸够了，她就关上电视回了房间，像往常一样睡着了……结果，第二天早晨，多惠才意识到自己昨晚干了什么。她懊悔万分，失去了理智……"

不知不觉间，窗外已泛起鱼肚白。我说完之后，房间里陷入漫长的沉默，最终打破这沉默的是巳羽子。

"你刚才说，那个人……迦一郎，设置这个机关是为了克服对我的憎恨，对吧？"

"是的。"

"也就是说，直到最后他都坚信我与京子的死有关。他的想法也没错……"

"如果我是迦一郎先生，说不定也会做出同样的事。"

"哦？是吗？为什么？"

"如果不制造这个机关自欺欺人的话，就没有办法在同一个屋檐下和你继续生活了。这或许是一种精神上的巨大折磨，但是和你离婚，搬去远方这个选项又不在选择范围之内。对我来说，无论多么怕你，多么恨你，都不会想和你分开。"

我没有意识到，本该说"迦一郎先生"的，却失口说成了"我"。

"各位，十分抱歉，能不能让我和匠先生单独说几句话？对了,德弥……"

"母亲……您有什么吩咐?"

"把你卷进这种麻烦事里,这么多年来实在对不起。请你原谅我这个老太婆的任性,现在,我自己一个人也没问题了,你也抓紧给我添个孙子吧。"

一脸受伤的德弥像尊雕像似的呆立不动,最后她终于干脆地点了下头,凛然地挺直脊背,催促着迷惑不解的丈夫一起回了新馆。

"总一郎,你送由起子小姐回家。哦,对了,由起子小姐,"巳羽子戏谑地眨眨眼,"这件事可不要对匠先生在东京的女朋友说哦。"

小兔一本正经地竖起一根手指抵在嘴唇前,然后她拽着略显狼狈的平塚快步离开了。很快,屋外传来车子发动的引擎声。屋里只剩下我和巳羽子。

"她会好好给总一郎指路的吧?"

"嗯。啊?什么意思?哦,我懂了,他们大概会直接去总一郎的公寓吧。好了,我们还是赶紧说正题吧。"坐在轮椅上的巳羽子伸出手握住我的手,"关于京子,你有什么想问的吗?"

"平塚先生——不,总一郎先生,怀疑京子是他同父异母的姐妹。"

"那你是怎么想的?"

"既然总一郎先生这样想的话,那十有八九就是如此吧。"

"这样的话,你刚才为什么说我反对多惠找医生开安眠药是为了她的健康着想呢?一般人都会认为我是出于恶意才这么做的吧?因为她与我丈夫偷情,所以我讨厌她,可你却断言我是为了多惠好。你为什么这么确定呢?"

"我听说德弥女士和德善先生是青梅竹马，从幼儿园到大学一直在一起。她肯定从小就常来这里玩，当然，是为了见你。"

"难道你是想说，她和德善结婚是为了能见到我？"

"德弥女士对德善先生的感情是毋庸置疑的。但她对你，也的确怀有特殊的感情。"

巳羽子的手颤抖起来，也许是为了止住抖动，她更加用力地握紧了我的手。

"多惠肯定也是如此，她也对你怀有特殊的感情。这份感情非常非常深，深到说不定会因为某个意外的契机就转化成恐怖的杀意。"

一颗泪珠从巳羽子的脸上滚落，在朝阳中闪闪发光。

"在她看来，她和迦一郎先生的那段关系，也许只是为了和你产生更深层联结的手段。而且我认为，多惠对你的感情绝不是单方面的……可是我不能当着大家这样说，对吧？"

"嗯，谢谢你。"巳羽子握着我的手，凭借自己的力量从轮椅上站了起来。她再次开口道："真的……非常感谢你。"

怜悯恶魔 ———

一九九三年十二月二十一日，星期二。

阵阵寒风吹来，枯叶漫天飞舞。学期终于结束，正式进入假期，此时国立安槻大学校园里冷冷清清，只能看见零星几个人影。

我独自伫立在旧基础教学楼前。这栋五层建筑外观肃穆庄严，在被一片灰色包围的校园里格外显眼。

严格说来，在原来旧操场所在区域刚刚建成的新基础教学楼明年四月才启用，这座楼还没有退出历史舞台，但是学生和教职员工已经习惯把它称为"旧楼"了。

我不经意地打量四周，看到一个女人慢悠悠地走过。她戴着蜻蜓复眼般的大框眼镜，梳着马尾辫，一副学生打扮，但仔细看又给人一种刻意扮年轻的感觉。可是她看着也不像老师。她目不斜视地径直朝学校正门走去，也许是住在附近的居民吧。熟悉这里的人经常抄近道穿过校园，前往正门外的地铁站。

好了，该干正事了。我平复心情，伸手拉住基础教学楼（暂且先不叫它旧楼）大门的把手。尽管楼里各个教室的钥匙都有专人管理，但是大门基本上是可以自由出入的。对开的门非常沉重，上面嵌着覆有铁丝网的玻璃。

进入教学楼，映入眼帘的是那笨重老旧的电梯，电梯左侧是延伸向上的楼梯。

电梯门口的按钮旁边密密麻麻地贴满了各种社团和兴趣小组的海报和传单。学校是不允许在指定告示板之外的地方张贴这些东西的，但是学生们并不放在心上。

上个月，在一位学弟的劝诱下，我坐地铁去县文化馆观看了他们戏剧部的公演。没想到活动海报还大大咧咧地贴在那里，还是在最醒目的地方，我简直都能听到保洁人员的叹息声了。

看着电梯，还有这满墙乱糟糟的海报，这……应该都是我熟悉的样子啊。

这座楼虽然叫基础教学楼，但里面除一般教室外，还设有外语电化教室、视听教室、多功能厅，等等，所以并非只有新生才在这里上课。除了设在郊外的农学部和医学部之外，这个校区其他专业的学生会经常使用这里的教室。直到今年三月顺利毕业，大学四年期间我也常常出入这里。

然而不知为什么，此刻我却有一种陌生又疏离的感觉。一楼电梯厅里除了我没有别人，而我已经至少九个月没来过了，但是这些都不足以解释我心中油然而生的惶恐和不安。

等到新学期，这座楼就将被拆除，这件事也对我的心境产生了一定的影响。在这栋已近乎废弃的楼里，这些海报、传单，无论过期与否，都只是一堆废纸而已，不由得给人一种寂寞荒凉感。

我看看手表，现在是上午十点半，筱塚拜托我留意的时间是十一点左右。

小岩井老师应该还没来……我该怎么办呢？先去五楼吗？或者就在这里等他来？说不定筱塚只是杞人忧天罢了。

又或者……我转过身，透过玻璃看向外面。路上有一条矮树丛构成的分隔带，分隔带的另一侧是人文学院的大楼。学生事务办公室位于那座楼的一层，外语电化教室的钥匙应该归那里的教务管理。

如果像筱塚预想的那样，小岩井老师待会儿会去外语电化教室的话,那么在教务办公室前守着是最保险的吧……不,也不一定。

我双手交抱转身面向电梯。小岩井老师退休前是英语专业的教授,退休后以外聘老师的身份教授英语口语课程多年,他肯定经常使用电化教室和隔壁的准备室,所以很可能为了出入方便就配了那里的钥匙。所以我还是在一楼大厅等着比较好吧。

正当我思前想后,犹豫不决的时候,突然有人从后面拍了我的肩膀一下,吓了我一跳。

"阿匠,你好啊。"

我回过头,发现和我热情打招呼的是经济学院三年级的胡麻本澄纪,他是戏剧部部长,上个月硬把公演门票塞给我的就是他。他满脸堆笑,恨不得把"亲切"二字刻在脸上。

"什么风把你吹到这儿来了?咦?今天不是星期二吗?你不用去店里吗?"

他说的店是我读书时一直去打工的咖啡厅,也是安槻大学学生常去的地方。

"没去,今天有点儿事。我跟店长好说歹说,好不容易才请了假。"我含糊其词地说。

总不能直接告诉他我是担心一位曾经教过我的老师一时糊涂,步外孙的后尘自杀,才守在这里的吧。这事一时半会儿也说不清楚。而且小岩井老师在我大二那年连外聘教师都不干了,当年才入学的胡麻本可能根本就不认识他。不,等等,那他今年应该读大四才对,好像之前留过一级?算了,不管他认不认识小岩井老师,这件事都和他无关。

"尽管现在是假期,午餐时间还是很忙的,十一点半之前我就得回店里。对了,你来这里干什么?"

"哦,我是来排练的。"

"这样啊。上次公演刚结束没多久,又要准备新节目了吗?"

"不是,这次算是志愿者活动吧。圣诞节前夜我们要去幼儿园给小朋友表演短剧,读绘本什么的。"胡麻本"哗啦"一声掏出一把钥匙,还挂着硕大的钥匙扣,大概是从学生事务办公室借来的,"其实也用不着彩排,剧情超级简单,就是圣诞节那天晚上,一个孩子以为圣诞老人到家里来了,结果没想到来的是个小偷。最后这个孩子与住在附近的小朋友团结一致,勇敢地击退了坏人。不过这个任务接得比较急,服装之类的都没准备好。我打算加几句调侃的台词糊弄过去,比如'你说你是圣诞老人,怎么没穿红衣服呢?'"

我问都没问,他就自顾自地说了半天。

"嗯,这些现场发挥也来得及。不过,观众是幼儿园的小朋友,对付小偷的方式过于暴力会对他们产生不良影响,所以我们事先还是要简单对对戏。我们待会儿在三楼集合。"

"三楼的多功能厅吗?"

"不是,是多功能厅旁边的小房间。"

"在那里对戏?我记不太清了,但我印象中那个房间挺小的,你们站得开吗?"

"没问题。这次没把全体演员都叫来,除我之外只有三个女生。对了,美咲的姐姐在那个幼儿园当保姆,是因为这层关系我们才会去那里表演的。"

美咲这个姓名听起来有些耳熟,上次公演后的庆功会上她跟我打过招呼。她全名叫古仁美咲,是教育学院一年级的学生,也是戏剧部的女演员。

不过在幼儿园工作的应该叫老师,不叫保姆吧。当然,我没有特意指出他用词不当，我自己也有很多犯错丢人的时候，但我没指出他的错误不仅仅是出于这个原因。

说实话，我很不擅长应付胡麻本这个人。他长着一张娃娃脸，总是和蔼可亲的样子。待人接物谦逊有礼，毫无纰漏。但是每当我直视他的双眼，都会感到一种莫名的压力。这种压力与一般意义上的压力有微妙的区别，我想这恐怕与他身为演员有很大关系。

每次看到胡麻本，我就会想起一位著名话剧导演写过的文章。这位导演恐怕大多数人都知道。他写道：作为剧团的领导，他从来不给手下的演员任何具体的演出指导，他只会给他们反复灌输一个观念，那就是演员必须保持高傲的姿态。

我是这样理解的，在戏剧这个虚构空间里，设置主演本身就是一个巨大的谎言，也就是一种幻想。只有无条件地坚信自己就是世界的中心，才能使主演这一幻想成立。我觉得他大概就是这个意思。因为他还说过，如果一个演员为了挣几个小钱，去电视剧剧组跑了一次龙套，他就不会再起用这个人当主演了。

作为门外汉，我无法判断他的观点到底在多大程度上是正确的。但是，每次看到胡麻本，我总觉得这个人一直把自己放在"主演"的位置上，在他眼里，其他所有人一律是配角。所以，无论表面上他把姿态放得多低，都还是会发散出强烈的气场，给人一种奇怪的压力。

不仅仅是词语误用的问题，指摘他人的任何错误都可能对人际关系造成微妙的影响。在说话者看来也许是非常细微的小事，根本不会放在心上，却可能正好戳中对方的痛处，伤了人家的自尊。而这很难从对方的反应上看出来。

如果这时我指出幼儿园老师不应该叫保姆，即使胡麻本立刻虚心接受，还挠挠头，不好意思地笑起来，我也不能保证自己没有踩到地雷。你说我是被害妄想也好，是小人之心度君子之腹也罢，反正这都是胡麻本害的。要是他知道我的这点小心思，大概会觉得不可理喻吧，明明没做过任何坏事，而且比其他人表现得更加热心体贴，对方为什么还把自己想成这样。

我不经意间瞥了一眼贴在电梯旁的戏剧部公演海报，胡麻本顺着我的视线看过去，只是耸耸肩，表示他也没办法。

"哎呀呀，又要麻烦保洁大妈了。"他似乎认为自己没义务撕掉过期的海报，不过也不是他一个人这么想。

"现在才发现，这个海报可真……"奇怪二字差点儿脱口而出，我赶紧改口，"可真有个性！应该说别出心裁才对。"

"对吧？我也这么觉得。很醒目是不是？特别有品位，对不对？"

品位不好说，但的确很醒目。或者说，醒目得过分了，乍一看根本就不知道是什么玩意儿。

鲜红色的文字极具冲击性，让人想忽略都不行。字母与符号以一种奇特的方式横向排列，"♀"、"X"、"P"、"♂"，而且"♀"和"♂"两个符号是上下颠倒，反着写的。其实这是副标题，但无论字体还是颜色，都比正标题显眼得多。

胡麻本说，为了让这个副标题一眼看上去不像四个字母和符号，而是像两个汉字，当初设计海报时可是颇费了一番功夫。

"哦，是这样啊。"

"对啊，当时真是绞尽脑汁才想出了这个点子。我无论如何都想把'♀'和'♂'这两个符号加进去。"

原来如此。说起来，他们这个剧讲的就是几个男女交换伴侣的故事，算是艳情喜剧吧。正标题完美概括了剧情，叫作Sex

Disorder，也就是日文汉字写作"乱脈"。

"所以，副标题虽然是字母与符号的组合，但它其实是正标题的汉字记法，对吧？"

但我努力了半天，还是怎么都看不出那是两个汉字。

"这个嘛，我跟你说实话吧，我原本的想法很好，希望大家一眼就能认出是'乱脈'两个字，但是实现起来非常困难。所以，最后我放弃了，就用这种近似的线条凑合了一下。不过，这么看上去还是挺像样的吧？"

像什么样？只是这话我可不敢直白地说出来，只好敷衍了事地点点头。

"对了，你觉得我们的话剧怎么样？剧本可是我原创的哦。"

前些日子，他把票硬塞给我的时候，我就听他说过好几遍了，所以才不得已去看了一下。怎么说呢？这个剧不能说无聊，嗯，大概可以算是对《坎特伯雷故事集》[①]的拙劣模仿吧。

当然，我不会傻到把真实观感告诉他，只是模棱两可地说："非常有趣啊。搞笑的地方再多一点就更好了。"话一出口我才想起来，那天公演结束的庆功宴上，胡麻本征求我的意见时，我的回答和今天一字不差。真是服了我自己了。

我心里暗暗苦笑。不知是不是看穿了我的心思，胡麻本笑了笑。他按下电梯按钮，楼层指示灯亮了起来。

"那我先告辞了。你呢？"

"我待会儿再上去。我要去五楼。"

"这样啊。下次喝酒也叫上我好不好？还有边见学长他们。"

最后一句似乎只是他随口加上的，让我忍不住在意的是他前

---

① 《坎特伯雷故事集》（*The Canterbury Tales*）是一部诗体短篇小说集，作者是英国诗人杰弗雷·乔叟。内容是三十位朝圣者在往返圣地的途中轮流讲故事。

面那句，他没有说"我们一起去喝酒吧"，而是说"下次喝酒也叫上我"，这还真像是胡麻本说话的风格。在我胡思乱想的时候，电梯到了。胡麻本走进电梯，电梯门迅速关上，挡住了他讨好的笑脸。

"吭当"一声，伴随着震动，电梯开始上升。也许因为是老式电梯，声音大得让人心烦，说是噪声也不为过。我以为大学四年已经习惯了这种声音，但是时隔数月再次听到的时候，还是不禁皱眉。

我下意识地看向楼层指示灯，电梯在三楼停下了。指示灯熄灭的同时，噪声也停止了。

我再次看表，离十一点还有十五分钟左右。我决定先去一趟厕所。男女共用的厕所在电梯对面，靠右边的地方。这种时候，我反而得庆幸电梯升降的声音足够大，这样如果有人使用电梯，我在厕所里也能第一时间发觉，就不用担心错过小岩井老师了。

我推开门，走进厕所。说是门，其实只能挡住胸腹部，上面和下面都空着。我也不知道这东西的确切名称，不过在很多西部片的小酒馆里经常看到。牛仔一阵风似的走了，身后只剩下一扇晃悠晃悠关不上的"门"。这个厕所装的就是这种门。站在外面电梯厅里，能够清楚地看到门下的小便池。为什么不能安一扇正常的门呢？也许因为这是男女共用的厕所，为了安全起见，特意设计成这种样子的吧？

这座旧楼（这次就这么称呼它了），从一楼到五楼，厕所都建在同一个位置，而且都是男女共用，门也都是一个款式。也许这是当初建楼时流行的设计风格，想必女学生和女老师都很伤脑筋吧。虽然还没有亲眼见过，但我觉得新教学楼的设计一定有所改进，电梯更加安静，厕所也是男女分开，并安装了正常的大门。我一边想，一边走出厕所。

我的视线从前后摆动的厕所门转移到电梯的楼层指示灯上时，突然愣住了，意识到情况似乎有些不对劲。等等……说起来，刚才胡麻本按下电梯按钮时，电梯好像……好像是从五楼下来的吧？嗯，是不是五楼呢？我拼命回忆，好像电梯是从五楼下来的，我越想越不安。

不会吧！难道小岩井老师已经在五楼了吗？我急忙去按电梯按钮，但没有进电梯。不，等等，假如现在小岩井老师在五楼，而在我坐电梯上楼的时候，他一时兴起选择从楼梯走下来的话，那我不就和他走岔了吗？所以，我应该走楼梯，如果对方坐电梯下楼，我听电梯的声音就可以知道他到哪一层了。

铺有油毡的楼梯到处都是划痕，四周的墙壁原本是素净的乳白色，现在变得脏兮兮的。我顺着楼梯向上爬，脚步声在楼里回荡。

爬到五楼，我顿时感觉有些奇怪，我的脚步声听起来格外响亮。走出楼梯间我立刻明白过来，和其他楼层不一样，这一层没有窗户，好像走进了一个封闭的水泥箱一样。我读书时也来过这里，但当时从来没有过这种感觉，大概因为这是我第一次独自上来吧。

五楼往上还有半段楼梯，连着通向楼顶的大门，当然，门是锁着的。电梯对面的墙壁右侧贴着"防火须知"，旁边还有一扇门，牌子上写着"机房"，电梯噪声的元凶——曳引机——就在这里面。

机房右侧就是男女共用的厕所。我心中一动，立刻走进去查看，把每一个单间都检查了一遍，一个人都没有。

紧靠楼梯有一扇门，通往各个教室。我转动门把手，门没有锁，很容易就打开了。我来到外面的走廊，寒风扑面而来，一只乌鸦迎风飞过，转瞬消失在视野中。铅灰色的天空乌云密布，阴沉得仿佛黄昏。

我顺着走廊往前走，余光可以看到对面人文学院的五层大楼。走到大约走廊一半的地方，那里还有一扇门，我尝试着转动门把手。门是锁着的。

穿过这扇门，右侧就是外语电化教室，左侧是准备室。如果这扇门是锁着的，那么就意味着小岩井老师还没有来这里吧？还是说，他已经进入某间屋子，从里面把这扇门锁上了？

我凑近张望，电化教室的窗帘拉着，看不到屋里的情况。我又试着侧耳倾听，也没有任何动静。准备室那边也是一样。

保险起见，我从走廊的一端走到另一端，把各个教室都检查了一遍——每扇门都是锁着的。只从外面看的话，屋里不像有人的样子。

走廊尽头还有一扇通往逃生楼梯的门，这扇门从内侧锁死，没有有人出入过的痕迹。

我看看表，刚过十一点。我在心里默默祈祷，希望筱塚是杞人忧天。再次眺望校园，看到三个人从人文学院大楼前穿过，三个都是女生。

刚才提到的古仁美咲就在其中，我还顺便想起了另外两个人的名字，一个叫出水亚由美，另一个叫包枝伦绘。她们都是上次在庆功宴上认识的戏剧部的女演员。我记得出水是农学部一年级学生，包枝和古仁都是教育学院一年级学生。

她们一边开心地聊着天一边朝旧教学楼走来，应该是和胡麻本约好在这里排练吧。她们说着，各自从携带的纸袋里拿出一些道具，有一敲就砰砰响的气锤，有特大号的折扇。她们互相展示道具，嘻嘻哈哈笑成一团。哦，我懂了，这些是用来击退小偷的武器。

古仁无意中抬起头，好像对上了我的视线，但她并没有和我打招呼。这也不奇怪，毕竟她只见过我一面，而且距离这么远，她大概只看到五楼走廊上有个人，并不知道是谁。

三人走着走着就进入了我视野的死角。我回到电梯厅的同时，听到刺耳的电梯启动声，一楼的指示灯亮起，伴随着曳引机的隆隆声，电梯开始向上走，到三楼停下了。

我一直盯着电梯的楼层指示灯。说不定刚才我检查教室的时候小岩井老师正朝旧教学楼走来，现在已经进楼了，也许这时他和古仁她们一起在电梯里，准备上五楼……我看到指示灯停在三楼，然后熄灭了。又等了一会儿，电梯也没有再次爬升。

我又去旁边的厕所查看，还是没人。以防万一，我还查看了机房大门以及通往楼顶的大门，全都是锁着的。

然后我再次来到走廊，把刚才检查过的所有门又检查了一遍，仔细确认所有门都锁得好好的，所有屋里都没有人。

我回到电梯厅，听到楼下传来女人的尖叫和男人的怒吼，我猛然一惊，以为出了什么事，但紧接着又听到几个女生大声欢呼起来，气氛似乎非常热闹融洽。我心里的一块石头落了地，看来胡麻本他们已经开始排练了。不愧是戏剧演员，嗓子就是好，在三楼排练，这里都听得清清楚楚，实在佩服。

我在电梯厅站了一会儿，看看表，已经十一点二十了，我该回店里打工去了。虽然老板这个人粗枝大叶、不拘小节，稍微晚回去一会儿也不会把我怎样，但是再在这里等下去也没太大的意义了。

不过，尽管我基本认定今天大概不会发生什么情况了，但脑海里还是有个声音提醒我，不能大意。所以我没坐电梯，而是顺着楼梯走下去。

四楼、三楼、二楼，最后来到一楼，一个人都没看到，也没有听到电梯声。

如果有人用电梯，声音那么大，我不可能听不到。可是万一筱塚不是杞人忧天呢？这是事关人命的大事，再慎重也不为过，我决定再亲自确认一下。

我按下电梯的升降按钮，三楼的指示灯亮起来。也就是说，刚才古仁她们上到三楼之后，没人再用过电梯。二楼的指示灯顺次亮起，然后是一楼的指示灯亮起又熄灭，电梯门慢慢打开，轿厢里一个人也没有。

电梯门再次关上，我站在电梯前四下张望，楼梯口和楼门口都没有人，不像有事要发生的样子。

看起来都是筱塚在瞎担心，不过我心里还是有点儿犯嘀咕，真像筱塚所说的，只注意十二月二十一日上午十一点左右就可以了吗？可是不然又能怎么样呢？我也不可能一年三百六十五天，每天二十四小时在这里蹲守。说起来，小岩井老师不一定就选择在电化教室自杀，更何况连他是否真有自杀的意图都不是很确定。

无论如何，我已经尽己所能，把该做的都做了。我推开沉重的大门，走出旧教学楼，寒风卷起地面的落叶，从我脚边翩然飞过。

我正想朝学校正门走去，突然下意识地停下了脚步。一个人从前方向我走来，她戴着蜻蜓复眼一般的大框眼镜，梳着马尾辫，很像我刚才看到的那个以为是附近居民的女人……不，不是很像，就是同一个人。

她大概是办完事，又从校园抄近路准备回家了吧。也许是我多心了，我感觉她看到我的瞬间身子一僵，表情也紧张起来，然后她立刻移开视线，快步朝学校后门走去。我看着她的背影，突然觉得这张面孔好像有几分眼熟，她不是这里的学生，也不是老师，我应该是在学校外的地方见过她。

这一点我很确定，但是我怎么都想不起她的名字。我在记忆中搜索了一会儿，没有结果，当我再次迈步朝学校正门走去的时候，背后传来"扑通"一声巨响。

强烈的刺激犹如某种邪恶生物一般从脚底直冲我的天灵盖，我知道那是重物落地的声音，身体却一时无法做出反应。

等我终于回过头来，发现旧教学楼前面倒着一个物体——不，不是物体，而是一个人，仰面躺在那里。

是一位八十岁左右的男性，身材健壮，穿着西装，没系领带，皮鞋鞋尖上翘，原本别在耳后的白发被摔歪的眼镜弄得乱七八糟。是小岩井老师！

他死了，不用摸他的脉搏就可以断定小岩井老师死了。

在他头部四周，鲜血混杂着豆腐状的物体流成一摊。一时间我仿佛灵魂出窍，身体也像被铁丝绑住一样，动弹不得。

我好不容易回过神来，急忙抬头看向五楼，尸体上方正是通向电化教室的入口位置。难道、难道，小岩井老师真是从五楼跳下来的……这、这怎么可能？他到底什么时候上的五楼？我不可能没看到啊。不会的，绝对不可能。

不管是小岩井老师还是其他人，都不可能从我的眼皮底下溜过去，神不知鬼不觉地爬上五楼。这种事绝对不会发生。

不，如果他不是从五楼，而是从其他楼层跳下来的呢？不对，哪一层都不可能。只要他上楼，我就不可能发现不了，更别提他还要跳楼。不对,等等,跳楼?

他怎么会跳楼呢?根据筱塚的说法,如果小岩井老师自杀的话,应该会选择和一年前他的外孙里见凉自杀时同样的日期、同样的场所、同样的方式……不是吗?

筱塚说的不对啊,完全不对。我很清楚现在纠结这个不合时宜,但心头涌起的困惑越发强烈,一浪高过一浪,仿佛永不止息。

★

时间退回到三个月之前,我必须先把与筱塚佳男结识的来龙去脉讲一讲才行。

暑假结束,进入九月,我不禁感到茫然。可能你会觉得我这么说太夸张,或许还会吐槽说:"你小子早就毕业了,暑假和你完全没关系了,还茫然个鬼啊!"但我既没有继续读书,也没有就业,成了所谓的自由职业者,也许正因如此,直到现在我还觉得和上大学时没什么区别。我每天在校园周围闲逛,可以切身感觉到八月和九月的氛围截然不同。

暑假期间学生们也会举办各种各样的活动,甚至比平时还要热闹;而进入九月后,校园气氛就陡然一变,好像大家都忙着和恋人团聚,和朋友重逢,看不到落单的人。和他们相比,我就如同无根之草一般,无依无靠,孤独寂寞。

你可能又要说我过于夸张了,但我真有这种感觉。当然,如果像以前那样有朋友陪我喝酒的话,就是另一回事了。

今年三月,和我一起毕业的高千(也就是高濑千帆)进入一家大型广告代理公司工作,远离安槻,在东京开始了新生活。说实话，我真的非常非常寂寞，但是，当初她打算在安槻就业定居时，让她改变主意的不是别人，正是我自己，所以现在后悔抱怨也无济于事。

高千为了逃离专横的父亲，毅然远赴东京，然而，这种做法并不能一了百了地解决问题。亲子关系不是想切断就能切断的。她认为只有远远离开家里人，才能按自己的想法生活，我非常理解她的想法，但事情没那么简单。

从长远来看，高千一味躲避父亲和家人绝不是上策。在持久战中，先采取行动的一方往往会失败，亲子问题和任何问题都是如此。在精神上被亲子矛盾和纠葛拖垮的，通常是最先宣告断绝关系的那个人。至少我的经验是这样。

如果高千不想屈从于父亲的摆布，她就不能自断后路。对她的父亲和其他家族成员说谎也罢，怎样都好，总之她要想办法灵活应对，不能做得太绝。否则她可能会在意想不到的事情上遇到大麻烦。

即使是高千这样的聪明人，在涉及自身问题时也无法冷静地做出判断。她觉得如果不能待在安槻，就只能回老家，然后一定会被后援会的成员用麻绳套住脖子，逼她继承父亲的势力，那还不如干脆死了比较好。当时她陷入这种二选一的陷阱，无法自拔。

后来是我向她提出了第三个选项。除了安槻和老家之外，她还可以去别处。比如她可以暗示家族成员，为了将来的事业，她想先在东京生活一段时间，积累经验之类的。在东京生活比定居安槻好多了，所以她的母亲和哥哥不仅不会反对，还有可能大力支持她。

高千犹豫了很久，最后还是接受了我的方案。她走的时候并没有邀请我一道去东京。其实当时我确实期待过和她一起去，但我不能离开安槻，这一点高千很清楚，因为我和她一样，也陷在持久战中，不能率先采取行动。如果我贸然搬去东京，不用想都知道母亲会怎么说，无非是各种曲解我的意图，认为我夹着尾巴逃跑了什么的，不依不饶地把我骂得狗血喷头。

所以，这就是为什么我现在只能和身在东京的高千保持远距离恋爱，是我本人一手造成了今天的状况。不过直到八月底之前，我都没有觉得特别寂寞，毕竟有漂撇学长（也就是边见祐辅）一直在我身边。他比我们大四五岁，可是到现在还没毕业。还有小兔（也就是羽迫由起子），她虽然和我同期毕业，但又继续在安槻大学读研。只要想见面，他们基本上随叫随到。直到暑假结束前，我们三个都像以前一样，喝酒聊天，过得无忧无虑。

然而，一到九月，一切全变了。原本一说喝酒就两眼放光的漂撇学长突然约不出来了，以前都是他硬拉着别人去喝酒，从来不管人家有没有时间。可是现在，无论我怎么软磨硬泡，他都一概无视。一问才知道，因为高千、小兔和我这些学弟学妹都毕业了，他突然有了危机感，觉得不能再荒废时间了，所以下定决心明年三月无论如何都要顺利毕业。他夜以继日地赶毕业论文，为了取得教师资格证积极参加教学实习，而且不放过任何一个招聘会。看着这样的漂撇学长，我不禁有一种恍如隔世感，这真的是我认识的那个人吗？

我一直以为，所谓教学实习就是去过去就读的初中或高中教一年书。可这都九月了，根本来不及吧。起初我十分怀疑漂撇学长只是在吹牛而已，但没想到他竟然真去争取了。他拜托中学老师把原本定在六月的教学实习调整到了九月。他剪短了标志性的卷发，剃光了胡楂，穿上了西装，可以说与过去那个邋遢鬼判若两人。

已经努力到这种地步了，万一明年三月还不能毕业，他肯定会把气都撒在我身上。都是因为成天和你鬼混我才不能毕业的！你怎么补偿我！你要负责！他一定会骂死我。所以，我还是不要找他喝酒了吧。算了，暂且放过漂撇学长，想喝酒的时候还是去找小兔好了。然而，谁知世事难料，无巧不成书。

这边漂撇学长洗心革面，那边小兔遇到了命定之人。就在今年八月，她认识了安槻警署的刑警平塚总一郎，给他们俩牵线搭桥的就是我。总之，他们相识不到一个月就决定结婚了。我听说这个消息的时候，简直不敢相信自己的耳朵。

小兔希望结婚之后能继续学业，所以打算把婚礼和酒宴推迟，先领证就好。平塚同意了。问题是双方家长有意见，尤其是小兔的父母，恨不得立刻就办婚礼，好好在亲戚们面前显摆一下这个优秀的女婿。小兔把平塚介绍给父母时，他们以为平塚只是个公务员，后来听说他竟然是当地名门望族平塚家的次子，都惊掉了下巴。所以也不难理解小兔父母欣喜若狂的心情。

于是，现在小兔一边要劝说父母打消办婚礼的念头，一边还要帮助忙碌的平塚为新婚生活做准备，每一天都忙得不可开交，当然也没时间陪我喝酒了。

漂撇学长在我面前关上了大门，幸福的小兔没心思理我，我只好坐在冷冰冰的公寓里独自喝闷酒。本来我以为喝闷酒也没什么大不了的，但我想错了，一连喝了几天之后，我感到寂寞难耐，快要哭出来了。

我也不能总待在屋里，偶尔也想出门喝酒散散心，但这也很难。学生时代常去的几个小酒馆，之前都是三五成群地一起去喝酒，现在我一个人去的话，店员大概会觉得很奇怪。我承认这么想也许有点自我意识过剩,但我实在不想被店员用微妙的目光盯着看,那样只会让我感觉更加可怜。

所以,如果我想独自出去喝酒,就必须开辟新领域,找一个没去过的店。然而,除了偶尔动用少量存款之外,我现在唯一的收入来源就是去咖啡厅打工所挣的钱。对于一个穷得叮当响的自由职业者而言,我没有多少挑挑拣拣的余地。这个店首先价格要便宜,不至于去一次就让我的荷包元气大伤,另外必须能步行往返我的公寓,更不用说的是饭菜必须美味可口。我每天晚上在大学附近闲逛,希望找到一家店满足我所有任性苛刻的条件。

一天,我发现了一家看起来还不错的小酒馆,这家店叫作"筱",门脸很小,好像刚开张不久,还没有被常客占领。我觉得这样的地方一个人去也不会觉得尴尬,可以轻松喝酒,于是决定进去试试。

在店里张罗的只有两个人,筱塚佳男和他的太太。筱塚看上去四五十岁,他太太花江也就三十出头的样子,两人年龄相差很多。

我永远不会忘记第一次跨进店门时他们脸上的表情。那天我掀开暖帘①,走进店里,电光石火之间,这对夫妻的目光同时投向我,热情地招呼道:"欢迎光临。"看到终于有客上门,他们努力不过于喜形于色,但是声音中透出的兴奋怎么都掩饰不住。我清楚地记得当时两个人都穿着便装,套着围裙,一点儿都不像正经开店,倒像在玩过家家。

吧台有五个座位,后面还有八个座席,全都空荡荡的,可能因为已经凌晨两三点了吧。而且从我进门到离开,也没有一个客

---

① 一种日本传统店铺常用的布帘,上面写着店名。开店时挂在门口,闭店时收起。

人光顾。

后来也不知从什么时候起,我开始经常去这家店喝酒。我总觉得要是我不去,今晚可能就没人去了,这种奇怪的责任感也是我变成常客的原因之一。因为经常只有我一个客人,筱塚无须顾忌旁人,讲话也渐渐随便起来。起初他还问我:"您是学生吗?"措辞非常客气,后来就不拿我当外人了。

"其实我也是安槻大学毕业的,算是你的学长。什么?你今年三月刚毕业?那你没找到工作吗?"

我毫不在意他的"失礼",或者倒不如说他的不拘小节让我感觉更加轻松。不过花江似乎对丈夫的待客之道颇有微词。她温婉有礼,脸上总是挂着羞怯的微笑。但是筱塚刚和我混熟的那段时间,他一开口,花江就面露不悦,并不时向他投来批评的眼神,好像丈夫的言行让她觉得很丢人似的。然而,她可能发现再怎么暗示丈夫也没用,所以后来批评的眼神就变成了无奈的微笑。

而筱塚似乎对妻子的心思完全没有觉察。每次我来店里他都会亲热地和我搭话,天南海北地瞎聊。

有一次,我提到自己不仅没有驾照,甚至连自行车都没有,筱塚表现出很有兴趣的样子。这件事进一步拉近了我们的距离。

"是这样啊,那你一般怎么出行呢?"

"去比较远的地方就坐地铁或公交车,近的地方基本靠步行。"

"这是你给自己定下的理念吗?比如为了健康,为了环保之类的?"

"没那么夸张。我只是觉得没有去远处的必要,我也不想出去旅游什么的。当然,如果有正经事的话就另当别论了。"

"阿匠，那你是不是都没怎么离开过安槻啊？"

"是啊。"

"那你也没有出国旅游过吧？"

"一次都没去过，我想以后大概也不会去。"

一般情况下，别人要么对我的懒惰感到诧异，要么立刻开启说教模式，告诫我"读万卷书，行万里路，人必须要扩展见识"什么的。但是筱塚的反应不属于任何一种，听了我的话，他反而显得很高兴。

"其实，我年轻的时候也下定决心，这辈子绝对不考车本，也绝对不出国旅游。"接着他又苦笑着补充，"可是，我现在车本也有了，外国也去过了。"

"年轻的时候是指？"

"就是十几岁到二十几岁那段时间。那时，我梦想着当个作家来着。"

"作家？写小说吗？"

"我不想写小说，是想写随笔之类的。当时我想，以后要是能靠写杂文、散文吃饭就好了。我从小就喜欢对问题刨根究底，可以说是个相当早熟的孩子。上小学时就在作业本上写过一篇名为《论人类生存意义》的作文。"

"哦，那你还真是早熟啊。"

"现在我完全不记得当时写了些什么了。小学生写的文章嘛，也就那个样子。不过当时我读自己的文章简直读得如醉如痴，觉得自己简直就是个天才。"

"哦，原来如此，我能理解这种心情。"我预感到他要开始漫长的回忆了。

"上了初中、高中，乃至大学，我还一直觉得自己天赋异禀，高人一等，并且认为不用我说，别人也能一眼就看出我是天才。我到处大言不惭地宣称自己将来要靠写作谋生，话里话外还暗示，不，应该是明示，自己不屑与普通人为伍。我当初丝毫没有察觉到别人都在暗中笑话我，说我是个只会夸夸其谈的毛头小子。并不是所有人都能容忍孩子的傲慢，只是年轻时我不懂得这个道理。"

"所以，你被大人教训了？说你小子真是不知天高地厚之类的？"

"没错。有人教训我说，你想探讨人类生存的意义这种深奥的主题也可以，但必须先好好读书，有了足够的人生积淀之后才能写。"

"像是大人会说的话。不过也很有道理。"

"是啊。所以说，我当时简直傻到家了。被这样教训了之后，我先是假装虚心接受，其实很不服气。我不记得自己具体是怎么和对方争辩的了，大概就是说孩子也有孩子的想法之类的。不是我自夸，当时我讲得头头是道，远超同龄人的水平。而且我特别擅长强词夺理。"

"哦。"

"最后对方沉不住气了，冲我发起火来。他说：'你净会说漂亮话，那你倒是说说，迄今为止你出过国吗？别说国外了，你连自己出生的城市都没出过几次。你没结过婚，没有为人父母，一个毫无人生经验的毛孩子在这里大谈特谈人类生存的意义，一点儿说服力都没有，充其量只是纸上谈兵而已。'"

"怎么说呢，对方讲得也有理。"

"说完他还补充了一句，问我：你小子知道'纸上谈兵'是什么意思吗？还特意把这几个字读得很清楚。"

"这就很讨厌了,我觉得没必要说到这种地步。"

"哈哈哈。不过现在我懂了,他的意思是,没有丰富的人生经验做基础,读再多书也写不出好文章。假如现在我站在他的立场,面对一个不知天高地厚的年轻人,也会用同样的方式教训对方吧,虽然不一定照搬他的原话。但我当时是个毛头小子,听别人说到这个份儿上就气不打一处来,非得撂下几句狠话心里才舒服。'好吧,既然你这么说,那我还就一辈子都不离开这个城市了。说什么读万卷书,行万里路的废话,你活了一把年纪,又懂得多少呢?这种经验至上的迂腐想法早就过时了。我不会结婚,也不会要孩子。我就是要证明给你看看,这些经验和能否具备深刻思想毫无关系,我对这个世界的理解会比任何人都透彻,你等着瞧吧。'"

"哦,你还说过这样的话啊。"

"我对他说,开车会扩大行动范围,所以我不会考车本,我也不去海外旅行,而且我一辈子都不结婚。回想起来,年轻时的我真是蠢得可怕。现在跟你说的时候我都忍不住想笑话那时的自己,怎么会蠢成这样。"

"但是现在你结婚了。有孩子吗?"

"嗯,有个男孩……是以前的……"

筱塚语气未变,但没有详细说下去。我估计他离过婚,孩子是和前妻生的。其实我猜得没错,只不过当时我还不知道他和花江还没结婚,他们没有领证,是事实婚姻的状态。

"后来你还考了车本,有时也去国外旅行。"

"是的。在安槻大学读完硕士之后,我参加工作,进入社会,这时才真正体会到现实的残酷,纸上谈兵是行不通的。"

"也就是说,你以前做过其他工作?"

"对,我在东京的一家出版社工作过。哈哈哈,我知道你想说什么,你想说你不是一辈子都不打算离开安槻吗?但是那个时候我还没有放弃作家梦,一直留在老家的话没有出路,还是要去大城市才行。而且我不想进公司当个普通白领,我想找一份和写作相关的工作。"

"你在哪个出版社工作?"

"说了你多半也不知道,那个出版社专门出版戏剧评论类杂志。主编除了主业之外,还给一些一流剧团写剧本,在业内是个赫赫有名的人物。我憧憬着自己有一天也能成为这样的人。"

"原来如此。"

"但我没有成功。去了东京才发现,和我同水平的人比比皆是,好像随便丢块石头都能砸中好几个半专业的杂文作家。出版社的工作也没有我想象的那么有趣,处理人际关系还很麻烦。结果,工作了四年我就辞职了,回到安槻。"

姑且不论筱塚的故事是否令人愉快,反正我听得津津有味,可能是因为我们都有性格执拗的一面吧。听他回忆过去的时候,也许是感同身受的缘故,我偶尔有种坐立不安的感觉。总之,从此以后我就成了会定期上门的常客。

我不知道筱塚夫妇(为了方便暂且这样称呼吧)怎么看我,他们大概觉得我喜欢他们的店,所以常去。一般来说的确如此,但这次情况有所不同。

每次去他们店里的时候我心里总有一种预感:今晚店门口大概不会挂暖帘了。无论我什么时候去,都没见过除我之外的其他客人,仅凭这一点也不难推知他店的饭菜水平如何。生鱼片是用菜刀胡乱切的,无论质量还是分量都只能说差强人意,我都不好意思向朋友推荐。

花江身为老板娘，我却总是担心她过于辛苦，身体会垮掉。她喜欢一动不动地站在啤酒桶旁，仿佛在随时等着响应客人加单。她这种奇怪的奉献精神与其说是为了客人，倒不如说是为了丈夫。每次看到她这个样子都让我觉得心痛。

我确信，照这样下去，这家店早晚会关门。

然而，十一月的某一天，我到店里的时候发现后面座席上竟然坐着几个客人，心中顿时涌上一种近乎感动的惊异。这还是第一次看到除自己以外的其他客人。那四个二十出头的女生大概是安槻大学的学生，再看看感觉还有些眼熟。

店里一下子来了四个年轻姑娘，筱塚肯定很高兴，看他和她们聊天的时候也比平常更起劲。相比之下对我的态度就略显草率了。

后来我几乎每次去店里都会遇到这几个女生，不过她们也不总是四个人一起来，有时来三个，有时来两个，还有时只有一个人来。她们比我来得频繁多了，好像每天四个人当中都会有人来店里。

有了这么照顾生意的常客，即使我不去，这家店应该也能维持下去吧。

我不知道这几个女生的名字，就擅自把她们称作"A团"，A当然就是"安槻"的首字母了。我观察了一段时间后还是觉得有些奇怪，她们每天都来这家店到底是图什么啊？

显然不是冲着这里的饭菜来的。据我观察，她们每次一起来的时候，除了店家赠送的小菜之外，一般只点两三个菜。也不像是专门来喝酒的，有时她们一杯兑水烧酒能从头喝到尾。

既然我都能毫无压力地来这里吃饭喝酒，说明这家店的定价对学生来说也很友好。但我可不觉得这一魅力能大到牢牢抓住这些玩心正盛的小姑娘，吸引她们每天光顾。那么，她们到底为什么每天都来呢？

十二月的某个晚上，这个谜团终于解开了。那天我像往常一样来到店里，发现只有花江一个人看店，她说筱塚有急事出门了，今天闭店之前都不一定能赶回来。

我不经意地朝座席看去，那边的桌子上孤零零地摆着三杯几乎没动过的兑水烧酒和三份餐前小菜。

看来"A团"已经来了。但是我没有看到她们的随身物品，难道说她们来过，已经走了？不会吧，现在时间还早呢。筱塚今晚不在店里，没人做菜，可他在的时候饭菜也不怎么样啊。

哦，我终于明白了，原来是这样。这么简单的理由我怎么就想不到呢？这几个女生是冲着筱塚才来的啊，这下就都能解释得通了。

仔细想想，筱塚仪表堂堂，颇具男子气概。虽然称不上超凡英俊，但在女性看来，这样的反而更有亲切感，不会显得遥不可及。就像当地偶像一样，可以让人毫无压力地接近。

解开了谜团让我很高兴，于是我点了一杯生啤，在吧台的老位置坐下。花江给我端来酒，一个劲儿地鞠躬道歉："对不起，真对不起，实在对不起，您总是这么照顾生意，我们真的……"

她不仅是为今晚之事，也在为丈夫一向的待客态度道歉。她逮住机会把深藏已久的歉意一股脑儿地倒出来，这架势实在把我吓得不轻。

"不不不不，没事没事，没关系……"

"请、请问，您需要点什么菜吗？筱塚不在，我也不会做太复杂的……"

听她这么一说，我想起有一次吃过一个下酒菜，就是把融化了的奶酪涂在蒸熟的土豆上，非常简单，没想到竟然无比美味。这道菜应该不难做，我正想开口点菜，店门哗啦一声打开了。

是一身黑西装的筱塚，他扶着打开的拉门，站在外面的小路上没有进来，一边解黑色领带一边冲花江招手。

花江从筱塚手里接过某样东西，又在他头上做了一个挥撒的动作——好像是在撒盐，祛除晦气用的那种。

"不好意思，回来晚了。"筱塚进了店，脱下黑色西装外套扔给花江，然后一屁股坐在我旁边的椅子上。

"是有人过世了吗？"

"对。我去参加守灵式了。阿匠，你应该认识安槻大学英语系的小岩井老师吧？"

"小岩井老师？哦，认识，大一的时候他教我们英语口语。"

"这样啊。其实，不仅在读书时，甚至硕士毕业之后我都一直受小岩井老师的很多关照……"

"是小岩井老师过世了吗？"

"不，他夫人过世了。今天早晨看报纸的时候才看到守灵式通知，之前真的一点儿都不知道。于是我就急急忙忙赶了过去……"

说到这里筱塚停下来，脸上露出苦恼的表情。显然他还有话想说，却不知该如何说出口。

"我说，阿匠……"终于，他上气不接下气地开始说了，"听说大学里的基础教学楼要换新楼了，是真的吗？"

"对，新楼基本盖好了。不过我听说这个学期旧楼还排了很多课，所以要等明年春假才会把办公教学设施正式搬到新楼。"

"所以说，新学期开始后就要启用新的基础教学楼了，对吧？那旧楼怎么办？"

"据说明年暑假之前会拆掉。"

"那么……明年暑假之前拆掉的话……就再也没有这个楼了……"筱塚自言自语似的嘟囔着,声音越来越微弱,似乎还没来得及扩散到四周的墙壁,就被沉重的气氛吞没了。沉默在空气中漫延。

我偷偷看了花江一眼,她好像很不满丈夫一直坐在那里,似乎想开口催促他赶紧换衣服干活儿。但是筱塚的表情如此痛苦凄凉,一时之间花江也怔住了。

"说起基础教学楼,五楼有个外语电化教室……"为了打破沉默,我只好没话找话,"我刚入学的时候,在那里上过小岩井老师教的英语口语课。说起来,这种基础课程学分很少,新生们大都抱着得过且过的态度,我也是如此,试图蒙混过关就算了,结果被小岩井老师狠狠批评了一顿。"

"他就是那种老派教师。"筱塚的表情终于多少放松了下来,"我们那时也是,觉得上大学混够学分就行了,反正最后都能毕业。但是,在小岩井老师的课上拿到学分可不容易。也有学生抱怨,一个基础教育课,至于那么严格吗?结果被老师痛骂了一顿,之后大家都不敢吭声了。"

"他是不是说,学习态度不端正,不肯努力的人以后就不要来上课了?"

"对对,就是这么说的。看来你也被他用同样的话教训过啊。"

"不是我,是我的一个学长,他曾被小岩井老师骂得很惨。"

"哈哈哈,我能想象到他骂人的样子,就像老派的日本家长教训孩子一样。看起来小岩井老师直到退休都是老样子。"筱塚低声笑了几声,脸色又骤然阴沉下来。

"我说,阿匠,这个月的二十一日,你有时间吗?"

"二十一日?我想想,是星期二吧?我没什么特别的安排。怎么了?"

"那天中午十一点左右,你有空吗?"

"啊?"

"我想拜托你一件事。我想让你在二十一日十一点左右去基础教学楼,当然我是指旧楼那里,监视小岩井老师。"

"你想让我监视小岩井老师?"我大吃一惊,"这是怎么回事?"

"跟你明说了吧,我担心他打算在那天的那个时刻自杀。喂,你不要这副表情,我没开玩笑,是真的很担心。"

结果,筱塚一整晚都没换衣服,更没有进厨房。他就坐在我旁边,把为什么要提出这个奇怪的请求详详细细地解释了一遍。

"那是一九八二年,也就是十一年前的事了。小岩井老师有一个外孙,名叫里见凉,当时上高三。其实我和阿凉交情匪浅,他读初一到初三这段时间我一直担任他的家庭教师。"

筱塚年轻时一心打算将来靠文字立身,本科和硕士期间的他以能言善辩著称,常常与系里的资深教授展开学术辩论,据说小岩井老师对他非常欣赏。

"我之前说过,研究生毕业后我在东京的出版社工作过,不过只待了四年就辞职回了安槻。那时我因多年的理想破灭,整个人都垮了。这么说可能有些夸张,但我当时的确非常消沉,找不到人生目标,终日无所事事。有一天我在街上偶遇了小岩井老师,他问我近况如何,我就老实告诉了他……"

然后小岩井老师说他有个刚上初中的外孙,问筱塚能不能帮忙辅导他的功课,就当作是找到新工作之前的过渡,同时也可以帮他转换心情，重新振作。

"我觉得做家教总比游手好闲强，所以给阿凉辅导了三年，直到他初中毕业。其实当初小岩井老师希望我能辅导到高中毕业的……"

"也就是说，当初你们说好，你要给阿凉做六年家教，是吗？给同一个人做六年家教实在很少见啊，看起来小岩井老师真的很器重你。"

"虽然是小岩井老师找上我的，但后来我和阿凉相处得很好，这也是其中的一大原因。阿凉头脑聪明，性格爽朗，和我一见如故。我们经常愉快地聊些学习之外的事，有时还会就某些问题展开激烈讨论。所以，如果可以的话，我也希望能给他当家教直到他高中毕业。但我也不得不考虑诸多现实因素。那一年我三十岁了，俗话说三十而立，我也不能一辈子靠打零工过日子。看到阿凉顺利考入了理想的高中，我就辞去了家教的工作。之后的三年里我都没再见过小岩井老师和阿凉，直到有一天，我突然收到一个意想不到的消息。"

十一年前，一九八二年十二月二十一日，里见凉自杀了，而且是在安槻大学基础教学楼五楼的外语电化教室自杀的。

"据说当时阿凉的脖子上套着个绳圈，绳子另一端系在门把手上，他的身体几乎平躺在地上。那天中午十一点，小岩井老师发现了他的尸体，似乎就在阿凉死后不久……"筱塚悲痛万分地咬住嘴唇，"当时正值假期，学校里没有学生，阿凉知道那天小岩井老师有事要去电化教室，他好像是为了让外公发现自己的尸体，故意选择在那里自杀的……"

"故意在那里自杀？你为什么会这么想？"

"因为他留下了遗书。我并没有见过实物，只听说他在遗书里洋洋洒洒地写下了很多对外公的怨恨。"

"怨恨？他们祖孙之间有什么矛盾吗？"

"说来话长。总之，一方面小岩井老师十分溺爱阿凉，另一方面又对他管教得非常严格，几乎可以说过于严格了。一般来说，老人总会对孙辈无条件地宠爱，但小岩井老师和一般的外公不太一样。"

阿凉是小岩井老师唯一的外孙，所谓爱之深，责之切。小岩井老师有多爱阿凉，就有多想把他教育好，让他无论在学识上还是在道德上都能出类拔萃，他甚至把这件事当作自己人生的终极使命。筱塚认为，小岩井老师可能是做得太过火了。

"阿凉成绩很优秀，好像打算报考外地的大学，但不知为什么，他最后选择了直升安槻大学。我想这大概并非出于阿凉的本意，而是顺从了外公的意愿。当然，小岩井老师表面上并不会强迫阿凉，他大概嘴上会说'这是你的未来，选你自己喜欢的就好'之类的吧。"

"其实心里想的是另一套？"

"大概吧。小岩井老师其实是希望宝贝外孙就在自己眼皮底下上安槻大学，阿凉可能也反抗过，但最终没有拗过外公。"

"所以，阿凉是因为大学志愿问题而自杀的？还特意选择特定的日期、特定的时刻自杀，就是为了报复外公？"

"当然不仅仅出于这个原因，还有很多其他的事。从零花钱的多少到如何结交朋友，阿凉生活的各个方面，事无巨细，小岩井老师都要插手干涉。"

"他还干涉阿凉交朋友？这是怎么回事？"

"比如，阿凉在学校交到一个好朋友，小岩井老师就会担心这个人会不会把阿凉带坏。他会自己去调查这个人是谁，家庭背景之类的。"

"这也太……"变态了吧……我及时咽下了后半句话。不过筱塚好像明白我的心声,轻轻点头,一脸苦涩,似乎觉得与我有同样的想法就是背叛了小岩井老师。

"如果阿凉去朋友家玩的话就更不得了了。之后小岩井老师会打电话给那个朋友,仔细盘问阿凉说了什么、做了什么,任何细节都不放过。这些都是我给阿凉做家教时他亲口告诉我的,他抱怨说好不容易交到的朋友,一个个都被外公吓跑了……"

"我觉得吧,再怎么说,小岩井老师的做法都有点过分了。阿凉的父母呢,他们对此有什么想法?"

"他们大概早就放弃了。小岩井老师待人接物谦和有礼,但也有固执己见的一面。乍一看他是个非常通情达理的人,但接触多了就会知道,如果别人提出的意见与他的价值观有偏差,他就不会接受,有时还会毫不留情地把对方臭骂一通。阿凉的母亲静子应该早对父亲性格中讨人嫌的这一面深有体会了。"

"那阿凉的父亲呢?"

"据说他在岳父面前完全没有发言权。他之前是小岩井老师的学生,小岩井老师看中了他的才学人品,才把他介绍给了女儿。"

"照你的意思,静子也是在父亲的授意下结的婚喽?"

"可能吧。阿凉自杀后,小岩井老师一味地指责女婿,说阿凉本来不是这样的孩子,都是女婿教坏了。他女婿忍无可忍,最后向妻子提出了离婚。三年后,也就是一九八五年,静子也去世了,据说是因为交通事故,但是……"

"你是想说静子也有可能是追随儿子,自杀的吗?"

"我不能断言。但是须磨子夫人,也就是小岩井老师的太太,似乎是这样认为的。今天我在守灵式上看到了小岩井老师,他憔悴得不成样子,让人非常担心。我尽可能地陪在他身边,听他倾诉了很多心事……"筱塚神情紧绷,沉默了片刻,又接着说,"听说须磨子女士是得癌症去世的,乳腺癌转移到肺部,受了很多罪。她在弥留之际给丈夫留下了一句话……"筱塚顿了顿,来回舔着嘴唇,眼底掠过一道奇异的光芒,"她是这么说的……'你死了我也不会原谅你'。"

"不会原谅什么?"

"须磨子女士没有再多说。小岩井老师没能马上理解妻子的意思,后来他才慢慢想到,长久以来妻子一直认定是他害死了外孙和女儿。她虽然嘴上不说,但是心里一直默默地恨着他。意识到这一点后,小岩井老师深受打击……"说到这里,筱塚停了一会儿。沉默只持续了几秒钟,却沉重得让人透不过气来。

"也不能说小岩井老师完全没有错。但是,外孙、女儿、妻子接连离世已经让他的精神千疮百孔,而妻子更是在临终时留下了诅咒一般的遗言,可以想象小岩井老师该有多么绝望。"

"所以,你认为小岩井老师很有可能会想不开,一了百了?"

先是逼得外孙自杀,然后可能又间接害死了女儿,接着妻子死前还留下那样的遗言,这一连串的打击会把一个人逼上绝路也不足为怪。

"没错。而且,我得知旧基础教学楼即将废弃之后更加不安了。如果旧楼在明年夏天之前就要彻底拆除的话,那就只剩下今年的十二月二十一日了……"

"你是说小岩井老师会赶在旧楼拆除前的最后一个十二月二十一日,在阿凉自杀的电化教室追随他而去吗?"

"怎么说呢,小岩井老师这个人十分注重形式。妻子去世的时候正好得知阿凉自杀的旧基础教学楼将要拆除的消息,他可能会觉得这一切都是命运的安排。当然,可能是我想多了。不,应该说我希望只是我想多了,这些全都是我的胡思乱想而已,要是这样就好了。但我还是忍不住担心,如果可以的话,我真想在十二月二十一日那天,亲自去监视小岩井老师,可是不巧我那天有事不能外出。所以,阿匠,我想拜托你帮我监视小岩井老师,就在十二月二十一日中午十一点前后。如果老师真想做傻事的话,他绝对会选择这个时间,而且他恐怕会选择和阿凉同样的方式。所以,你只要密切注意电化教室周围就可以了。一切拜托了。"

结果,我却辜负了筱塚的信任,竟然让小岩井老师就这样死掉了。当地报纸和新闻已经大肆报道了这一消息,不用我亲自告诉筱塚,他也应该早就听说了。但是,向警察讲完情况,事情暂告一段落之后,我还是怀着沉重的心情再次赴筱塚店里。

起初,我只是打算向筱塚请罪。但其实我心里还有很多疑问,小岩井老师到底是怎么神不知鬼不觉地绕过我严密的监视,爬上五楼的?这不等于他是在密室状态下死的吗?然而,我不想对筱塚说这些,这样就好像在说不是我不小心,而是他死得太离奇。为自己开脱责任也太丢脸了,我干不出来。

可是没想到筱塚先提出了疑问,尽管他的问题与我在意的事情没有关系。

"我说,阿匠……这不是很奇怪吗?小岩井老师真是自杀的吗?会不会是有人把他从五楼推下来的?"

看来筱塚坚信,如果小岩井老师自杀,一定会选择和阿凉同样的方式,在电化教室上吊。

"不可能,小岩井老师毫无疑问是自杀的。"

当时，我看着小岩井老师的尸体愣了一会儿，然后猛地回过神来，朝对面的人文学院大楼跑去。我让学生事务办公室的职员帮忙报了警，很快警车和救护车就赶来了。

也许是为了调查是否有他杀的可能，除了身穿制服的民警和鉴证人员，还来了几位穿便服的刑警。其中那位精明干练，穿着黑西装，三十岁左右的女刑警正是七濑。

如果漂撒学长知道我和他心中的女神见面了的话会怎样呢？是气得说不出话，还是因为正面临毕业这个生死攸关的大挑战，无暇分心，因而毫无反应呢？暂且不管这些，以下我告诉筱塚的所有信息都是从七濑那里打听到的。

"就在通往电化教室和准备室的走廊上，警方发现了小岩井老师的手提包，并在包里找到了他的遗书。"

"遗书？真的吗？"

我把筱塚拜托我来基础教学楼监视小岩井老师的事一五一十地告诉了七濑。我告诉她，小岩井老师的外孙自杀，接着女儿去世，妻子临终前又把一切归咎于他，导致他精神极不稳定，好像有自杀的倾向。

筱塚问道："老师的遗书里写了什么？"

"我没看到实物，据说里面写的和你之前说得差不多。大体内容就是，我是为了阿凉好才对他严加管教，没想到却害死了他。虽然不知道和这件事有没有关系，但反正静子也走了。须磨子把他们的死都归咎于我，说死了也不会原谅我，我觉得自己一直做错了。"

"遗书真的是老师写的吗？"

"警方还在鉴定笔迹。"筱塚对遗书的真伪提出质疑，让我觉得有点儿奇怪，"但我认为肯定是老师写的。你为什么觉得遗书可能是伪造的呢？你不是说他本来就……"

"我明白你的意思，担心老师会自杀的是我没错，但他是跳楼自杀的，这一点太奇怪了，我想不通。"

"你的想法也有道理，但小岩井老师似乎是不得已才采取这种方式的。"

"不得已是什么意思？"

"其实，在五楼走廊发现的提包里面除了遗书，还有很多东西。比如，绳子。"

"绳子？啊，也就是说，他果然想上吊的？"

"对，绳子恐怕就是为了这个目的准备的。而且警方确认了，那条绳子是前一天小岩井先生刚买的。也就是说，正如你所担心的那样，他本来打算以和阿凉同样的方式自杀。至少在前往基础教学楼的路上他是这么打算的。"

"那为什么最后跳楼了？"

"在老师的提包里还找到了一个重要的东西，是钥匙。"

"什么钥匙？啊，我知道了。"

"没错，就是电化教室和准备室的钥匙。"

"看来老师就是想在阿凉死去的那个教室自杀啊。但是，他为什么……"

"老师想进电化教室，但门打不开。"

"门打不开？喂，你说得好像亲眼见到了似的，这也……"

"警方调查发现，老师提包里的那把钥匙是私自配的。可能是小岩井老师以前配的，这样就不用每次上课都跑去教务处拿钥匙了。"

"对啊。对小岩井老师来说，电化教室和准备室就像私人城堡一样，里面存放了很多教材和资料。他为了能随时出入才去配了一把备用钥匙。退休后他还一直把钥匙留在身边吗?"

"应该是。不过他是三年前退休的,所以,他不知道去年电化教室和准备室的入口换了新锁。"

"换了新锁?真的吗?"

"好像是旧锁使用年头太长,金属老化了。听说之前有人开门的时候,把钥匙插进去转,结果锁坏掉了,所以就换了新锁。小岩井老师并不知情,他拿着旧的备用钥匙开门,却怎么都打不开,无奈之下只好……"

"你是想说,他无奈之下只好临时改变自杀方式,从上吊变成跳楼了?"

"是的。而且他当时正好在五楼,这可能也是他改变主意的重要原因。也许他想,跳楼更方便,只要越过齐胸高的矮墙跳下去,就解脱了。"

筱塚双手抱胸,眉头紧皱,沉思了一会儿。再开口时他的声音压得很低,好像在威胁某个看不见的敌人。"的确,从遗物和现场状况来看,只有这一个解释。但我还是觉得很奇怪,你说呢?"他死死盯着我,或者说瞪着我,"如果真是这样的话,也就是说,从小岩井老师往基础教学楼走来开始,他的一切行动你都没有看到,是不是?"

我点点头,突然意识到自己还下意识地耸了耸肩,赶紧端正了姿势。

"不仅他走过来你没看到,他在五楼试图开门,咔啦咔啦转动钥匙,与门锁搏斗的样子你也没看到……这件事怎么想都很奇怪,不是吗?那时你一直在五楼啊。"

没错,我一直在五楼。更确切地说,我从一楼爬楼梯上到五楼,从五楼又爬楼梯下到一楼,之间这段时间我一直在五楼。

"你在五楼的时候，还仔细检查过那里的厕所，并且确认过通往其他教室的入口也是锁着的，对吧？"

"对。但是……"

"但是你没有看到小岩井老师。这可真奇怪，太奇怪了。"

当然，我也感觉事情有些奇怪。

"我最在意的是电梯。你在楼里监视的时候完全没听到电梯升降的声音吧？"

完全没听到。确切地说，除了胡麻本和稍后的古仁她们四个戏剧部成员坐电梯从一楼上到三楼之外，没听到过电梯有动静。

"如果你没有记错的话，那小岩井老师就应该是特意爬楼梯上到五楼的。但是这又不大可能，我甚至可以断言这根本就不可能。"

"是因为小岩井老师上了年纪，腿脚不好吗？"

"对，没错，他走路都需要拄拐杖。而且他的视力也下降得很厉害，有时会看不清东西，再加上腿脚不灵便，我很难想象他会特意去爬楼梯。咦？这些你也知道？"

"五楼走廊上发现的提包旁边还扔着一根拐杖，警方好像已经确认过那就是小岩井老师平时出行时用的。"

"他的拐杖……也在那里？"

"所以说，老师恐怕就是爬楼梯上去的。虽然不知道他上楼的确切时间，但有一点可以肯定，就是我看漏了。"

"不不。"筱塚耍性子一样连连摇头，"不，不是这样的。你搞错了，大错特错，小岩井老师根本不是自杀的啊。"

"你的意思是？"

"老师死时穿着鞋，对吧？还戴着眼镜，是不是？"

我的思绪飘回到发现尸体的那个时刻，小岩井老师死时的惨状在我的脑海里逐渐变得清晰。卡在耳后的镜框和指向天空的鞋尖鲜明地浮现出来。

"是的……对，就是这样。"

"当然，跳楼自杀的人也不一定都会事先摘掉眼镜，脱掉鞋子，把一切都打理好。的确不一定如此。但是小岩井老师一定会这么做。我说过，他是一个非常注重形式的人。我敢打赌，如果他真的选择跳楼的方式自杀，事先一定会把眼镜、鞋子，还有遗书全都整整齐齐地摆放在五楼走廊里。"

"所以，你是想说，小岩井老师不是自己想跳楼，而是被人推下去的吗？"

"这我可不敢说。但我觉得事有蹊跷。"

"什么蹊跷？"

"比如那天戏剧部成员正好在那栋楼里排练，这就挺蹊跷的。"

"啊？这、这是什么意思？"

"你不觉得蹊跷吗？"

"那、那个……到底哪里蹊跷？我不太懂……"

"我也说不上来具体哪里蹊跷。对了，那个戏剧部部长，叫胡什么来着？"

"胡麻本。怎么了？"

"你能不能把他介绍给我认识一下？"

"当然可以，这很简单。怎么？你找他有事？"

"我想问他点儿事。"

筱塚好像也不清楚找胡麻本的目的何在，不过我还是跟胡麻本说了。我告诉他找他不是想喝酒，而是这里有个人想问他关于那天的事。于是我带他来到筱塚的店里。胡麻本一脸紧张，又显出些许好奇。我把他引荐给筱塚，胡麻本条件反射似的露出亲切的微笑。当筱塚自我介绍说他叫筱塚佳男，是安槻大学校友的时候，胡麻本的反应有些微妙，他向对方确认了一下名字是哪两个汉字。

胡麻本彬彬有礼的态度中透出一丝疑惑，好像在回忆以前是否见过筱塚。而当我说起那天我过去是因为怕小岩井老师自杀而去监视他时，胡麻本脸色骤变，他瞪大双眼，向前探出身体。

"原来如此，是这么回事呀。阿匠，你可真是见外，如果那时你告诉我的话，我也可以帮忙啊。"

"啊？帮什么忙？"

"帮你监视小岩井老师，不让他做傻事啊。这种事情，多一个帮手不是更好吗？"

他不说我还真没想到这一点。不过就算我当时想到了，真会开口找他帮忙吗？

"我说，胡麻本……"看筱塚的口气和态度，他从一开始就没打算把对方当客人招待，"那天你也在基础教学楼，是吧？我想问问你当时的情况。"

"别在意，请随便问。"

"你有没有发现什么可疑的迹象？比如有没有看到可疑的人在基础教学楼里或周围鬼鬼祟祟地出没？"

"这个真没有。我和阿匠在电梯厅聊了几句，就坐电梯去三楼了。我用从教务处借来的钥匙打开教室，在里面等待同伴。那几个女生来了之后我们就开始读剧本了。"

"这期间没有发生任何可疑之事吗？"

"没有。十一点半左右，我记不清具体时间了，外面突然乱起来，我们听到了救护车和警车的声音，纳闷是怎么回事，就来到走廊往下面张望。有一个女生看到了……"他说的是出水亚由美。

"当时尸体还没被蓝色塑料布盖住,她受到了很大的惊吓,捂着嘴就往厕所冲去。结果没来得及跑到厕所,直接吐在走廊那里了。"

这件事我从七濑那里也听说了。为了确认楼里有没有目击者,警方从一楼顺次检查,最后在三楼看到胡麻本一个人用厕所里备用的拖把擦地板。

"亚由美躲在教室里哭个不停,我让另两个女生去安慰她,自己在外面打扫。然后警察来了,我把我们知道的全说了。但是我们一直在教室里排练,没有发现任何可疑情况。"

筱塚又问了胡麻本很多问题,基本上只是再次确认了一遍已知信息,没有额外收获。看起来他找胡麻本问话果然没有什么明确的目的,这也在我的预料之中,但是让我在意的是,他对胡麻本的态度有些奇怪,明明是初次见面,他却表现得相当咄咄逼人。好像筱塚心里已经认定胡麻本了解小岩井老师之死的某些内情,不,甚至可以说,他怀疑胡麻本与这件事有直接关系。他显然把胡麻本当作"嫌疑人"在盘问。

我不知胡麻本心中做何感想,他自始至终都表现得从容有礼。至少在筱塚店里时是这样。

筱塚终于没问题可问了,我怕我们再待下去气氛会很尴尬,于是催促胡麻本一起走。就在这时,筱塚自言自语一般地嘟囔着:"说不定那天小岩井老师不光没用电梯,连楼梯也没用。"

"嗯……这是什么意思?"我不由得停下脚步。

"没什么,就是突然冒出一个奇怪的念头。你看,一楼电梯门附近贴着很多社团的海报和传单,对吧?"

从他的语气就可以知道他已经去过现场,亲眼确认过那里的情况了。

"如果我没记错的话,学校是不允许学生在正规告示牌之外的地方张贴海报的。而小岩井老师认真和固执的程度都远远超过常人,他对不遵守校规的学生总是格外严厉。有一次,他看到那里密密麻麻贴满了海报,气得火冒三丈,那样子我直到现在都记忆犹新。"

我和胡麻本下意识地对视一眼。

"他无视在场学生和老师的反应,理直气壮地把海报全都撕下来扔掉了,一张都不剩。如果二十一日那天,小岩井老师真的去了基础教学楼,那些海报不可能还原封不动地留在那里。这一点让我觉得非常奇怪,总觉得老师就没有到过那个地方似的。哈哈哈,当然了,这都是我的胡思乱想而已,很有可能只是因为老师年老体弱,没有精力管海报的事了。"

虽然筱塚嘴上说着只是胡思乱想,但他的话里显然大有深意。胡麻本也和我有同感,一出店门他就凑近我,压低声音说:"阿匠,不好意思,你现在有空吗?"

"怎么了?"

"关于小岩井老师的事,我无论如何都想和你聊聊。"

"你刚才怎么不和筱塚聊?"

"和他说有点儿不方便。"

"什么意思?"

"等我说完自己的想法,还想听听你的看法。"他一边走一边开始说起来,"阿匠,那天你一直在基础教学楼监视,对吧?"

"嗯。"

"但是,你从楼梯上下楼的时候没有看到任何人。除了我和戏剧部的几个女生，也没人用过电梯。所以，你想破头也想不明白小岩井老师是什么时候、以什么方式上的五楼，是这样吧？"

"没错。"

"你把这个疑问告诉警察了吗？"

"算是说了吧。"

"那警察有什么看法？"

"虽然没有明确说出口，但他们觉得就是我看漏了。"

"你自己觉得呢？你真觉得是自己粗心大意看漏了吗？我希望你说出真实的想法。"

胡麻本停住脚步，观察我的表情。

"说实话，我没有看漏，绝对没有。但是从结果看，只有这一种解释，那就是说我的确——"

"如果真是如此，那你觉得你为什么会看漏呢？你明明那么小心了。"胡麻本极其认真地盯着我，一副打破砂锅问到底的架势。

"这……这谁知道呢。"我灰心丧气地回答。

"好吧，你仔细听我说。阿匠，那天你在五楼的时候，并没有一直待在电梯厅，对吧？你还去教室区那边检查了一圈。"

"对。我原本以为某个通往教室的入口没有锁，但发现不是这样的。"

"如果，我是说如果……"胡麻本略显急躁地打断我，"你去走廊查看各个教室的时候，你听好，要是这个时候电梯运行的话，你能听见声音吗？"

"在走廊的时候？这个……"我想了想，"应该……听不见吧。那时通往走廊的门是关着的，尤其是我走到走廊尽头，查看离电梯厅最远的教室时，应该是听不见电梯声的。但是——"

"听我说完。"胡麻本气势十足，一时之间我都不知道他是在发怒，还是在发笑，"那个时候，听好了，我在想，会不会就是那个时候，小岩井老师坐电梯上楼了？"

"不，不会的。也许我在走廊的时候听不到电梯声，但后来我回到电梯厅时一个人都没看到啊。这个绝对没有错，我连厕所都检查过了，一个人都没有——"

"那时小岩井老师并没有上到五楼。"

"你说什么？"

"比如，他到四楼就从电梯里出来，躲到厕所或其他地方了。"

"啊？他为什么要躲起来？"

"因为躲起来就可以等你从五楼下来之后，再爬楼梯上五楼。就不会被你抓个正着了。"

"你、你等等，你这样说就好像小岩井老师知道我在监视他似的……"说到这里，我突然恍然大悟。胡麻本盯着我，沉重地点点头。

"就是这样，小岩井老师知道，如果遇上你，你就会阻止他自杀。所以他才躲起来了。"

"不可能。他是怎么知道的……"胡麻本用那种演员所独有的目光凝视着我，让我无法退缩，"他不可能知道那天我在基础教学楼监视他啊……你是说，有人告诉他了？"

"你听好，我只是打个比方而已，他也不一定在四楼下电梯，也可能是在三楼，这不是关键。重要的是，他知道你在监视他，所以他得躲着你，不和你碰面。所以，尽管你万分小心，但还是看漏了，这也没什么奇怪的。要我说，这才是唯一的解释。"

"但是、但是，是谁告诉小岩井老师我在监视他的呢？"

"你说,知道小岩井老师可能会选择在那一天自杀的人有几个呢?连我这个局外人都清楚,这种人不会很多。"

难道是筱塚?他为什么……我正要开口,脑海中蓦然闪过一个念头,忍不住低吟一声。

对了,我想起来了。那天要进楼和出楼时看到的那个戴大框眼镜、梳马尾辫的女人,她这副打扮显然是为了避人耳目,当时我就觉得她有几分眼熟,现在我终于想起来了。

那个女人就是花江……筱塚的太太。

★

"电梯……停在五楼吗?真的是五楼吗?"我不甘心地追问,同时觉得自己的声音听起来很可怜。此时我大脑一片混乱,也不知是该吃惊,还是该老老实实地接受现实。我的左手用力握住话筒,紧张得都快抽筋了。

"对。"话筒中传来七濑淡定的声音,"接到报警后赶赴现场的警察中有一个人记得很清楚。"

"不会有错吗?"

"据说,当时他把检查尸体的工作交给其他同事,自己进入基础教学楼查看是否有目击证人。他先检查了电梯厅,一个人都没看到,然后他按下电梯的升降按钮,电梯是从五楼下来的。"

"真的是从五楼下来的?他没搞错?"

"没有,他说就是从五楼下来的。"

我准备离开基础教学楼的时候,为保险起见,试着按了一下电梯按钮,停在三楼的电梯下降到了一楼。电梯绝对是从三楼下来的,而且我检查过,电梯轿厢里空无一人。

"那也就是说……"

"没错，也就是说，你在五楼检查了一圈，走楼梯回到一楼时，小岩井已经上到三楼或四楼了，具体是哪一楼不重要，总之，他已经潜伏在楼里的某个地方了。大概就是这么回事。"

"潜伏"这个说法听起来非常不祥。

"你确认过下到一楼的电梯里没有人之后，就离开了基础教学楼。这时，小岩井把电梯叫到自己所在的楼层，又坐电梯上到了五楼。他原本打算用带来的绳子在电化教室上吊，无奈钥匙打不开门，于是仓促之下，他改变了主意，选择跳楼自杀。大体上就是这样的吧。"

"那么、那么，七濑小姐……"外面的寒气侵入电话亭，我的左手却已被汗水湿透了。我改用右手握住话筒，问道："难道说小岩井老师是有意这样做的？他知道我在监视他，所以故意……"

"首先有一个大前提，你是独自监视小岩井的。你并没有布下天罗地网，在每层都安排一个人监视他。你只有一个人，就算时刻警惕，眼睛睁得像铜铃，也不能保证不会漏看。不过，这次的情况，你完全没看到小岩井上楼，好像是有点奇怪。"

"我没有看到小岩井老师进入大楼的可能原因只有一个，应该就只有一个。那就是他趁我在五楼走廊检查教室的时候坐电梯上来了，也许他在其他楼层下了电梯，后来再上的五楼。除此之外，我不可能漏看他。"

"在你的记忆没有出错的前提下，按照逻辑，这恐怕是唯一的解答了。但假如小岩井真是这样做的，也有非常不合常理的地方。小岩井的腿脚和视力都很不好，他不太可能特意走楼梯，应该会直接坐电梯上五楼，我想不出他中途下电梯的理由。他是去五楼寻短见的，中途下来干什么？"

"我不认为他去其他楼层是有别的事要处理。他马上就要自杀了，还有什么事非要在死前做完呢？"

"上吊用的绳子和电化教室的钥匙他都准备好了。我不知道人在自杀前是不是会想上个厕所什么的，如果小岩井突然想去方便一下……"

"这大概不可能，因为每层都有厕所，就算老式电梯速度比较慢，他应该也能忍到五楼吧。哦，对了，等等，我想起一件事。"

我告诉七濑，筱塚认为一楼电梯门附近贴满海报很不正常。

"筱塚甚至怀疑小岩井老师根本就没去电梯厅。当然，他从五层坠楼而亡，不可能不用电梯也不用楼梯就上去了。但是小岩井老师对待规章制度非常严格，远远超出一般人，如果他看到那里贴着海报、传单什么的，肯定会火冒三丈，说不定还会把'犯人'抓来教训一顿。"

"把'犯人'抓来？你是说，小岩井认为违反校规乱贴海报的人还在基础教学楼里吗？不不不，阿匠，这也太牵强了。"

"或者……"我也觉得比较牵强，于是又提出一种更可信的想法，"或者老师觉得自己清理海报太浪费时间，于是他就去二楼、三楼，想看看能否找到人帮他清理。你觉得呢？"

"我觉得不可能。我们找学生事务办公室确认过那天基础教学楼里是否有在使用的教室，学校在放寒假，戏剧部借用了三楼小房间的钥匙，说要在那里排练，但是小岩井应该不知道这件事。倒不如说，他心里应该默认老师、学生都已放假，楼里早就没人了。"

"这样啊，你说的也对。毕竟大家都回家了嘛。小岩井老师常年在大学教书，他肯定知道寒假期间楼里很难找到人。"

"筱塚熟知小岩井的性格，他提出这个疑点也不能说全无道理。但是，正如我之前所说，小岩井一心求死，他就算看到海报贴在不该贴的地方，应该也没心情感叹世风日下了。可能就是这么简单的原因。"

"也对。"

"根据已知事实，你会漏看并不完全是偶然，只能说是小岩井刻意避开了你。"

"但是，他是怎么知道我来监视他了呢？"

"应该是有人告诉他的。首先值得怀疑的就是委托你这个任务的筱塚。他一面拜托你监视小岩井，一面又告诉小岩井你在监视他。问题是，他耍两面派的理由何在？你有什么头绪吗？"

"没有。我不太了解筱塚，但我认为他不会为了戏弄我们而做出这种事。"

"那么，嫌疑最大的就是筱塚的太太了。毕竟那天你在现场看见过她，而且她还特意乔装打扮过。"

"但、但是……"

"筱塚委托你监视小岩井的时候他太太花江也在店里，对吧？她知道你二十一日的行动计划，所以也有可能是她把这件事告诉小岩井的。"

"但我觉得不太可能。筱塚和我说起这事那天，看花江的反应，她不像是认识小岩井老师的样子。而且，就算认识小岩井老师，她会跑去警告他说'有个傻小子要阻止你自杀，你千万小心，别被他逮住'吗？这也太奇怪了。小岩井老师突然听到这种让人摸不着头脑的建议，也会感到迷惑不解吧。不仅如此，老师也许还会想，这个人怎么知道我想自杀的，说不定反过来还会怀疑花江的动机。这些花江应该都不难想到，所以她不会……"

"阿匠，这你就想错了。假设花江是告密的那个人，她根本没必要向小岩井说明具体情况。"

"啊？"

"我不知道花江和小岩井有多熟，但不管他们熟不熟，她都不用明确告诉对方'大事不好，有人要阻止你自杀'。她只要这样说就好了：'最近有个年轻人总是鬼鬼祟祟地在您身边转悠，我很担心您的安全，请您多加留意。'你说是不是？"

原来如此。我这才明白过来，这么简单的事我怎么就没想到呢？

"听花江这么一说，小岩井就多加了一层小心。准备自杀那天，他走在校园的路上还一直在留意后面是否有人尾随。要进基础教学楼的时候他无意中抬头看了一眼，发现在他要去的五楼走廊那里有个年轻人探头探脑地东张西望，其实那就是你。他认为这就是花江提到的那个人，于是他趁你在走廊的时候坐上电梯，也许是到了四楼。"

我点点头，呼出的气体化为白雾。我知道她说得有道理，但不知为什么心里却越发不安起来。我又把话筒从右手换到左手。

"然后他就安静地躲在那层等着你离开。我不知道他躲在什么地方，但我觉得如果躲在教室区的走廊上应该很难听到电梯的声音，而且那里很冷，所以他多半躲在厕所里吧。他竖起耳朵仔细聆听电梯和楼梯那边的动静，终于，他听到你从楼梯下楼了。然后他就再次坐上电梯到五楼。好了，事情大致上就是这样吧。"

一方面，我越想越觉得事情就是这样，没第二种解释了。但另一方面，又觉得想不通的地方很多。

"但、但是，花江到底为什么要这样做呢？就好像她想给小岩井老师的自杀扫清障碍一样。"

"谁知道呢，我也不清楚她的目的。不过积极阻止小岩井自杀的是筱塚，也就是她的丈夫，所以也可能是夫妻之间在较劲之类的。他们可能存在某些不为人知的问题。"

"较劲？也就是说，花江知道丈夫想阻止小岩井老师自杀，所以故意和他唱反调，一心想让老师死，是吗？"

"总之对她来说，小岩井的生死并不重要。我不知道筱塚算不算是那种封建思想严重的大男子主义者，但至少从他们夫妻双方的权力关系上看，花江是在心理上受压抑的一方。我只在他们来做笔录时见过一面，也不能百分之百断言，不过结合你说的各种情况，似乎是这样的。"

的确，从筱塚夫妻待客态度的差异上，我也有类似的感觉。

"在现实生活中，越是喜欢在家里对妻子颐指气使的男人，在外面就越喜欢装出一副通情达理的好丈夫模样，用表面上的夫妻平等掩盖两个人对立的价值观。男人可以装样子，女人则很难公然与对方对着干，只能一味压抑自己。偶尔想发泄日常积累的怨气，也不得不采取极为隐秘的方式。为什么呢？因为女人的心理非常复杂，在受到男人的支配感到屈辱的同时，她们也会感到某种快乐，并无法舍弃。即使有机会稍微发泄一下怨气，女人也会担心万一被丈夫发现，影响到夫妻关系就糟了。所以她们必须万分小心。"

"你的意思是，花江虽然平时表现得百依百顺，但是潜意识中对丈夫非常反感厌恶，这促使她做出这种事来，可以说是对丈夫的一种秘密背叛。小岩井老师死了，丈夫伤心失意，她在一旁冷眼旁观，暗自欣喜……"

"也不是没有这个可能。我曾经找他们确认小岩井的自杀动机，当时花江也在场,她说她连小岩井是丈夫学生时代的恩师都不知道。筱塚听了妻子的话，没有表示异议，花江恐怕是真的……"

"不认识小岩井老师？"

"大概真的不认识吧。她好像不仅不认识小岩井，也与安槻大学没什么关系。但如果她没有撒谎的话，那到底是怎么……"

"是怎么把我的动向透露给小岩井老师这个陌生人的呢？"

"当然，只要她认得小岩井的长相，就可以借口以前两人见过面，从而接近对方。"

"是吗？"

"不过，就算花江真是幕后操纵者，我们也没有证据证明，这些都只是想象而已。不，基本上可以说是妄想。哎呀呀，糟了糟了，我怎么也这样了？"

"怎么了？"

"我一直自诩为脚踏实地的现实主义者，总是嘲笑异想天开的后辈同事。但这才意识到我也开始胡思乱想了。"

"那个……你说的不会是平塚先生吧？"

"就是他，我肯定是被他影响了。啊不对，我是被你影响了。"大概是因为正事说完，要挂电话了，七濑的语气变得轻快起来，"对了、对了，听说前些日子你帮平塚解决了他家多年的困扰，真是多谢你了。本来我给他介绍的是边见，结果你代替他去了，而且快刀斩乱麻，干净利落地揭露了灵异事件背后的真相。"

我冷汗直冒。平塚平时就喜欢对我的事情夸大其词，这次不知道他又添油加醋说了些什么。

"你实在是太厉害了。平塚对你崇拜得五体投地，可以说已经是你的忠实信徒了，他还说要拜你为师。而且你还帮他牵线搭桥，介绍他认识了那么可爱的女朋友，这下他要一辈子给你做牛做马了。对了，他女朋友就是我以前在大学旁边的餐厅里见过的那个小美女吧？真没想到，她竟然对平塚一见钟情，我真是小看他了。哼，那种不知人间疾苦的小少爷到底哪里好？我们警署的男同事，自署长到普通刑警，上上下下都感到愤愤不平。什么？平塚那小子要和漂亮的女研究生结婚了？他何德何能啊？！听说他们打算把平塚装到麻袋里揍一顿。哈哈哈哈，我才不会拦着他们呢。揍他，狠狠揍，不要留情！"

我忍不住被七濑逗笑了，尽管从她讲闲话开始我有一多半时间都心不在焉。我一直惦记着之前筱塚提出的疑问，今天必须问问七濑。

"对了，七濑小姐，我还想问你最后一个问题，可以吗？我就是随便问问，小岩井老师的遗书有没有什么可疑之处呢？"

"完全没有。"七濑毫不犹豫地回答，"他的笔迹很有特点，认识他的人一致认定遗书绝对是他亲笔所写。内容主要是讲十一年前外孙上吊自杀是他害的，现在在追悔莫及。个别段落读起来会让人感觉写遗书的人似乎陷入某种强迫逻辑里，钻牛角尖，但总体上没有可疑的地方。"

"这样啊……真不好意思，占用你这么长时间，太谢谢你了。"

挂断电话后我愣了一会儿。平常在店里穿着围裙的花江和戴大框眼镜、梳马尾辫，从校园走过的花江，两个截然不同的形象在我的脑海里反反复复，走马灯似的交替出现。

如果她真的向小岩井老师透露了我去监视的事，不管她说得多么隐晦，都算是名副其实的"自杀协助"了。我不知道这种做法是否会被追究刑事或民事责任，但是在道德层面上她绝对难辞其咎。花江也应该明白这个道理。所以她真的会做这种愚蠢的事情吗？她真的会为了发泄对丈夫的不满而罔顾他人性命吗？

我没有打探他人隐私的兴趣，但基本可以肯定筱塚对妻子远远不如妻子对他那么上心。而且筱塚压根儿就没意识到这一点，他认为妻子的奉献都是理所当然的，根本无须感激。至少我没看出他对妻子心怀感激之情。而每次看到花江，我都觉得她好可怜，怎样做都换不来丈夫的一丝回应，一次次努力，一次次碰壁，还要屡败屡战。

对花江来说，这样的日子每一天都很难挨吧。偶尔看到她脸上露出空洞的微笑，我都会忍不住担心她会不会已经对人生感到绝望。然而，她又没办法离开筱塚。就像七濑所说，对于某些女性而言，她们会从这种徒劳无功的努力中体会到一种矛盾的快乐，像吸食毒品一样欲罢不能，不是说戒就能戒掉的。

陷入这种生活困境的妻子，设计一些小伎俩，在确保不暴露的情况下报复一下丈夫，这也是非常有可能的。但是协助丈夫的恩师自杀，让丈夫的努力全盘落空，就完全是另一码事了。花江真的能狠下心做出这种无可挽回的事情吗？

应该不会吧？可是他们夫妻之间那种说不清道不明的龃龉不是假的，每次我去店里都能切身感觉到。所以，我越想越觉得，花江也不是完全没可能做出这种事。不负责任地想想，说不定花江根本没有那么深重的罪恶感，可能她认为这种程度的恶意与自己平时承受的痛苦比起来不算什么。反正那个小岩井想死，那就干脆帮他了却心愿好了。她也许是这样说服自己的吧？

不对，等等，筱塚会不会对妻子间接妨碍我二十一日监视的事情隐约有所觉察呢？对啊，说不定他猜到了。

如果这样想的话，有一件事就说得通了，那就是筱塚为什么对胡麻本那么不客气。筱塚当时表现得就像是从心里认定胡麻本与小岩井老师之死有关似的。

筱塚这样做，说不定只是为了不让人怀疑花江，因为他也意识到小岩井老师坠楼之死的种种谜团可能都是花江的所作所为导致的。正如七濑所说，筱塚拜托我监视小岩井老师的时候花江也在场，谁都有可能想到花江有嫌疑。筱塚认为如果我或其他人深挖这件事，就会很麻烦，所以故意把胡麻本当作嫌疑人盘问，在我面前演了一出戏。那目的在于包庇花江，蒙混过关吗？

对啊，十有八九就是这么回事！正当我为自己可能找到了答案而开心的时候，耳边突然传来砰砰的敲门声。我猛地回过神来，大概是我在电话亭里发呆的时间太长，外面排队的人等不及了。我嘴里嘟囔着"不好意思"，急匆匆地打算出门，结果一抬头，对上了一张熟悉的娃娃脸。

"你好啊。"笑容可掬，朝我不住挥手的正是胡麻本。

"哦……哦……原来是你呀。"我走出电话亭，校园告示板近在眼前，"有什么事吗？"

"也没什么事。我正好路过，看到你在这里，就想过来打个招呼。"

我一时有些摸不着头脑，他的语气已经明明白白地表明这根本不是什么巧合，就差直接说出来了。今天是十二月二十五日，圣诞节。我知道他老家在外地，但现在还没回家也太奇怪了吧。他不会是出于某种目的在跟踪我吧？我被自己小小的被害妄想症吓了一跳。但紧接着，就被他的意外发问震惊了。

"你刚才是在跟警察通话吧？是不是啊？"

"这个……你为什么……""你为什么会知道"这句话险些脱

口而出,我赶紧改口道,"你为什么会这么想?"

"因为大家都说阿匠你在警方那边有很多门路,所以我就随便瞎猜了一下。哈哈哈,所以,我猜对没有?"

说是"随便瞎猜",但我觉得他是故意在套我的话,我更加警惕起来。

"你是在跟警察通话吧?我明白了,原来是这么回事。"

"什么意思?"

"你给警察打电话当然是因为小岩井老师的事了。你也放不下这件事,于是向警方那边的熟人咨询信息,对不对?你打算解开小岩井老师之死的谜团。"

胡麻本用非常肯定的口吻说出这番话,再加上我平素就不擅长和他打交道,所以一时之间想不出该如何予以否认,也不知道是否应该老实承认。就在我左右为难的时候,胡麻本又在不经意间投下一颗重磅炸弹。

"我说阿匠,二十一日那天你不会见过筱塚先生的太太吧?当然,我是说在基础教学楼附近。"

我被他问得措手不及,一脸呆傻地杵在那里。大概我的表情说明了一切,胡麻本得意扬扬地继续说道:"啊,看来你的确见过她。果然是这样。原来如此,原来如此。"

"不是,那个,你为什么……""你为什么会知道"这句话又一次险些脱口而出,然后我又一次赶紧改口,"你为什么会这么想?"

"后来我也想了很多,小岩井老师到底是如何躲过你的监视,上到五楼的?我们之前也说过,一定是有人向小岩井老师告密,除此之外没有其他合理的解释了。但问题在于,告密的人是谁?"

我跟着胡麻本离开电话亭,走向空无一人的校园。

"我们之前说过,没有几个人知道小岩井老师打算在特定的日期自杀这件事。除了你之外,还有委托你监视小岩井老师的筱塚,只有你们两个人知道而已。当时我几乎这样认定了。但是我越想越觉得,如果告密的那个人是筱塚,那他的动机是什么呢?他一方面特意拜托你监视小岩井老师,另一方面又跑去警告对方有人要阻止你自杀,他这样做有什么好处呢?"

胡麻本停下脚步,满脸笑容地看着我,仿佛在征求我的意见。

"因此,我就想到,除了你和筱塚之外,可能还有人知道这件事。按照这个思路推想,答案就只有一个人而已。"

"你的意思是,就是花江喽?"

"从你刚才的反应看,我可以确定就是她了。那天她来过校园,对吧?"他甚至等不及我点头承认,就接着说,"所以,她应该就是告密的那个人。我不知道她是直截了当地告诉小岩井老师的,还是拐弯抹角地暗示他的,总之就是她没错。否则小岩井老师不可能完美地躲过你的监视,上到五楼,对不对?"

胡麻本一口一个"花江",让我突然觉得有些不对劲。我带胡麻本去筱塚店里的时候花江的确在场,但我不记得花江加入过我们的对话,也不记得筱塚把妻子介绍给胡麻本。也许胡麻本从我的只言片语里得到了某些启示,但他就没想过花江并不是筱塚的太太,而只是店里的服务员吗?

"假如……只是假如……花江真是那个告密者,那你觉得她这么做目的何在?她为什么要向小岩井老师告密呢?"

"对,这是个关键问题。但是我们讨论也得不出结果,这种事只有问本人才行。"

我还以为这个话题到此为止了,没想到才刚刚放下心来,又被胡麻本的下一句话吓到了。

"所以，我们去问问她本人吧。"

"啊？"

"我是说，现在就去问问花江本人。"

"你、你在胡说什么啊？"

"不用担心，我已经和她约好了。真的。我说有事情想问她，希望能和她面谈。但是我觉得你从一开始就参与了这件事，如果你能和我一起去见她的话，她会更安心吧。所以我特邀你一起出席。请吧。"

我只当胡麻本在开玩笑，直到被他带到约好的地方，我都不信他真的说服了花江，与我们见面。没想到，在那家已经过了午餐时间却依然满员的咖啡厅里，我真的见到了她。花江没有穿工作服，也没戴大框眼镜、梳马尾辫，今天的她打扮得格外漂亮，浑身散发出成熟女性的性感气质。

"啊，是你呀。"看见我目瞪口呆的样子，花江微微笑了一下，"麻烦你特意跑一趟，实在不好意思。"她的语气相当轻浮随意，与平日里的样子大相径庭。一头蓬松浓密的秀发梳成华丽的发型，身上穿着看上去价格不菲的套装，再加上她讲话的腔调，让我觉得竟有几分熟悉。对了，她的做派很像胡麻本啊。他们俩……什么情况？

而且，晚上还要开店，花江现在在这里消磨时间，这样真的没问题吗？大概我的表情中流露出了这样的疑问，花江立刻说："不用担心筱塚。反正我也帮不上忙。他正为了筹措开店资金拼命呢。昨天圣诞前夜，他就忙得不可开交，我估计是陪那个女大学生去了。不知道是不是努力得太过火，晚上连家都没回。"花江故意摆出一副自暴自弃的模样，但在我看来，却像一个蹩脚的演员在照本宣科。

"女大学生……"

难道是经常在店里见到的筱塚亲卫队"A团"中的某个人吗？筱塚竟然为了她夜不归宿？先不说"努力得太过火"是怎么回事，这和"开店的资金"又有什么关系呢？

"有一位客人迷上了筱塚，而她竟然是有钱人家的大小姐。筱塚知道了以后，肯定是努力巴结啊。"花江好像读出了我的心思，再次冲我微笑。她的唇角勾起一个弧度，一瞬间我看到了她门牙上沾染的唇膏，宛如一抹鲜红的血迹。我意识到自己似乎看到了什么不该看的东西，一时间有些手足无措。

"有钱人家的大小姐吗？但是，那个姑娘还是学生吧？"

"那个姑娘有一个对女儿百依百顺的母亲啊。筱塚真正的目标应该是那位母亲吧。不过，他要是有本事，能把母女俩一网打尽也不错。"

"好了，我们说正题吧。"胡麻本苦笑着干咳几声，"花江夫人，我想问你，二十一日中午十一点左右，你是不是去过大学的基础教学楼附近？阿匠说那天见过你。"

花江好像没听见胡麻本的话，盯着我说："你有烟吗？"

"不好意思，没有，我不抽烟。"

"你呢？"花江转而盯住胡麻本，并用下颌微微示意了一下。胡麻本沉默地递给她一支烟，用一次性打火机给她点上，熟练得像夜店的牛郎一样。

"啊，好久没抽烟了，真怀念啊。"花江朝上方用力喷出一口烟，好像生怕烟飘到头发上似的，"我有六年，不，七年没抽过烟了。筱塚命令我必须戒烟以后我就再没碰过烟。他说他讨厌烟味，又说好不容易才取得厨师资格证，要开餐馆，所以不能抽烟。他都这样说了,我也只好配合呗。反正他总有理由,我听都听腻了。哦,抽烟好幸福啊!"

花江把烟蒂按在烟灰缸里,再次开口道:"原来如此,我明白了,你的意思是告密的人除了我,就没有别人了。首先我得说,我和那位小岩井先生没见过面。一次都没有。当然,二十一日那天也没见过他。那天我的确在大学的基础教学楼附近溜达来着。阿匠,我不想让你发现,所以换了一身难看的打扮,不过你还是认出我了,眼光真毒。那我就承认好了。"

似乎是为了彻底与接待客人时的态度区别开,花江特意用"阿匠"称呼我,显得非常随意。

"但是,我绝不是为了和小岩井见面才去那里的,我根本没想过向他告密。事实上我也没这样做。"

"那么……"胡麻本沉吟着,看看花江,再看看我,最后又把视线移回到她身上,"你为什么去那里呢?"

"简单来说就是出于好奇心,我就是想看看筱塚到底想干什么。"

"嗯?这是什么意思?"

"二十一日那天筱塚有很多安排,比如上门拜访贵妇之类的。为了给店里筹钱,他可努力了,真的。"花江故意恶狠狠地吐出嘲讽的话语,但是在我听来,却更像是有气无力的抱怨,"但筱塚说小岩井打算在中午十一点自杀,那还是上午呢,这就是我在意的地方。如果,我是说如果,筱塚真的预测到小岩井会在那个时间点自杀,并且真的很担心的话,那他应该能腾出时间亲自去监视他。如果筱塚真有心这么做,时间不是问题。"

的确,正如花江所说,还有什么事情比阻止恩师自杀更紧要呢?

"筱塚的那些安排主要集中在下午和晚上,然而,他口口声声说非常担心小岩井,却不去阻止他,这是为什么呢?你们不觉得很奇怪吗?"

"所以,你认为筱塚可能有所隐瞒……"我试探地问。

"没错,我甚至怀疑筱塚是不是真的担心小岩井。如果他真想阻止小岩井自杀的话,就应该自己去啊,可是他非要拜托你去监视。筱塚也许认为你特别靠得住,但即便如此,他的做法也说不通。我觉得其中一定另有内情,所以想亲眼证实一下。"

"你指的是什么'内情'?"

"我就是不知道是什么内情,才特意跑去现场的啊。结果我去了一看,什么事都没发生……好吧,我以为什么事都没发生,谁知道小岩井最后还是自杀了呢。只是他自杀的方式和筱塚预测的不一样,我觉得这其中有些蹊跷……"

花江陷入沉思,不再说话了。胡麻本好像掐准了这一刻,他瞥了我一眼,耸耸肩,兴奋之情溢于言表,就像在说"我们拭目以待,不知下面还会揭开什么惊人的内幕"。然而,就算是我,也不会被他拙劣的演技骗过。接下来花江会说什么,胡麻本一清二楚,因为所有细节他都听花江说过,说不定还全是他教给花江的。也就是说,眼下这个地方是他们的"舞台",而在登台之前,他们已经假定我是观众,排练过很多次了。我必须把这出"戏"看完,才能明白他们葫芦里卖的是什么药。

"应该怎么说才好呢……"也许是认为沉默的时间足够长了,花江再次开口,"筱塚这个人我行我素惯了,世俗规范从不放在眼里。或者应该说正因为他是这种人,所以心机特别深。"

"这是什么意思?"

"就是说他是个阴谋家啦。这样说可能有些夸张,不过他就是喜欢暗地里搞些小诡计，在不知不觉间把别人玩弄于股掌之间。"

"他是怎么把别人玩弄于股掌之间的，能举个例子吗？"

"我举不出具体的例子。说到底这只是他给我的一种印象，就是偶尔我会觉得他像个邪恶的艺术家。"

又是阴谋家，又是艺术家，我越听越糊涂。可能是表情出卖了我，花江的语气变得稍微急躁起来。"总之，筱塚这个人喜欢暗中布局，看到自己的所作所为导致了意想不到的结果，他会有一种阴暗的快感。这样说可能太抽象了，我拿多米诺骨牌打个比方好了，他会悄悄地推倒第一块小骨牌，然后离开现场，躲在观看的人群背后偷偷发笑。他就是这种人。多米诺骨牌一块一块接连倒下，直到迎来最后的高潮，观看者只会被精彩的过程吸引，并不会留意推倒第一块骨牌的人是谁，对不对？正是这种藏匿感让筱塚欲罢不能。全部骨牌都倒了，却没人发觉造成这一切的就是他。对他来说，这就像一场演出，也像一个作品。他非常喜欢独自品尝这种全知全能的愉悦感。简单来说，筱塚就是这样的人。"

这番话听得我似懂非懂，恐怕这些都是胡麻本事先灌输给花江的，而她又不过脑子、原封不动地说出来。此时我以为自己已经完全看透了他们两人的计划，没想到花江接下来的话又让我震惊了。

"但这充其量只是我的猜测。我想，那天筱塚自己不去，而是特意拜托你去基础教学楼监视，可能就是期待看到事情偏离常规预测，出现其他结果吧。"

"啊？这是什么意思？"

"意思是小岩井原本的确打算在电化教室上吊自杀，为此他把遗书、绳子之类的都准备好。然而最后他却跳楼了。你懂了吗？"

我思量了一会儿，这回彻底惊呆了。

"请、请等一下，也、也就是说，小岩井老师本来真想上吊自杀，但是我这个捣乱分子搅了局，所以他就临时改成跳楼了。不仅如此，筱塚还事先就预测到了这一切，因此才委托我去监视小岩井老师……你是这个意思吗？可是，这、这怎么可能……"

"我没说事情肯定就是这样，我只是举一个例子。说到底只是一种可能性而已。"花江似乎觉得没办法把自己的想法表达清楚，放弃似的笑了笑。那一瞬间，她仿佛又变回了在店里服务的女人。"总而言之，筱塚把你派去现场，是为了使小岩井的自杀计划按照他自己独创的剧本发展。我突然这么说，你一定觉得我这是异想天开吧？嗯，我想也是。不过，我相信筱塚创作的那个复杂剧本不会简简单单地以小岩井上吊作为大结局，你不要问我剧本的具体内容，这我也不知道。啊，说不定对于筱塚来说，小岩井跳楼自杀的结局算出乎意料呢。嗯，对了，这可能也不是出于筱塚的本意。"

"不是他的本意？"

"对，就是事情发展没按他的剧本走，出岔子了。对啊，原来如此，是这样，一定是这样。所以筱塚事后才会问这问那，多方调查，就是为了搞清楚当时到底发生了什么。所以，虽然当时你只是碰巧在基础教学楼里，他还是硬要把你找来问话……"说到这里花江瞟了胡麻本一眼，眼神意味深长。

我一直怀疑花江的这番说明是胡麻本事先写好的剧本。不，不只是怀疑，我相信十有八九就是如此。但从花江的举止表情来看，好像其中多少也有她本人的真实想法。我思考片刻，说：

"筱塚预料到，派我去监视会对小岩井老师原本的自杀计划有所影响，对吧？"

"我不是说了吗，我就是因为不知道，那天才特意去校园亲眼看看的啊。我就是好奇，没错，纯粹是出于好奇……啊，对了……"就像突然听到神谕似的，花江抬头看向虚空，接着发出无奈的干笑，"说不定，是我想多了，其实整件事情可能非常非常简单。"

"怎么说？"

"总之，筱塚预测到小岩井那天会在某个特定时刻、在某个特定场所、以某种特定方法自杀，他只是想找个第三者去确认一下自己的预测是否准确罢了。可能就这么简单。"

"找第三者去确认？"

"比起确认，可能用'看戏'更为妥当。"

"看戏？"

"就是找你去现场亲眼见证一切都和他预测的一模一样。当然，筱塚不会当着你的面炫耀他有多厉害啦，他还没蠢到这种地步。他只是想暗中欣赏你吃惊的样子，沉浸在一种阴暗的优越感里，仿佛自己是全知全能的神。然而筱塚万万没想到，他的预测竟然落空了。小岩井的确自杀了，但不是他预测的上吊，而是跳楼。"花江猛然收起笑容，换成虚脱般的表情，"事情的发展偏离了他的预测，他的自尊肯定受到了不小的打击，他一定难以接受事情和他想的不一样。而且，先不说别的，就算小岩井是他过去的恩师，筱塚一直纠结于对方的自杀方式是否自然，刨根究底地到处调查，这一做法就很古怪。对，只能用古怪来形容，所以我觉得其中一定有内情。好吧，我能说的就是这些了。"

花江慢慢站起来，迈步离开。我以为她要去卫生间，没想到她突然停下脚步，背对着我低语道："我刚刚想起来，你知道筱塚有个孩子吗？"

"说起来他好像提过和前妻有一个男孩。"

"十多年前，我和筱塚刚认识的时候，据说他儿子刚上初中，然后从公寓楼顶跳下来自杀了。"

"什么？"我大吃一惊，"他儿子跳楼自杀了？为什么？"

"这我就不知道了。听说筱塚和他前妻是在学生时代奉子成婚的，儿子出事之后，他们一直争吵不休，互相指责是对方教育不当，闹到最后终于离婚了。可能从此这就成了筱塚的心结，只是提起跳楼自杀他就会反应过度……之后你要去见筱塚吗？"花江猛然把话题抛向胡麻本。

胡麻本含糊其词，并没有予以否认，而是问道："他今天在哪里？"

"他说他一个人也能开店，所以现在应该在店里吧。你不要待得太晚。"

花江留下这句话就离开了，这次没有停留，留下一个怅然的背影。筱塚一个人也能开店？也就是说，花江不打算回去了吗？

花江已经被无聊的日常生活折磨得疲惫不堪，胡麻本则乘虚而入，偷走了她的心。这两个人看起来已经好上了，从花江最后那句话看，她似乎也没想隐瞒他们的关系。

胡麻本你小子下手也太快了吧。正当我犹豫着是否要嘲笑他的时候，胡麻本凑近我，大言不惭地说："我说，阿匠，我好像明白了，我好像全都明白了。"

"你明白什么了？"

"就是筱塚那些令人迷惑的行为啊。我终于明白他的目的所在了。"

"你说你明白了,是说听了花江的话之后明白了?"原来如此,我好像也明白了。

胡麻本自信地点点头,看他的表情,我心里更加确信了,胡麻本演的这出戏是推理戏。没错,他扮演的正是负责解谜的名侦探,特意让我加入是因为名侦探总需要一个为他鼓掌喝彩的听众。

当然,被判定有罪的人就是筱塚了。或者说,胡麻本一开始就把筱塚设定为罪犯,然后为了证实这一点而设计了一整出戏。此前筱塚把他当作"嫌疑人"各种盘问,恐怕这就是胡麻本采取幼稚的报复行为的原因吧。

为了实施这一战略,胡麻本安排的第一步就是伺机接近花江。花江内心有很多不满,的确容易让人乘虚而入。可是胡麻本一眼认定花江作为事件关系人对自己有利用价值,并在小岩井老师死后短短四天时间里,就把这个比他年长的女人勾搭到手了,手段只能说令人叹为观止。

花江说她没有向小岩井老师告密,先不论真假,至少对胡麻本来说,这是一份有利的证词。可以说正是花江的"别有用心",揭开了这场推理戏的序幕,让名侦探最后能够闪亮登场,指认"犯人"。

不出我所料,胡麻本果然催促我带他去筱塚店里,他迫不及待地想要揭开"犯人"的真面目。阿匠,你来见证我的高光时刻吧!陶醉于名侦探人设的胡麻本就差把这句话大声说出来了。老实讲,我很厌烦他的做法,但是心里又有一丝挥之不去的好奇。

到底是什么驱使胡麻本做到这一步的?的确,是筱塚先在没有真凭实据的情况下把胡麻本当成"犯人"盘问。而胡麻本当惯了"主角",怎么能容忍筱塚压他一头?既然对方先出招,当然要振作精神迎战。

但是，我总觉得这种竞争心理不是全部。胡麻本摩拳擦掌，一定要把筱塚吊起来批判的劲头实在不同寻常，简直像走火入魔了一样。

如果他和筱塚的关系其实没那么简单呢？结果我没猜错，他们的关系还确实不简单。后来我得知，筱塚以前也曾是安槻大学戏剧部的成员。原来如此，难怪他研究生毕业后，去出版戏剧评论的杂志社工作过一段时间。而且，筱塚在戏剧部时，在他的努力下，社团的水准远远超越了一般的学生社团。

虽然筱塚不曾作为演员上台演出，但他一人包揽了编剧和导演的工作，观众人数屡屡打破纪录，这个业余剧团甚至拥有好几个狂热的粉丝团体。在安槻大学戏剧部，乃至整个业余表演圈子里，作为骨干的筱塚都是偶像级人物。

筱塚曾说希望以写作立身，他坚持不懈地定期向现已休刊的戏剧部内刊和当地报纸的文化专版投稿戏剧评论和随笔，二十多年前发表的这些文章胡麻本全都找来读过。没错，直到今天，戏剧部的一代代成员之间还流传着筱塚的传说。所以，难怪胡麻本初次见到筱塚时向他确认了一下名字的写法。

专业领域的事我不太懂，但我知道有一段时期，尤其是在剧本改编方面，筱塚展示出精深的理论造诣，让胡麻本倾倒。然而，他并非全心全意地崇拜筱塚，里面还包含很多微妙的情绪。

不用说，嫉妒也在其中。而且，尽管筱塚的理论非常有说服力，但是胡麻本也发现，在许多方面，筱塚与他的观点和见解有所不同。如果不能完美地反驳筱塚，胡麻本的"主角"地位就不安稳。作为门外汉，我很难理解胡麻本的想法，但这种类似于强迫症的竞争意识是的确存在的。

一方面是敬畏，一方面是反抗，胡麻本对筱塚一直怀有这种矛盾心理。这次，两个人因为意外事件相识，对胡麻本而言，没有理由放过直接对决的好机会。也许只有这样做，才能彻底消解深藏多年的心结。

筱塚的店门口没挂出暖帘，不过他人在店里，只是没有待在厨房，而是一身便装坐在桌子旁。看他往杯子里倒啤酒的架势，根本不像打算认真工作的样子，这家店就算明天就倒闭也不奇怪。

我和胡麻本没打招呼就径直走进店里，筱塚也没太大的反应。倒不如说他显得十分平静，好像已经知道胡麻本所为何来。是花江告诉他的，还是在我不知情的时候他们之间已经打响了前哨战？

"我们可以坐这里吗？"胡麻本问。筱塚点点头，拿来两个杯子放在我们面前，倒满啤酒。边喝边说吧，他似乎是这个意思。

"我想说说二十一日那天的事。"胡麻本看都没看杯子一眼，就开口了，"你让阿匠去基础教学楼监视小岩井老师。你这么安排的真实理由，下面就由我来说明。"

筱塚沉默地喝着酒。

"你是说，他真正的理由并不是想阻止小岩井老师自杀吗？"我见筱塚毫无反应，不由得插嘴。

"不是。你最后能否阻止小岩井老师自杀，都无所谓。"

"怎么会无所谓？"

"问题在于筱塚先生为什么不自己去。既然他意识到小岩井老师打算自杀，就应该自己去阻止才对。阿匠，你觉得他为什么不自己去？"

"我不知道……"我来回打量着胡麻本和筱塚，喝了一口啤酒,"你说是为什么?"

"很简单,因为他不能去。因为小岩井老师自杀这件事本身就是他唆使的。"

"什么?他唆使的?"我假装若无其事地看向筱塚,本以为他依然是面无表情的模样,没想到他的脸上竟浮现出一丝微笑。我分辨不出这是无辜的微笑,还是邪恶的微笑,但我有一种不祥的预感,非常不祥。

"没错。小岩井老师会在特定日期、特定地点、以特定方式自杀,这并不是筱塚先生预测到的,而是他本人唆使的。"

"不,等等,你到底是什么意思?"

"小岩井老师的夫人去世后,筱塚先生你去参加了守灵式,对吧?你一定利用有限的时间,和心力交瘁的小岩井老师聊了几句吧?听好,这就是重点。"

"什么重点?"

"阿匠,听你讲了事情的经过后,有一件事让我很在意,就是小岩井老师的夫人在临终时对丈夫说'你死了我也不会原谅你'。我没记错吧?"

"我记得她是这么说的,当然,我也没有亲耳听到……"

"而且小岩井夫人没有再说更多了,对吧?如果小岩井夫人真的只留下了这一句话,你不觉得很奇怪吗?"

"没有啊,怎么奇怪了?"

"就算听到夫人这样的责备,小岩井老师也不会明白自己错在哪里。他绝对不会明白的,就冲他那种自以为是的性格。"

就冲他那种自以为是的性格……不知为什么,这句话给我留下了深刻的印象。

"你想想,小岩井夫人身患癌症,是在经历了常人无法想象的痛苦后去世的。她在弥留之际，用平时绝不会说出口的过激语言谴责丈夫，但小岩井老师也不会特别放在心里，只会当她是因为强烈的痛苦而陷入谵妄状态，在幻觉中胡言乱语而已。小岩井老师会这样想是不是很正常？"

"是啊。"我忍不住出声附和。

"对吧？小岩井老师根本不会把妻子临终时说的话当回事。退一步说，即使他真的去思考妻子话中的含义，会不会联想到外孙和女儿的死也要画个问号。以他的性格，若追忆往昔，只会觉得自己一生光明磊落，行正言端，没有任何值得指摘的地方。不过，毕竟是妻子的临终遗言，即使是妄言，那近似于诅咒的话还是多少会让他伤心难过，只是他绝不会想到妻子在指责什么事。你觉得呢？"

我不得不承认他说的很有道理。外孙阿凉自杀时曾在遗书里指名道姓地批评外公，小岩井老师都不承认自己教育不当，反而把一切归咎于女婿。

"小岩井老师只会认为妻子当时已无法正常思考，并非真的在谴责自己。以他一贯的性格，会得出这个结论不是很正常吗？但事实上，他竟从妻子的话联想到了女儿和外孙的死都是自己的错，这根本不可能，至少凭他自己是不会想到这些的。"

"凭他自己是不会想到这些的……那也就是说……"我听懂了胡麻本的暗示，不禁浑身发冷，"就是说，在守灵式上，有人假装不经意地把小岩井夫人话中的真意告诉了老师，将他推向了绝望的深渊……你是这个意思吗？"

"没错，我想不出其他可能性了。那么，究竟是谁做的呢？只有筱塚先生了吧。我可不会问他具体是怎么做到的哦，我相信他一定利用了巧妙的暗示，层层铺垫，达到目的。"

"你是想说，他不仅花言巧语地把小岩井老师逼入绝境，还假装若无其事地暗示他，如果要自杀的话，应该选择和阿凉同样的地点和方式？但是，他到底为什么要这样做啊……"

"自己弹弹手指悄悄推倒一块多米诺骨牌，接着，一块块骨牌排山倒海般倒下，他就是想看看最后到底能推倒多大的骨牌。借用刚才花江夫人的比喻，大概就是这样。"

"等一下，如果真是如此，他为什么要委托我去监视小岩井老师呢？如果他想知道这样的做法会造成怎样的后果，亲自去看看不就好了吗？"

"阿匠，你忘了关键。自己发出的暗示产生连锁反应，最终导致一个人死亡，这是筱塚先生一手打造的作品。但是一件作品完成后并不是放在那里就可以了，还需要有人观看啊，也就是说需要观众。"

"所以我就是那个观众喽？"

"完全正确。筱塚先生特意让你去，就是想让你从头到尾好好欣赏他的作品。"

"但是，如果我成功阻止了小岩井老师自杀，会怎样呢？"

"不会怎样。你还不明白吗？小岩井老师最后是死是活不是关键，对筱塚先生来说，最重要的是自己的暗示有没有起作用，小岩井老师是不是真的打算自杀。这才是他关注的。"

"也就是说，我能不能阻止小岩井老师自杀，根本无关紧要……"

"没错。结果你没能阻止他自杀。如果一切顺利的话，筱塚先生本来打算让你欣赏一出名为《无可奈何的命运》的悲情戏。然而，他没想到后来还发生了剧本中没写的事件。阿匠，你不仅没能阻止小岩井老师自杀，而且不知道为什么还没看到他爬上五楼。另外，小岩井老师没有像筱塚先生唆使的那样选择与外孙同样的方式自杀，而是跳楼了。事件发展偏离了筱塚先生原有的剧本，结局出乎意料。不过呢，跳楼也是没办法的事，毕竟电化教室的门锁被换掉属于不可抗力嘛，这样想也就释然了吧？"胡麻本瞥了筱塚一眼，最后这句话显然是对他说的。

筱塚只是愉快地点点头。"也许我应该向你道谢呢。"

"道谢？"胡麻本一时猜不透对方的心思，顿了一顿才谨慎地开口，"为什么？"

"因为一般人根本不会注意到这些事，更别说正确地解读我的企图了。你太厉害了，不，别误会，我不是在讽刺你。你能把事情看得如此透彻，干得太漂亮了！当然，如果你能把阿匠为什么没看到小岩井老师上五楼的原因解释清楚，就完美了。"

"这个……"

筱塚拦住准备起身的胡麻本，自己慢慢站起来，又拿来一瓶啤酒和一件东西，他把那个东西随意丢在了桌子上。那是一个大号牛皮纸信封，他摆弄着信封，并没有打开的意思。

"你已经解开了很多谜团，剩下的一两个小问题就交给我吧。风头也不能让你一人独占，对不对？但首先我要补充一下，我是如何暗示小岩井老师自杀的。当然，我没办法一字一句地再现当时的场景，只能说说要点。不过只要抓住要领，你也能轻而易举地做到。"

"哦？是吗？那我可要洗耳恭听了。"

胡麻本显得饶有兴趣，摆出一副轻松的样子，但在我看来他只是虚张声势罢了。筱塚干脆地承认了自己的所作所为，这一点大概让胡麻本有些不安吧。

也许胡麻本也预料到筱塚会坦白，但是没想到筱塚还要向他传授暗示教唆别人自杀的技巧。至少对我来说这是完全出乎意料的，我甚至想，这次胡麻本可是碰上硬茬儿了，他们俩谁胜谁负还真的不好说。

"其实如果你有心，小岩井老师这样的人是最容易操纵的。这种老顽固到处都是，只要根据他们的性格稍微改变一下策略就好了。有人完全不在乎别人的评价，有人只是假装不在乎，其实心里在意得很，小岩井这个老头儿就是后者中的典型。"

"你说小岩井老师在意别人的评价？这不太对吧……"

"当然，大体上来说他不容易受他人看法的影响，是个一意孤行的人。但他又非常反感被别人当作固执己见、不懂变通的老头儿。一方面他坚守自己的信念，另一方面又希望别人认为他善解人意、包容力强，事实上他打心底里相信自己就是这种人。你们一定觉得我在开玩笑吧，那个死脑筋的老头儿怎么可能是这样的呢？可不仅仅他一个人这样，每个人都可能陷入这种思维误区。"

我晚了几拍才察觉到筱塚不再使用"小岩井老师"这个称呼了。

"有人自以为人缘很好，朋友一大堆，其实别人都很嫌弃他，这种人在生活中比比皆是，对不对？这就是所谓的'自我印象误区'。人们心目中的自我形象往往只是假象，与现实有巨大偏差。人们通常也能隐约觉察到这一点，但是没人愿意承认。毫不夸张地说，真实形象与自我印象的落差，就是人类会产生不安心理的根源。这就是人性的弱点。骗子深知人们一心希望虚假的自我印象就是真实形象，于是他们就利用这种心理行骗，而人们十有八九都会上钩。你一定能理解我的这番话。"

我悄悄打量胡麻本，他欲言又止，似乎打算听完筱塚的反馈再做定夺。

"那天的守灵式上,我慰问过老师后他马上把妻子的临终遗言告诉了我。不,应该说还没听我说完,他就告诉我了。他说妻子须磨子弥留之际胡言乱语,大概是做了噩梦,或者分不清幻觉与现实,脑子糊涂了……"

筱塚嘴角浮现出一抹笑意,双眼却暗淡无光,如同两个洞。

"我当时都听傻了,真的听傻了。这个老头儿压根儿就没想过外孙阿凉和女儿静子的死吗?我立刻心头冒火,虽然我不是他妻子,但也不能原谅这种人。我不想假惺惺地为自己辩护,说是出于一时义愤什么的。但我当时就下定决心,必须给他点儿颜色看看……"

筱塚刚才叫过一次"老师",现在又变成"老头儿"了。从这混乱的称呼中我也能感受到他对小岩井老师的复杂感情。

"听完他的话,我当即跪倒在他面前,头贴着地板说:'老师,我对不起您,夫人认为阿凉自杀是您的责任,但这都是误会,全是我的错。如果我没有中途辞去家教,一直陪在阿凉身边的话,他绝对不会做出这种傻事。'当时我哭丧着脸,一遍一遍地道歉,说这全都是我的责任。"

听到这里我已大致明白了事情的走向,不禁毛骨悚然。胡麻本脸上也流露出几分恐惧。

"我对他说,要是阿凉没做出那种事,静子女士也不会离婚并意外离世,须磨子夫人更不会在弥留之际还对您抱有这种奇怪的误会,死不瞑目。这一切都是我的错。然后,这个老头儿总算意识到妻子可能是在怪他害死了外孙和女儿,但又纳闷自己到底做错了什么,这番心理活动都明明白白地写在他脸上。他当时的表情真是滑稽极了。于是我又反反复复地再三强调全都是我的责任,老师您没有任何过错。我说了好久,他终于做出了一点点让步,含含糊糊地说他可能也有考虑不周的地方。当然,这也许只是面子话,并不是他的本意,至少当时应该不是他的真心话。事已至此,就差关键一步了。"筱塚竖起食指,指向胡麻本,"千万不要忘记,我们要始终维护对方的自我印象,这是诀窍,也是技巧。像小岩井这种人,如果你想在不知不觉间引发他的罪恶感,让他痛苦到想自杀的程度,一味指责他的过错是没有用的。相反,我们越努力地维护他清白无辜的自我形象,他就越不相信这个形象是真的,然后就会万念俱灰。做到这一步,彻底攻陷对方就是小菜一碟了。具体怎么做呢?无非就是告诉他这不是你的错,是其他人误会你,是他们的错。最后我又使出撒手锏,对小岩井说:'如果阿凉、静子女士和须磨子夫人能够体谅您为了家人的良苦用心,这一切就不会发生了,全家人会快乐和睦地在一起。'"

"就……这些?"胡麻本身体略微后倾,好像有些在意筱塚指向他的那根手指,"你做出了这些暗示,然后就能预测到小岩井老师会自杀?"

"等到他独处的时候,我的话就会在他的脑海中慢慢沉淀。他会越想越不是滋味,然后就会开始自责了。告别的时候我再假装闲聊地告诉他,听说大学里要盖新的基础教学楼了,旧楼明年要拆掉……这样,整个计划就圆满了。"

"不说多余的话,让他自己去想,有助于进一步加深他的罪恶感……是这样吗?"

"没错。我丑话说在前面,我既不是神仙,也不是魔鬼,只是一个普通人而已。所以我也不能准确断言小岩井是否会步外孙的后尘,反倒是他一觉醒来就把罪恶感抛在脑后更有可能。但我的暗示也并非完全没有化为现实的可能，只是我不能亲自去验证。万一在校园里遇到他怎么办？他可能会问我来干什么，如果我的态度暴露了，他也许就会联想到守灵式上我说过的话，并怀疑我的动机。这种可能是存在的。"

筱塚竟然能算计到这种地步！我听得目瞪口呆，几乎都有些佩服他了。

"所以，你让阿匠去监视……"

"对。正如你刚才所说，我的目的不是希望小岩井老师死掉。他这个人固执己见，在精神上打压外孙和女儿，我想以其人之道还治其人之身，给他一点教训就好了。所以我想，就算老师真的打算自杀，阿匠也能阻止他。可是谁能想到……"筱塚拿起信封，手指在上面弹了一下，"老师竟然被杀了呢。"

"啊！你、你说什么！"

就在这一刻，我确认胡麻本输掉了这场对决。在我这个门外汉眼里，他装傻的表情堪称完美，只是反应得过于迅速了。

"被杀？你在说什么胡话？明明有遗书，而且他带了绳子……"

"小岩井老师的确打算自杀，但最终他不是自己跳楼的，而是被人推下去的。"

"被、被、被人推下去的？"胡麻本突然有些口齿不清，"你不能张口胡说啊！"

"你应该知道吧，那天来基础教学楼的三个戏剧部女生，古仁、出水和包枝，就是她们之中的某人干的。"筱塚来回瞪着胡麻本和我，不给我们反驳的余地，"我没问过她们本人，不知道到底是谁，也说不定是全体一起下的手。"

胡麻本和我就像被毒蛇盯住的青蛙一样动弹不得，寒气爬上脊背，全身冰冷透骨。

"我来按照时间顺序整理一下整个事件。二十一日那天,小岩井老师前往基础教学楼,阿匠上楼途中和上到五楼以后都没有看到他,这并非因为老师故意避开你。老师想去的地方当然是五楼的电化教室,他本该坐电梯的,却出于某种原因选择爬楼梯。"

"什么原因?"

"这一点我待会儿再详细说明。总之老师没有坐电梯,而是打算爬楼梯上五楼,这是最重要的关键点,就是他的这个决定引发了后来的悲剧。"筱塚从牛皮纸信封里取出一张折起来的纸,"老师爬到三楼时有些累了,去了一趟厕所,顺便歇歇脚。结果他碰巧遇到了戏剧部的三个女生。"

我想看看胡麻本的反应,脖子却不听使唤。

"在三楼男女共用的厕所里,三个女生看到老师走进来,就抓起气锤和折扇朝他打去。"

"她们为什么要打老师?"

"因为她们认错人了。她们以为老师是你。"筱塚对胡麻本说。

以为老师……是胡麻本?

"听说那天你们排练的那个短剧讲的是圣诞节那天,一群孩子把假扮成圣诞老人的小偷打退的故事。气锤和折扇就是武器。"

我能听到身旁的胡麻本像濒死之人一样发出粗重的呼吸声。

"听说当时你们还没准备好戏装,恐怕那三个女生看到老师走进厕所,误以为是你随便穿了一件衣服扮成小偷和她们闹着玩,她们也就假装发起攻击。三个女生把这当成彩排,一切行动都是照着剧本进行的。"

那时,我检查完五楼的各个教室,返回电梯厅的时候,正好听到从楼下传来欢呼声。她们吵吵闹闹,好像很快乐的样子……然而,没想到竟然是……

"阿匠以为你们开始读剧本了,所以并没有在意,但事实并非如此。你们应该是在三楼的小教室里排练,也就是教室区那边,声音再大,位于五楼电梯厅的阿匠也很难听到,至少不会听得那么清楚。可是他清晰地听到了动静,这是因为三个女生当时在厕所。"

胡麻本的呼吸声变轻了。

"我猜测,小岩井老师在受到频繁击打和惊吓过度后昏倒了,这时三个女生才发觉搞错了。她们认定是你,下手毫不留情。如果是你的话,被扇子敲几下确实不会怎样,可是年老体弱的老师就不一样了。他跟跟跄跄地倒下时头部大概还撞到了墙壁、地板或小便池之类的硬物……"

胡麻本的呼吸又粗重起来。

"以三个女生的年龄看,应该都不知道小岩井老师曾在这所大学任教,不过她们知道自己认错了人,闯了大祸。她们吓得魂不附体,也顾不上检查老师是否还有呼吸。你听到她们的哭声后赶到现场,觉得必须做点什么,不然就坏事了。然后你忽然想起刚才看到了阿匠。"

"不……那个……"胡麻本慌慌张张地偷看我一眼,与脖子终于能转动的我面面相觑。

"你是这样想的。把老师从楼上扔下去,伪装成跳楼自杀的样子,并让阿匠成为目击者,这样还可以掩盖老师头上的伤口。另外,如果能伪装成老师从五楼,而不是三楼坠亡,警方就更加不会怀疑你们了。当然,你们不知道老师本来就打算自杀,他的手提包里有遗书和绳子,只能说你们走了狗屎运吧。对了,电化教室出入口的门锁被换掉也算你们幸运。"

说到这里,筱塚皮笑肉不笑地看了我一眼。我一时摸不着头脑，后来才想到他可能是想说，胡麻本也许还打算，万一警方怀疑小岩井老师之死是他杀而非自杀或意外的话，那么当时在五楼的我就会顺理成章地变成嫌疑人。

"你心里想，刚才阿匠说要去五楼，他已经上去了吗？你不知该如何确认。这时古仁想起她们往基础教学楼走来的时候，看到五楼走廊上好像有人。"

的确，当时我和古仁的视线交汇了一瞬。

"你知道阿匠之后要去打工，十一点半左右会离开大楼，你决定抓住这个机会。你们耐心地等待阿匠回到一楼，他一出楼门，你们就齐心协力把小岩井老师从厕所搬到教室区，抬着他瘫软的身体，从三楼齐胸高的走廊围墙上推了下去。"

胡麻本移开视线，不再看我。

"我不知道你们各自扮演了什么角色，但我猜测有三个人负责把小岩井老师扔下楼，还有一个人同时坐电梯上到五楼，把老师的手提包和拐杖放在电化教室出入口前的走廊上。我不知道执行这一任务的是你，还是其他女生，但这肯定是你的主意。戏剧部的四个人里只有你可能知道小岩井老师以前在电化教室上课。然后这个人走楼梯回到三楼，所以电梯最后是停在五楼的。"

筱塚慢慢展开那张折起来的纸，我看到上面的内容后差点儿叫出来。是这样啊……原来是这样。可是关键人物胡麻本似乎无动于衷。

"发现老师坠楼后，阿匠赶忙跑去教务处报告。听说警察赶来时你正在三楼电梯厅用拖把拖地，你解释说一个女生从三楼走廊看到老师坠楼的样子后吓吐了，对吧？我不能断言你在撒谎，可能真的有人吐了，但是你拖地肯定还有其他的理由。比如你们把老师从厕所搬出来时，他的血流到了地上。"

胡麻本恼羞成怒,眼角赤红,他气势汹汹地正要开口,却被筱塚从容地拦住了。

"我知道你已经等不及想要反驳我了。你是不是想说,我的所有推理都是建立在小岩井老师没有坐电梯,而是爬楼梯这个前提下才能成立的?如果我不能给出合情合理的理由说明他为什么这样做的话,一切都是纸上谈兵,对吧?"

说到"纸上谈兵"时,筱塚就像在念台词一样咬字尤为清晰,在我耳边久久回荡。这种刻意感引发了我的生理性厌恶,几乎让我不寒而栗。

"我的理由就是它。"筱塚把那张纸慢慢推到我们眼前,"那天老师没有坐电梯,是因为被这个误导了。"

那张纸是我去看过的那次公演的海报,票是胡麻本硬塞给我的。鲜红色的文字与独特的字体让这张海报在一大堆海报中显得格外醒目。

"问题在于由字母和符号组合而成的红色副标题。"

从左至右分别为"♀"、"X"、"P"、"♂",尤其引人瞩目的是那两个符号是上下颠倒反着写的。

"这个设计实在别出心裁。为了让这串字符看起来像两个汉字,你一定下了不少功夫吧?"

胡麻本没有回答。

"这出戏的主标题是Sex Disorder,你原本打算让副标题呈现出'乱脉'这两个汉字的模样,与主标题的意思相呼应。可是你试了又试也没能成功,只好退而求其次。"胡麻本想开口,筱塚再次没给他说话的机会,"Disorder除了翻译成'乱脉',还能翻译成什么词呢?这个词写成汉字还必须与副标题展现出来的形态差不多。当时你一定抓耳挠腮,把辞典都翻烂了吧?最后你找到的答案是,'故障',对不对?"

我听到胡麻本牙齿咬得咯咯作响。

"你发现'♀'倒过来就像'故'的左边一半,对不对?而'P'就是'障'的左半边。'故'的右边用'X'替代,'障'的右边用倒过来的'♂'替代。说牵强也是很牵强,不过如果有心并且仔细看的话,也不是不能看出'故障'二字。当然,如果没有提示,相信绝大多数视力正常的人都看不出来。"

胡麻本长叹一声。

"可是对于老眼昏花的小岩井老师来说又如何呢?在一片平淡无奇的海报和传单里,这几个醒目的大红色字体可能立刻吸引了他的注意力,并导致他出现理解偏差。他以为这是管理员贴的电梯故障通知,而不是戏剧公演的海报,因此他没有撕下这张海报扔掉。无奈之下,他只好选择爬楼梯上楼。还记得我刚才的说明吗?老师爬到三楼,去厕所方便,而之前在厕所里的三个女生看到老师进来会怎么想呢?现在是寒假期间,老师和学生基本都放假回家了,突然有一个在她们眼中看起来打扮怪异的人闯进来,还能是谁呢?第一反应就是戏剧部的同伴——你啊。所以,也难怪她们会误会了。"

胡麻本试图反驳,又不知如何开口。他坐立不安,眼神凶狠。如果眼神能杀人的话,筱塚可能已经被他千刀万剐了。

"那三个女生认定是你进来吓唬她们,劈头盖脸地打过去,但其实她们打的是小岩井老师。我猜那个看到尸体就吐出来的女生,嗯,好像叫出水亚由美吧,恐怕她就是率先发起攻击的那个人。因此,发觉认错人之后她才会深受打击,痛哭失态。剩下的两个人可能认为自己是在出水的带领下行动的,并没有错,她们应该曾努力找借口为自己开脱责任吧。"

★

第二天早晨七点,我站在远处眺望基础教学楼。大楼四周围着表示"禁止入内"的黄色警示带,几个身穿制服的警察在站岗。我小心翼翼地朝其中一个警察走去。

"请问……"我试着向这位大概和我父亲同辈的警察打招呼,他立刻朝我摆摆手。

"你是学生?不要过来,现在这里不能进。"

"哦,我知道,我想找七濑小姐……"

这时,一个身穿墨蓝色西装的男警察注意到我,并朝这边走来。他体格壮硕,下盘稳健,步伐坚定,一举一动都无懈可击。干这一行的哪个不是从修罗场摸爬滚打过来的,但这位佐伯刑警显得尤其不好惹。他走到近前后笑了笑。"他没关系,请放他进来吧,他和这个案子有关。"他笑容亲切,却丝毫不失威严。如果我不认识他,可能会被他吓得不轻。

站岗的警察立刻抬起黄色警示带,让我进去。

"你好啊,阿匠,好久不见了。真不好意思,这么早把你叫过来。"佐伯拍拍我的肩膀,轻松地和我寒暄。之前我的一个后来当上了警察的老同学遭人杀害,在那起案件中佐伯给过我极大的帮助。

"这次七濑非要你来不可,她认定你了,比平塚还有过之而无不及。"佐伯递给我一双白手套,和他手上戴的一样,"她坚持说必须听听你的意见。好吧,那你就来帮个忙好了。"

基础教学楼前已经封上了蓝色塑料布。

"花江……在那里?"我问道。

佐伯沉重地点点头。"很快就会把遗体运走。"

我走进电梯厅,看到鉴识科的工作人员正在提取指纹。

"不好意思,得走楼梯了。我们去五楼。"也就是说花江是从五楼跳楼的吗?我们顺着楼梯爬上五楼,来到教室区的走廊上。一群鉴识科的工作人员在电化教室出入口前忙碌着,我看到一个身穿藏蓝色套装的熟悉身影。七濑发现了我和佐伯,站起身来,非常夸张地张开双臂,并发出一声长叹。

"唉——这可真是够呛——"

"喂喂,够了。"佐伯苦笑着提醒她,"你特地把他找来不是听你抱怨的吧?"

"你看看这个。"七濑假装没听见佐伯的话,戴着白手套的手递过来一样东西。是一个明信片大小的白信封。七濑的视线转向墙壁,抬起下巴示意了一下。"就放在那里。"我看到墙边还靠着一双女士便鞋。

"这难道是遗书?"

七濑点点头,眉头紧皱。"你读一读。"

信封上写着"佳男先生亲启",想必是写给筱塚看的。但看到信封下方的署名是"深町花江",我又有些疑惑,过了一会儿才意识到他们没有领证,而是事实婚姻。我拿出信,开始读。

佳男先生,告诉小岩井老师阿匠会去监视他的人是我。你问我为什么要这样做,那是因为你天天和女大学生打得火热,我无法原谅你对我的背叛。但我当时真的只是一时冲动。

但是,随着时间的流逝,我再也不能忍受良心上的谴责了。我想至少我可以用和小岩井老师同样的方式告别这个世界。一直承蒙你的照顾,感激不尽。永别了。

我抬起头，与七濑四目相接。

"这真是她写的吗？"

"果然你也怀疑不是她写的啊。"七濑摇摇头，再次发出叹息，"我知道，我知道，昨天是我告诉你如果有人事先告知的话，花江的嫌疑最大。但是突然冒出一封遗书明白地写着，没错，就是她，我反而觉得一点儿说服力都没有。这实在太可疑了。"

"做过笔迹鉴定了吗？"

"正准备做。为了确认死者身份，我们通知了筱塚和花江的母亲。等他们来了，我会给他们看看这封遗书。唉，我有一种不祥的预感，他们肯定会说这就是花江亲笔写的。阿匠，你怎么想？你觉得花江真是因为遗书上写的这个理由跳楼自杀的吗？"

"我觉得不是。我想恐怕是有人强迫她写下这样的谎言，然后把她从这里推下去的。"

七濑和佐伯对视一眼，突然逼近到我面前。七濑眯起眼睛，连珠炮似的发问："你是不是有什么想法？那天你没有看到小岩井爬上五楼，是不是有人想把嫌疑推给花江？这个人是不是有什么特别的动机？"

我点点头。"遗书的作用就是让我们以为花江是告密者。只是我还不知道这个人到底是怎样把她带到这里的。"

"可能是花言巧语把她骗来的，或者是让她服下安眠药，之后把她带来的。具体方法以后再调查也不迟。你就告诉我这个人是谁。"

我先是揭露了一起伪装成自杀事件的凶杀案，现在又要实名揭发嫌疑人了吗？我犹豫了一会儿，开口说道："七濑小姐，刚才你问我这个人是不是有特别的动机，你说的完全正确。这个世界上，只有一个人具有这一异乎寻常的动机。他杀死花江，并伪装成自杀事件,我只要看一眼就知道是谁下的手,而这个人也对此心知肚明,可他还是这样做了。为什么……为什么……他会偏执到这个地步!"

七濑正要开口的时候一位便衣刑警走过来,交给佐伯一样东西,并在他耳边低声说了几句话。

"什么?"佐伯目光锐利地看向我,把那样东西又递给我。还是一个信封,和刚才的信封同样大小,写信人署名依然是"深町花江",只是收信人处写的是"匠千晓先生亲启"。

"这是怎么回事?"我大吃一惊。

"刚才一个自称花江母亲的女人拿着这个来到这里,她说花江告诉她,万一她遭遇什么不测,就把这封信通过警方转交给你。"

★

"所以,花江给你的真遗书里到底写了什么?"

"简而言之就是坦白她帮胡麻本掩盖罪行。那天和你对决之后,胡麻本马上就去找花江了。他软磨硬泡,求花江写下遗书,让她收回之前的话,承认是她向小岩井老师告密的。"

"他这么做就是为了给自己和那三个女生脱罪吗?"

"这个原因也包含在内,但他的主要动机不是这个。胡麻本在对决中输给了你,很不甘心。在他的剧本中,明明他才是威风凛凛的名侦探,却被你贬得一文不值,沦为愚蠢的犯人。"

现在轮到我和筱塚一决胜负了,我们的"战场"设在他那家小酒馆的门口。此时卷帘门拉下来,上面挂着一块木牌,写着"出租"二字,一派穷途末路的景象。筱塚脚边放着几个纸袋,里面装着刚从店里收拾出来的私人物品。

"据说胡麻本让花江在基础教学楼五楼假装跳楼,他会事先确保有目击者在场。当然她不用真跳,他会假装觉察到异样,及时把她救下来。这一切都是演给目击者看的,为了提高假遗书的可信度。"

"但其实胡麻本打从一开始就打算杀掉花江,对吧?没有什么目击者,他更不会救她,他只是想趁此机会把她推下去,对吧?"

"没错。恐怕胡麻本的打算是先确保花江亲笔写下了遗书,接着再封了她的口,这样一来就可以彻底推翻你的推理了。"

"然后呢,他就赢了我?他的计划到处都是破绽,也太乱来了吧。"

"是啊。胡麻本太着急翻盘,一心只想着反败为胜,洗脱失败者的耻辱。"

此时胡麻本在警局,作为杀害花江的嫌疑人被审讯。他迟早会供出出水、古仁和包枝她们三人与小岩井老师之死的关系,她们也逃不过法律的制裁。

"如果她们发现打错了人后立刻报警,而不是拙劣地掩盖错误的话,也许情况会好很多……"

"不过我不懂,既然花江准备了一封真正的遗书留给你,就说明她已经意识到胡麻本的意图了,那她怎么还会轻易被他杀死呢?"

"动手的是胡麻本,但花江确实也不想活了。她在遗书里说她这一生都在被男人利用,已经厌倦了。"

"她说一生都在被男人利用?"

"筱塚先生……"

"怎么了？"

"这件事……这件事全都是你一手策划的吗？"我们四目相接的瞬间，我确信自己一语中的，"你预测到事情会这样发展，所以故意逼得胡麻本狗急跳墙？"

"你是想说我的最终目的是杀死花江？你也太高估我了，我可没有那么深谋远虑。"

"花江精神脆弱，仿佛一颗随时会爆炸的炸弹，这一点你应该很清楚。你知道只要一而再、再而三地背叛她，她就很有可能会走上绝路，不是吗？"

花江因无望的爱情而绝望，胡麻本引诱她时她马上顺从了。她本想用这种方式报复丈夫的背叛，没想到这成了把她推向深渊的最后一击。

"你知道即使没有胡麻本，花江很快也会自杀。因为你明里暗里一直在给她施加心理压力，她马上就要崩溃了。"

"明里暗里施压？你倒是说说，我做什么了？"

"你根本不想认真开店，却打着筹措资金的旗号与女学生鬼混。还有，即使你是高我很多届的学长，对待我这个客人时也不该那么口无遮拦，随随便便。现在回想起来，这一切其实都是你故意做出来的，就是为了让花江不高兴。她长期生活在这种环境中，心情自然越来越差，会有厌世情绪也不足为奇。"

筱塚轻轻摇头，无声地鼓了鼓掌，说道："花江是个沉闷无趣的女人，而且像狗皮膏药一样甩也甩不掉。只有她死掉，我才能摆脱她。先不说我有没有预测到她会赴死，我只能说我梦想过她死。要说我一次都没想过要她死，肯定是谎话。"他自言自语般地说着，又补充道，"这是……第四个人了吧……"

"什么第四个人？"

"就是被我逼死的人啊。花江、小岩井老师，还有阿凉。"

"什么？还有阿凉？"

不对，等等，这也只有三个人啊，他怎么说四个？

"十三年前，不，应该是十四年前了。那时我即将迈入三十岁的门槛，趁此机会辞去了给里见凉当家教的工作。不过，我给他留下了一份临别礼物。"

"临别礼物？"

我感到一阵寒战，隐约意识到他将要说的话——接下来我要听到的，是来自恶魔的告白。

"阿凉非常聪明，读过很多书。一些对于初中生来说有些难懂的主题他也很感兴趣。他尤其热衷于阅读亲子关系方面的书籍，比如探讨父母是如何在精神上支配、束缚孩子，剥夺他们自立的能力，最终杀死孩子灵魂的作品。当然，阿凉头脑里想的是他和外公之间的问题。他的苦恼我一清二楚，但是我从不和他谈论小岩井老师。从他初一到初三这三年里，我从未提及他和外公关系的话题，相反，我一直在给他讲我和我父亲的事。"

"你和你父亲？"

"我再次声明，我绝没有直接对阿凉下手。阿凉的死完完全全是自杀。他写下遗书，自己动手上吊，这是不可动摇的事实。"

"但你的确做了一些事，只是表面上看不出来……"

"表面上当然看不出来，因为阿凉本人也想不到是我暗中促成了他的死。他至死都深信，从决意自杀到实施自杀，全部纯粹出于个人意志。如果你能从心理上操控别人，让对方认为一切都是自己自发的决定，那么你就可以通过让对方自杀的方式解决掉这个人，这在理论上是可行的……哈哈哈，这算不算是纸上谈兵呢？"

"你通过讲述你和你父亲之间的矛盾，让阿凉逐渐认识到他和外公关系的本质……"

"没错。看来你已经明白了,我好像没必要再说下去了,不过我还是要声明,我没有编故事骗阿凉,我给他讲的都是我的真实经历。父亲是如何干涉我的生活,而我又是多么痛苦。我父亲明明是一个虚伪的独裁者,却偏偏要装成通情达理的长辈,在这方面,他和小岩井这个老头儿十分相像。有一段时间,我也曾被父亲的假象迷惑,对他毕恭毕敬。但有一天我突然意识到,我一直遵照父亲的价值观做决定,也就是说,我的人生是被他掌控的。"

"你是想说你的一切判断都并非出于自己的本意,而是内化的父亲的价值观在帮你做判断……"

"正是如此。我要是早点儿认识你就好了。我心中并不存在那个叫作'我'的独立人格,存在的只是父亲的人格,我只是他的作品而已。当我意识到这一点时,心中迸发出强烈的恨意。我父亲这个人竟然把亲生儿子当作黏土人偶一样对待!最不可原谅的是,他彻底支配了孩子的一切,扼杀了他的灵魂,却还深信自己是充满爱意、善于理解的好父亲。我发誓要毁了他的自我满足感,我要毁掉他精心设计的作品。"

"也就是说你打算自杀?"

"没错。如果父亲没有在我读研究生时死于交通事故的话,恐怕我已经死了。可以说我此生唯一感激父亲的一点就是他死得早。"

"你在给阿凉当家教的三年里反复给他讲这些事,他也都听进去了。于是他会类比联想,外公杀掉了他的灵魂,把他当作人偶,唯有自杀才能向外公复仇。"

"刚才我也说过,我从来没有主动提起小岩井老师的话题,我只是耐心等待阿凉自己明白过来。这是诀窍，也是技巧。然后就是收尾工作了……"

"就是那份临别礼物吗？"

"阿凉考上理想的高中后，我告诉他我要辞去家教，他非常舍不得我，恳求我继续教他。连交朋友都受外公限制的他，认定我是唯一能够交心的人，对他来说我的重要性无可比拟。于是我若无其事地使出撒手锏，我说：'我也很想继续教你，可是你外公好像不太喜欢我的教育理念，所以我没办法再待下去了。'"

"听到这番话，阿凉终于绝望了。外公夺走了他的一切，赶走了学校里的朋友，还赶走了他的家教老师，也是唯一的知己。你暗中煽风点火，让他对外公的强烈恨意爆发了。你为什么要这么做？你到底为什么要做这种罪大恶极的事情？"

"也没什么特别的原因，我只是想看看小岩井的反应。这个老头儿以前嘲笑我没有人生经验，只会纸上谈兵，可是他的外孙就是被我用纸上谈兵的方式引上绝路的。发现外孙的尸体时他的表情一定很好看吧！"

在我面前的不是人，而是一个恶魔，一个既可怕又可怜的恶魔。

"可是，也许真的是举头三尺有神明吧。阿凉是在我辞职三年之后自杀的，而几乎就在同一时期，我的儿子幸典也死了，也是跳楼自杀的。"

所以被这个恶魔逼死的人不是三个，而是四个。

"后来我才意识到，我对待儿子的态度和父亲对我的态度如出一辙。当年那个痛恨父亲操纵自己人生的儿子，有一天也成了这样的父亲。"

艺术切割

"凶手要么是脑子有问题,要么是一个危险的变态……"佐伯不停挠着眉毛,瞥了一眼坐在斜前方的高千。他眼中掠过一丝不安,虽然从他讲述的案情本身来看,感到不安也是人之常情,但我没想到一贯强势严肃的佐伯刑警竟然也会流露出这样的情绪。"我看,这人八成就是变态,没有动机,没有理由,想杀人就杀人。"

"说的也是啊。"不知道高千(即高濑千帆)是否注意到佐伯的表情变化,她像寻求支持似的朝我这边点点头,"为什么凶手要把两个受害人的双手和头颅切掉,带离现场呢?剩下的躯干还好好地放在受害人家里,没有任何移动过的迹象,可见分尸并不是在其他地方进行的,凶手这样做显然不是为了掩盖自己的罪行。"

高千的表述听起来让我不太舒服,不过,这起案件本身就很血腥,似乎也找不到其他更好的描述方式了。

"而且,凶手也根本没打算把切掉的手和头扔到隐蔽的地方藏起来。"

"凶手就大大咧咧地扔在明处。女性受害人的头和手被扔在城所公园的亭子里,男性受害人的头和手被扔在一处民宅大门正前方的步行道上。另外,凶手就像在布置艺术展品一样,还把人头端正地竖起来,并把手放在靠近下巴的地方。"

我没有目睹这一场景,但是凭描述我可以想象出凶手是把尸块摆成手抚下颌的模样。而且,两组尸块在两处不同地方,都是如此摆放,这绝不是巧合,应该是凶手有意为之。

"还有,在凶案现场,也就是女性受害人的住所,还发现了第三名男性的尸体。这具尸体上没有任何切割过的痕迹,全身赤裸,只有腰间围着一条浴巾。"

"凶手到底为什么要做出如此恐怖的事啊?"

"而且手法乱七八糟。当然,也许凶手作案根本就没有合理的动机。"佐伯叹息着摇摇头,"可能就是一个自我显示欲异常膨胀的神经病,希望自己的所作所为能在社会上引起轰动。说不定就是这么回事,不,一定就是这么回事吧。应该就是这样。可是我总觉得……"说着,佐伯又挠挠眉毛,我从未见过他如此心神不宁、忧心忡忡的样子,"可是,我总觉得不太对劲,心里老是惦记着这件事。凶手真的是个心理变态吗?对于这个案子,你们俩有什么想法?"

＊

那天是一九九四年一月五日,星期三。

我在从学生时代就一直打工的咖啡馆"ai eru"里擦拭着无人使用的空桌子,时间是下午五点,离本日结束营业还有两个小时,很快老板就会从小钢珠店回来接替我,然后我就可以下班了。就在我盘算着接下来要去哪里喝一杯的时候,有人推开店门进来了。

我条件反射地喊出一句"欢迎光临",但当我抬头看清来人时,不禁有点儿纳闷。"什么风把你吹来了?"我脱口而出。来人正是安槻警局的佐伯刑警。他一身黑色正装,与我们店里的氛围格格不入。平时出入这家店的大多是安槻大学的学生。若是平日,店里满员的时候,他的出现一定会引起全员瞩目的。

也许是清楚自己的气场比较吓人，佐伯不自然地朝我笑笑，打了个招呼，就坐在吧台的座位上。我给他递上茶水和湿毛巾后，下意识地朝店门那边看了一眼。"你是一个人来的？"

"是啊。给我来杯热咖啡吧。"佐伯擦过手，把毛巾整齐地叠好，"不过，我可不是专门为了喝咖啡而来的。"

"呃，那你是……？"

"你今天的工作快结束了吧？"

"是啊。"他知道得可真清楚，我越发迷惑了。后来想想，十有八九是他的同事七濑或平塚告诉他的吧。

"不好意思，待会儿你能抽空和我聊聊吗？"佐伯用小勺搅拌着免费茶水，"有点儿事想找你商量商量。不，应该说，这件事我一定得听听你的意见。"

"这……难道是和你们工作有关的那种事吗？"

"那还用说。不过，这次我找你并不是正式咨询，只是私下聊聊。日后如果有人问起来，你就这样说好了。"

"谁会问啊？"

"比如七濑、平塚这些人。万一他们知道我偷偷来找你，不知道要怎么嘲笑我呢。"

我觉得佐伯怎么都不像是忌惮别人耳目而偷偷摸摸行动的那种人，另外，我也搞不懂为什么如果七濑和平塚知道他来找我，就会笑话他。但是，无论如何，佐伯说只是私下聊聊，这让我心里轻松了许多。

"我正想去喝一杯，那我们一起去好了。"

"啊，太好了。"佐伯顿时喜笑颜开，"我明天休息，那今天就好好放松一下，喝个痛快。"他话音未落，就听到里面卫生间门开关的声音，然后伴随着清脆的脚步声，高千走了出来。当她认出佐伯时，立刻展颜而笑，平素冷冰冰的表情一扫而空。她快步走到我们跟前。

"佐伯先生，真是好久不见了。您还好吧？"冷漠内敛的高千难得地表现出毫不设防的惊喜。我看着这样的她，幸福之情油然而生，同时这种幸福中还掺杂着一种"我赚到了"的心情。而佐伯也许是被突如其来的重逢惊呆了，他抬头望着高千，半张着嘴，半天说不出一句话来。

看到佐伯的反应，高千也有些困惑。她用左右手交互轻抚了一下自己灰色西装外套的肩部，好像在掸落不存在的灰尘。"那个……佐伯先生，我是高濑啊……"然后，高千不太自信地看向我，"我变了那么多吗？"

"不不不，不是不是，不是这么回事。"佐伯慌忙连连摆手，"不好意思，是我太吃惊了，我没想到会在这里遇到你。我听说你大学毕业后去东京工作了……"

"我运气好，带薪假期可以和新年假期连休，正好回家乡看看。"

高千老家不在安槻，所以"回家乡看看"的说法并不完全正确。也许在她心里已经认定这里就是家乡了，想到这种可能性，我心中不禁涌起一阵暖意。

"其实，我原来打算去年夏天回来，但是工作实在调整不开。这次终于能把去年没休的假补上了。"

高千正说着，老板娘掀起厨房的门帘，从里面探出头，对我说："阿匠，你可以下班了。"

"可是……"老板还没回来啊。

不等我开口，老板娘就笑起来，挥着手说："没事没事，反正今天应该也不会有客人上门了。"

下周学生才正式返校,这些天来店里吃早餐和午餐的都是住在附近的独居老人。为了街坊邻里的常客着想,老板夫妇坚持从元旦起一直营业,可以说是功德无量了。

"明天上午的工作还要拜托你啦。对了,这位先生,"老板娘用手示意了一下佐伯,"您点的咖啡我就取消了,可以吧?"她一脸戏谑的表情,仿佛在说"什么都瞒不住我",看来刚才她在厨房里听到了我们的对话。

"嗯,这……"突然被问到的佐伯愣了愣,不知所措地点点头。

我赶紧帮腔道:"那就取消吧,实在不好意思。"我向老板娘低头致谢,然后脱下围裙。

"那我们走吧。"我催促道。

佐伯好像突然回过神来,来回看着我和高千,立刻附和说:"好好,走吧。"于是,我们三人一起离开了"ai eru"。

"我们去哪家店呢?"

"总之,先进城再说吧。"在高千的带领下,我们走出大学正门,坐上电车。

"佐伯先生,我们还是找个有包间的地方比较好吧?"我拉着车上的吊环,问佐伯。

"嗯、嗯,是啊。"佐伯的身体随着电车行进晃来晃去,他用没拉吊环的那只手摸摸下巴,"如果能找到有包间的店,那最好不过了。"

"咦,怎么回事?"站在我和佐伯中间的高千露出恶作剧般的笑容。我们三个并排站立的时候,她的身高显得尤为突出。"有什么事需要密谈吗?"

"也算不上需要密谈吧。不过,佐伯先生似乎想谈一些工作方面的事。"

"这样啊。哪家店有包间呢?"

就算有这样的店,如果没提前预约的话,现在这个时间也很难有位置了。高千似乎看穿了我的想法,提议道:"干脆去我住的地方好了。"

"啊?你住的地方?"佐伯疑惑地发问,"你还保留着原来的住处吗?"

"不是,我是说去我现在住的酒店房间。是双人间哦,我想住得自在一点儿。"

"我还以为你回安槻的话一定会住他家。"佐伯用下巴示意了我一下。

"怎么可能!我才不要住他那个风一吹就要倒的破公寓呢!卫生间和淋浴间挤在一起,连泡澡的地方都没有。而且,大冷天的竟然没有暖气!我不是讽刺他,是打心底里佩服他,居然到现在还没冻死。还有,佐伯先生,你知道吗?自从我回来住进酒店那天起,这个人就每天来我这里蹭暖气、洗澡。你说说,他自己的公寓不方便到这种地步,还不赶快搬家。"

"哎呀,他去你那里洗澡只是幌子,其实只是想每天都能见到你吧。"

"那他就表现得好一点儿啊!前两天,他喝得烂醉就来了,进屋之后就洗澡,洗完澡就耍酒疯,接着倒头就睡。不光桌椅板凳,连床都差点儿给我掀翻了。这个混蛋到底是干吗来的!拆房吗?我当时真想把他扔出去。"

与佐伯意外重逢这件事让高千也很开心吧,我几乎没见过如此贫嘴的她。虽然我们相识多年,看到她与旁人轻松地谈论这些日常琐事,我心里仍然有些惊讶。

我总觉得她的语气做派像某个人。对了,她让我想起了漂撇学长(即边见祐辅)。高千在学生时代就整天和漂撇学长搭档,一唱一和地"说相声",漂撇学长擅长插科打诨、油嘴滑舌,而高千擅长一针见血、犀利吐槽。谁曾想现在高千却变成了漂撇学长的风格。如果我指出这一点的话,高千一定会恼羞成怒吧。但不可否认的是,她的确受到漂撇学长很多潜移默化的影响。

佐伯好像都听傻了,高千一边说,他一边连连点头,最后"扑哧"一声笑出来。"原来如此,原来如此,果然像是阿匠会做的事。啊,不,不好意思,阿匠,我对你没有知根知底到这种地步,不应该武断地下结论,我就是随口一说……"

"没事没事,您想怎么说他都行,他啊,可以说是表里如一,外面看起来是这个样,其实就是这个样。"

去高千入住的"新厚木酒店",本应该在县厅前站下车,但是因为我们要买东西,所以就多坐了一站,在大型商店街入口附近下车了。

"好吧,要买些什么东西呢?"佐伯两手叉腰,打量着周围的商店。

"吃的东西就拜托您了。"高千啪地拍了一下我的肩膀,"至于这一位,只要有酒就满足了。"

"这样啊。那我们先去酒馆好了。"

"您不用管他。我和这个一见酒就没命的家伙认识好多年了,每次见面前我一定会事先囤好酒。当然,现在我酒店的房间里也准备了好多。"

"原来如此,我明白了。"佐伯一边苦笑,一边径直走入一条被破旧杂货店和鲜鱼店包围的小巷子,来到一栋古老的住宅前。这是一个小饭馆,店里的暖帘还没有挂出来,但佐伯熟门熟路地拉开狭小的店门，打声招呼就进去了。在吧台内侧的厨房里有两个人，一个是围着头巾的老太太，另一个是身穿工作服的中年男人，看年龄应该是一对母子。他们正在准备食材，现在大概是开店前最忙碌的阶段。

"麻烦给我打包三份便当。"

"米饭刚上锅，可能需要等一会儿。"那个中年男人不光对佐伯，对我和高千也点了点头，表示欢迎。

"没事，我们可以等。来，咱们一边喝酒一边等吧。"

佐伯招手让我和高千在桌边落座，他自己去厨房里拿来一瓶啤酒和三个杯子，麻利地分别倒满酒。他抬头看看墙上贴的菜单，说："你们两个再点些什么一起打包带走吧。"

高千和我对视一眼。我们都以为刚才他已经点好下酒菜了，难道还不够？

"我想想，那我点一份牛肉刺身吧。"高千开心地用手指点着菜单说。

"好啊。阿匠你呢？"

"那我点鸡蛋卷吧。"

"好。喂，不好意思，"佐伯朝厨房那边呼唤，"再追加一份牛肉刺身、一份鸡蛋卷、一份豆皮煎饺，全都打包。"

"没问题。不过，我说老师，您每次都打包回去吃，什么时候也在我们店里好好坐下来吃顿饭啊？"

对方称呼佐伯为"老师"，可也不一定就认为他是在学校教书的那种老师。不知道佐伯是怎么自我介绍的，大概是按照一般惯例，说自己是公务员吧。

"嗯嗯，过段时间就来。"

可能店员一直在忙着给其他预约的客人准备食材，实在腾不出工夫准备我们的，我们等了四十多分钟，点的饭菜才全部打包完毕。这期间，我们三人喝光了五瓶啤酒。结账时，佐伯坚持由他埋单。"怎么能让你们破费呢，是我有事拜托你们帮忙啊。"

离开小饭馆，外面天已经黑了。回酒店时我们没有再坐电车，而是溜溜达达地走了回去。

穿过酒店大堂，走向电梯的时候，佐伯望着三层楼高的天花板，感叹道："真豪华啊！"

"您是第一次来这里吗？"

"这里翻新之前来过几次，不过不是因为私事来的。"

进入高千的房间，油煎食物的气味显得比在外面更加浓郁，不知是鸡蛋卷，还是煎饺的香味充满了整个空间，让人垂涎欲滴。

高千弯腰打开房间里的冰箱，佐伯不经意地往那边看去，他先是一愣，然后放声大笑。"我的天哪，整整一冰箱的啤酒！"

为了给啤酒腾地方，酒店原本准备的软饮和罐装咖啡全都被"驱逐"出冰箱，这份心机也是够好笑的。我们自己都忍不住要吐槽了。

"我都说了，这里有个酒鬼，不准备充分是不行的。"高千拿出三罐啤酒放在窗边的小桌上，"佐伯先生您喝啤酒行吗？我这里还有威士忌和白兰地，虽说只是便宜货。"

"嗯，啤酒就行。开场还是喝啤酒比较好，当然这也不算开场了。不过，总之我们先干杯吧。"

我解开便当盒外面的皮筋，把牛肉刺身、鸡蛋卷、豆皮煎饺并排摆在小桌上，然后打开佐伯一开始点的三份便当，每个盒子里有十枚寿司，红鱼肉和白鱼肉交错摆放。但这并不是普通的寿司，鱼肉呈现出一种诱人的琥珀色，表面还洒了香葱碎。

"这是腌渍寿司吗?"

"没错。你尝尝。"

我用一次性筷子夹起一枚寿司,放进嘴里咀嚼。我以为会尝到腌渍金枪鱼的味道,但没想到这滋味颠覆了我的想象,简直好吃到不可思议。

鱼肉可以尝出酱油底味,但不会很咸,反而带出一丝甜味,然而又不是甜料酒或白糖那种明显的甜味。应该是用某种特别的高汤腌制过。

"太好吃了!"

"是吧!"佐伯居然露出了孩子般的得意表情,刚才在店里喝的那点儿啤酒不至于让他喝醉吧,"寿司这东西,本来用生鱼肉做就好,用腌渍鱼肉则是一种更奢侈的享受。又费事又费钱,尺寸也比普通寿司小一圈。不过,忙的时候吃起来非常方便。我啊,其实特别不爱吃面包,监视嫌疑人的时候,一想到要吃面包充饥,我就浑身难受,但是吃这个就很不错,我非常喜欢。"

说这番话的时候,佐伯的语气很随意,显得十分放松。他偶尔还会笑眯眯地看向高千,看起来能够再次与高千见面,佐伯也很高兴。

"难道这些全都是用同一种高汤调味的吗?"高千依次品尝了寿司、牛肉刺身、鸡蛋卷和煎饺,细细咂摸着滋味。她的视线飘向空中,若有所思地说。

说不定真是如此。牛肉刺身的调味汁通常用香葱、洋葱、大蒜和其他香料调配而成,而这份刺身的调味汁却是用酱油打底,味道柔和清甜。煎饺的蘸料利用了橙汁独特的甜味,凸显出豆腐皮的美妙口感。鸡蛋卷大概也加入了同一种高汤。

"可能吧。就好像在日本酒中加入梅干煮沸,再加入蔬菜清汤，然后调制出来的那种味道吧？当然，我只是瞎猜啦。"

"您好像打算马上回去找店家要配方似的。"

"哈哈哈，那是人家的商业机密，不会随随便便教给外人的。好了，话说回来……"佐伯从啤酒换成兑水威士忌，刚才轻松愉快的语气也骤然一变，他双肩低垂，长叹一声，"好不容易有机会和你们一起享受美食，我却要说些煞风景的话了，实在对不起。"

看起来终于要进入正题了。佐伯脸上的表情紧绷起来。

"是关于案子的事吗？"

"是的。这是一件前年七月发生的离奇命案。"

前年，也就是一九九二年。那年七月，我和高千还是大四学生，正因为毕业的种种事宜忙得焦头烂额。

"关于这个案子的报道，你们可能在报纸或新闻中看到过。但是，后续报道就一个字都看不见了。这中间有很多复杂的原因。"佐伯愁眉苦脸地灌下几口酒，"其中一名死者是所谓的名门之女，与中央财政界的很多大人物都沾亲带故。而且，仅仅是她被害现场的状况，如果不小心传出去，就很可能会成为轰动全国的爆炸性丑闻。所以，上头给媒体下达了严格的封口令，别说实名报道了，任何形式的后续报道都不允许。"

"名门之女？也就是说，死者是女性？"

"对，其中一名死者是女性，当时她上高二。至于名字，我信任你们，所以就跟你们说了吧，她叫蜂须贺美铃。"

可是我对这个名字没有任何印象。我偷看了一眼高千，她也只是耸耸肩。看到我们冷淡的反应，佐伯多少有些泄气。

"蜂须贺家原本住在东京，但是因为家里发生了很多事情，美铃被送到安槻独自生活，并就读于'丘阳女子学园'。她家的亲戚里有都知事、官房副长官,以及大大小小各种官员,可以说是家世显赫。先不说这些,还是说回蜂须贺美铃吧。有人发现她的头和双手……嗯,不对,等等,我还是按照时间顺序说明吧。最初,有人报案说发现了被砍下的头和双手,经查证,这名受害人为男性,名叫桑满到,时年二十岁,是当地暴走族的头目,生前曾频繁出入蜂须贺美铃的房间。"

据说桑满到的头和双手是前年七月二日,星期四,凌晨三点,在船引町一处民宅大门前的人行道上被发现的。

"报案的是在那处民宅独居的七十二岁女性,上山由利。"

"她一发现尸块就立刻报警了吗?"

"当然。"

"那时是凌晨三点,她是被什么可疑的声音吵醒,然后去门外查看的吗?"

"不是。据说上山由利习惯在这个时间起床,去附近散步。"

"很多人都喜欢清早散步,但是凌晨三点起来散步也太早了吧?而且,她还是上了年纪的独居女性,这也太不小心了。"

"她好像很喜欢喂附近的流浪猫。"

"哦,猫是夜行动物,所以她就半夜起床去喂,对吧?"

"也许是为了排解老年独居的寂寞吧。但是,附近的住户中有很多人非常厌恶猫叫和猫粪,社区有关部门曾经警告过上山由利,让她不要再喂猫。上山由利本人完全不能理解自己的博爱精神为何会遭到这种无端指责,所以,无论邻居怎样抗议,她依然我行我素,坚持半夜喂猫。"

刚发现桑满到的头和双手时,上山由利还以为是有人把弄坏的塑料模特扔在自家门前了。但是,借助昏暗的灯光再细看,又觉得质感过于真实,不像是人造物。难道是真人?她感到害怕,赶紧回家打电话报警。

"虽然她说自己感到害怕，但是她给人的印象并非如此，至少我感觉她一直非常镇定。警察第一时间赶到她家，对于警察的各种询问，她都冷静清晰、不慌不忙地一一作答。不知道是因为她本身就是这种个性，还是因为人生经历丰富，大风大浪见得多了。"

不用说，这时警方还没有查明死者的身份。警方初步猜测死者是一名年轻男性，但是毕竟只有头和双手，无法立刻下定论。唯一清楚的是，被害人是在其他地方死亡后被凶手肢解的，然后凶手又把砍下来的头和双手运到这里扔掉。人行道附近没有发现任何血迹。

"一件离奇命案就足以造成恐慌，谁能料到仅仅两个半小时之后，又有人报案说发现了人头和人手。整个警局都震动了。"

这次报案的也是一名独居女性，名叫户沼加奈惠，六十五岁。只不过发现尸块的地点不是船引町，而是城所町。大致说起来，两个町被一条轻轨铁路分隔开，轻轨南侧是船引町，北侧是城所町。

"同一天清晨五点半被发现的头和手是属于蜂须贺美铃的，对吧？"

"对。发现尸块的地点是城所町的城所公园。户沼加奈惠总是在这个时间散步，去公园的亭子里喂鸽子，并顺便歇歇脚。"

七月份，早晨五点半天已经亮了，只要天气好，就非常适宜散步。值得一提的是，从船引町的上山由利家到城所町的城所公园，步行只需要二三十分钟。

"城所公园的那个亭子里有两条相对而设的长凳，蜂须贺美铃的头和手就摆在其中一条长凳上。"

与上山由利的反应截然相反，户沼加奈惠发现尸块后惊慌失措，吓得嗷嗷大叫。这也难怪，因为据说当时她看到无数只鸽子争相啄食那个年轻姑娘的脑袋，还有比这更恐怖的场景吗？户沼加奈惠连滚带爬地赶到公园的电话亭报警，被她的惊叫声引来的附近居民在警方到来之前就汇集到亭子附近了。

"当然，这时一男一女两名受害人的身份还没有查明。严格说来，连死者的性别都未能确定。因为分尸和弃尸的手法过于猎奇，所以警方基本可以确定两起案件具有关联性。但是，尸体的其他部分还没有发现，确定身份可能需要一段时间。然而，就在发现尸块的同一天，还没等警方画出受害人的相貌图，他们的身份就真相大白了。"

据说，发现受害人尸体其他部分的，是蜂须贺美铃在"丘阳女子学园"的班主任。那天上午，蜂须贺美铃没去上课，也联络不上，班主任认为逃课必须当日惩罚，于是利用午休时间找上门去，打算好好教训这个学生一顿。可是，当她进入房间时，却发现屋里血流成河，惨状堪比战场。

"当时蜂须贺美铃一个人住在'船引公寓'的一居室里。"

"她的家人都在东京，对吧？为什么她家会让一个高二的女生独自来这边念书呢？"

"听说她初中时曾一度拒绝上学，还对家人施以暴力，惹出很多麻烦。这样下去，整个家庭都会被拖垮。她的父母束手无策，就想把女儿打发到一个完全陌生的地方，让她清醒清醒。正好她家有亲戚在'丘阳女子学园'的理事会任职，所以就把孩子送到那里读书了。"

"各家有各家的难处，每个人的想法也都不尽相同，可是，我总觉得让一个精神不稳定的孩子远离父母，只会让情况更加恶化。"

"是啊。恐怕她家就是顾忌面子，只想尽快摆脱这个大麻烦吧。事实上，蜂须贺美铃离开父母，来这里独自生活之后，越发放浪形骸、为所欲为。她经常把两个年轻男人带到自己的住处鬼混。"

"两个男人？其中一个就是桑满到吧？"

"对，还有一个叫羽染要一，与桑满到同岁。他和暴走族毫无关系，但和桑满到是发小，经常一起玩。羽染要一是美容师培训学校的学生，原本是一个认真努力的好青年，然而，自从与蜂须贺美铃扯上关系后，就彻底堕落了，天天逃课，夜不归宿。"

事实上，七月二日午休时，"丘阳女子学园"的班主任进入蜂须贺美铃独居的"船引公寓"二〇四室，首先发现的就是这个羽染要一的尸体。

当时这位老师按了好几次门铃，都无人回应，无奈之下她试着转动门把手，结果发现大门没锁。她开门进屋，发现羽染要一仰面躺在门口，除了腰间围着一条浴巾之外一丝不挂。他的胸口上插着一把菜刀，身下一片血海，已经没救了。

顺便一提，这位老师是一位四十七岁的女性。她说看到这个景象时，她吓得双腿发软，但是依然努力向邻居求助。她发疯似的按邻居家的门铃，又用力捶门，可邻居毫无反应。正当她准备放弃时，一个三四十岁的男人从屋里出来了。

这个男人似乎前一天晚上通宵没睡，正在补觉。他顶着一头乱发，穿着运动衫和短裤，一个接一个地打着哈欠，嘴里骂骂咧咧，但是当那位老师带他看了羽染要一的尸体后，他立刻就吓得清醒过来，慌忙跑回自己房间，打电话报警。

"闻讯赶来的警察发现除了羽染要一的尸体之外，屋里的床上还有两具叠在一起的尸体,一男一女,都全身赤裸。而且两具尸体的头和双手都被切掉了……"

"那就是蜂须贺美铃和桑满到的尸体吧?"

"是的。当然,两具尸体都没有脑袋,无法立刻判明身份。"

"等等。"高千举起杯子放到嘴边正要喝,又停住了,"也就是说,羽染要一的尸体完全没有被损坏吗?"

"嗯,他身上一个零件都没少。我知道这么说可能不太恰当,但事实如此,他的头部和手部都没有切割的痕迹。因此,如果凶手的犯罪动机是仇恨的话,那么他仇恨的对象应该只有蜂须贺美铃和桑满到。换言之,凶手行凶时,羽染要一只是碰巧在场,在凶手预料之外……"

"是这样吗?"

"你的意思是……"

"那把刀插在羽染要一的胸口,对吧?从尸体的位置来看,凶手闯入二〇四室后,第一个杀掉的应该是羽染要一呀。"

"应该没错。凶手恐怕没有用万能钥匙,而是按了门铃或者敲门,正好羽染要一来开门,所以只有他一个人腰间围着浴巾。然后,他一开门就被凶手当胸刺了一刀。"

"如果凶手接下来还想杀蜂须贺美铃和桑满到的话,他必须先把刀拔下来才行吧?假如他没有其他凶器的话。"

"高濑小姐,我明白你的意思了。警方在床边找到了杀死蜂须贺美铃和桑满到的菜刀,以及用来切割尸体的钢锯。"

"凶手事先准备了多种凶器,也就是说,凶手预料到羽染要一与那两个人在一起了。"

"有道理。看起来凶手一开始就打算把三个人全部杀掉。他们三个不分昼夜在公寓里鬼混的事,不仅邻居知道,连其他楼里的住户都有所耳闻。所以，凶手知道想杀那两个人的话，就不得不把羽染要一也一起干掉。"

"佐伯先生，你认为凶手的真正目标只有蜂须贺美铃和桑满到，羽染要一只是被牵连的倒霉鬼，是吗？"

"我是这样想的，若非如此，就无法解释为什么三具尸体的损坏程度大不相同。"

"说不定……"我没多考虑，就脱口说出心里的想法，"只是因为凶手时间不够呢？"

"嗯？什么意思？"

"说不定凶手原本打算杀掉三个人之后，把他们的头和手全都切下来，扔到别处。但是，他把蜂须贺美铃和桑满到的头和手切掉抛弃后，体力和精力已经用尽了。于是，他就想，做到这一步就可以了，剩下的随便怎样都好。这种可能性也不是不存在吧？"

佐伯双手抱胸，思考片刻。"这个……应该不会吧。我们不清楚凶手的精神状态，也许很难用常理推测他的行为。但如果凶手的目标真是三个人的话，他应该首先在杀人现场，即二〇四室，把三具尸体都处理完才对吧。"

"嗯，也是。"

"的确，'船引公寓'与桑满到头和手的发现地点——上山由利家——属于同一区域，距离很近，步行只要两三分钟。但是，发现蜂须贺美铃头和手的地点——城所公园——与凶杀现场就有一定距离了。如果凶手打算肢解三具尸体，那么他在抛弃尸块之前就应该全部处理完毕。如果不是这样，假如凶手是用汽车或自行车运送尸块的话，他就需要多次返回'船引公寓'，这会增加不必要的麻烦。"

"是啊。不管凶手先扔的是哪个受害人的头和手，如果他扔完一次，再返回'船引公寓'肢解第二具尸体，那也太麻烦了。一般情况下，正常人没理由采取这种费时费力的方法。不过，你刚才也说过，不清楚凶手的精神状况是否正常，所以可能也没办法用正常的思路解释他的行为。"

"如果凶手一开始就打算把三具尸体全部肢解，并把尸块分别抛弃，那他就应该在杀死三人后，先完成切割工作。假设是这样，然后时间不够，凶手不得不中途放弃自己的计划，那么，羽染要一的尸体上也应该有少量切割的痕迹才对。但实际上，他的尸体上完全找不到这样的痕迹。这显然很奇怪，是不是？"

"而且，如果凶手为了运送尸块，需要一次次往返杀人现场和抛尸地点的话，会增加被路人看到的风险。所以，我认为凶手从一开始就没打算动羽染要一的尸体。"

"还有，凶手不满足于杀死蜂须贺美铃和桑满到，还要肢解他们的尸体，除了仇恨之外，他有什么非要这样做不可的理由吗？"

"我认为，凶手不得不杀掉同时在场的羽染要一，是为了灭口，本来他是死是活根本无关紧要。也就是说，假如凶手的动机是仇恨，那也不是因为他嫉妒蜂须贺美铃和桑满到之间的关系。"

"当然不是。如果凶手是因为嫉妒蜂须贺美铃和男人乱搞，那他也不会在杀掉羽染要一之后放过他的尸体。"

三具尸体被发现时，都是全身赤裸的状态，凶手不难想象那三个人当时在干什么好事。如果是因为嫉妒而导致的杀人，很难解释为何羽染要一的尸体完完整整。

"总之，凶手对蜂须贺美铃和桑满到两个人抱有杀意，会不会是他们俩共同的熟人呢？"

"这个不好说。蜂须贺美铃同年四月才开始就读于'丘阳女子学园',三月上旬搬进'船引公寓'居住,那时她和羽染要一已经认识了。据她的朋友说,有一次在市区的电玩中心里,蜂须贺美铃主动和羽染搭话,从此两人就结识了。"

"什么?"我和高千异口同声地发出疑问。

"等等,按照您刚才的讲述……"高千瞥了我一眼,又转向佐伯,"我一直以为是桑满到先和蜂须贺美铃搞到一起,然后羽染要一才加入他们的……原来不是这样吗?是我搞错了先后顺序吗?"

"哦,对不起,可能是我的讲述方式让你产生了误解。我们综合了关系人的说法才了解到,先开始出入蜂须贺美铃住所的是羽染要一,而后桑满到才加入,不过中间间隔的时间并不长。"

"他们到底是怎么变成这种古怪的三角关系的啊?"

"当时,桑满到与暴走族内部某成员发生争执,最后被赶出了组织。桑满到因为此事愤愤不平,有一天,他和羽染要一见面的时候,问他哪里能找点儿乐子开心一下。这两个人从外表到性格都截然不同,但不知为什么,他们从童年时代就特别合得来,周围人都感到不可思议。那时羽染已与蜂须贺美铃结识,生活变得混乱,然而在那之前他还是大家公认的好学生。"

"桑满到问羽染哪里能找点儿乐子,然后羽染怎么说的?不会是我想的那样吧……"

"羽染就说正好我最近认识了一个高中女生,她不仅长相可爱,床上功夫也十分厉害,我一个人都满足不了她。我把你也介绍给她好了,你也可以解解闷。"

"只听这话,我可想象不出他曾经是个认真的好学生。两个人关系再好,也不能连女朋友都分享吧。"高千心烦意乱地嘀咕着，忽然她眯起眼睛，好像想起了什么，"桑满到生前没有固定交往的女朋友吗？我是指除了蜂须贺美铃以外。"

"他经常拈花惹草，但是似乎并没有和哪个女人深入交往。"

"刚才说到凶手不太可能是因为嫉妒而杀人，但我突然想到，如果桑满到有一个固定交往的亲密女友，这个女人也不是完全没有动机下手啊。"

"这一点我们也调查过，或者说，最开始的时候，我们甚至认为这是唯一的可能性。桑满到的女友得知他与蜂须贺美铃的关系，因为嫉妒而发狂，进而杀人。如果真是这样，那么多少可以解释为什么只有两个人的尸体被肢解了。然而事与愿违，这个女人根本就不存在。"

"相反，如果是蜂须贺美铃的男朋友因为嫉妒而杀人……"我再一次不过脑子，脱口而出，但马上又否定了自己的想法，"这是不可能的。"绕来绕去，又回到了刚才讨论的重点，"如果是这样，那羽染的尸体完好无缺就太奇怪了。"

"我们也想过除了感情纠葛之外，会不会有人因为其他特殊原因与蜂须贺美铃和桑满到两个人有某种交集，但是并没有找到这样的人。毕竟，那年三月，两个人刚在羽染的撮合下认识，七月二日就被人杀害了。严格说来，也有可能是七月一日被杀的。但是无论如何，他们只交往了不到四个月。会有人与他们同时产生交集，并在短短数月间迅速发展出导致杀人分尸的动机吗？"

"看来问题还是在于凶手与那两个人的交集啊。"

"说起交集……其实市里还发生过一起案件……"佐伯脸上浮现出某种自虐般的——在他人眼中也许有几分滑稽的——微笑，但很快他又恢复成一本正经的模样，"也是猎奇凶杀案，我们怀疑凶手可能是同一个人。"

啊？我大惊失色，差点儿被一口酒呛到。而高千只是轻皱眉头，微敛下颔，好像佐伯的爆炸性发言完全在她的预料之中。

"那起案件也是前年发生的。是四月十三日、星期一的清晨，有人报案说在船引町的垃圾收集点发现了一个年轻女性被切碎的尸体。"

"船引町？'船引公寓'不是就在这个町吗？"

"事实上，就在'船引公寓'旁边。这一地区的垃圾收集点设在神社前面的人行道旁，'船引公寓'的住户也会来这里丢弃垃圾。四月十三日那天是每月一次的能源垃圾收集日，早上六点左右，几个负责垃圾分类的附近居民一起前往垃圾收集点，那里已经有几堆垃圾了，有一个上了年纪的男人正弯着腰看垃圾堆。突然间，那个人一蹦三尺高，发出意义不明的尖叫，然后他脸色大变，朝着这群吓呆了的居民直冲过来，把大家撞得人仰马翻，自己却一溜烟地跑掉了。"

那是什么人？他在干什么？是变态吧？惊魂未定的居民们窃窃私语。有人曾经见过那个男人，但他还没来得及开口，就听见另一个居民大吼一声："快看！那是什么东西！"

"在专门丢弃报纸、杂志的垃圾分类区里扔着很多旧书，成堆的文库本和新书像雪崩似的散落一地。这些书原本用塑料绳捆得好好的，但有人剪断了绳子，所以书堆才会崩塌。然而这并不是让那个居民惊呼的原因。"

就在那倒塌的书山下方，丢弃着一个装着年轻女人头颅的塑料袋。

"而且不仅如此，人们还在空瓶、空罐和一些大型垃圾中陆续发现了被害人的双手、双腿，以及躯干。"

"就是说，整具尸体都被丢弃在同一个地方了？"

"对，在这个案子里，尸体的各个部位被分别装在塑料袋里，全部扔在那个垃圾收集点。"

据说被害人生前穿的上衣和裤子也被装在透明塑料袋里，一起扔在衣物类垃圾专区。

"可是，为什么要特意装在透明塑料袋里呢？装在不透明的黑色塑料袋里不是更隐蔽吗？"高千问。

"这个啊……"我给高千的杯子里倒上威士忌加矿泉水，并用小勺搅拌均匀，"是因为前年市政府要求大家在丢弃垃圾时必须使用透明或半透明的塑料袋。"

"所以，也就是说，凶手手头很可能没有黑色塑料袋，对吧？"

"对，很有可能。"

"嗯……"高千似乎还有疑惑，却欲言又止。

"被害人海野早纪小姐……"佐伯说到这里干咳一声，又重新组织了语言，"被害人叫海野早纪，时年三十二岁，在鸭谷邮局工作。"

我有些纳闷，一开始佐伯在被害人的名字后面加了敬称，紧接着又有意识地改口，这是为什么呢？虽然只是微不足道的小细节，然而一旦深究，问题就越来越多了。

为什么佐伯要把这个案子放在后面说？"船引公寓"凶杀案发生在七月，这个案件发生在同一年的四月，如果他认为这两起案件有联系，那么不是应该把先发生的案件放在前面讲吗？而且，佐伯是一个注重事实的人，他本来想讲蜂须贺美铃的头和手的发现经过，后来改为按照发现顺序，重新从桑满到的事讲起，怎么这里又打乱时间线了呢？

这些姑且不论，我还注意到，除了船引町和城所町，似乎又出现了第三个地点。

"鸭谷邮局?海野早纪的家在船引町,还是在城所町?"

"都不是,她和父母住在乡原町。"

乡原町比船引町和城所町更靠西,离我打工的"ai eru"和安槻大学校园很近。

"海野早纪被害的前一天晚上,和朋友们在商业街的中餐馆吃饭。她本来酒量不太好,但是禁不住朋友一再劝酒,就喝了不少。一开始喝的是绍兴黄酒,可能她觉得这种酒比较顺口,不知不觉就多喝了几杯。与朋友分开的时候她并没有表现出明显的醉态,朋友们也就没有很担心。"

晚上九点多,海野早纪坐上向西行驶的电车,根据司机和其他乘客的证词,她一坐下就睡着了。

"刚才我说过,她家在乡原町。但可能是因为喝醉酒的缘故,她那天提前好几站,在船引町的商店街就下车了。"

又是船引町?我预感到这个地方将是连接两起案子的关键。

"晚上十点多,商店街的店铺都打烊了,有路过的行人说看到一个女人坐在路边呼呼大睡,这个女人的穿着和年龄都与海野早纪相符。这是她生前最后一次被人看到。"

"然后,第二天一早,她支离破碎的尸体就在船引町的垃圾收集点被发现了……"

"是因为海野早纪的尸体也是在船引町发现的,所以警方才认为两起案件可能是同一凶手所为吗?"

"当然这也是原因之一,还有就是两起案子都涉及杀人后肢解尸体。"佐伯一口气把酒喝光,"严格说来,与七月那起案件不同的是,警方没有确定海野早纪的被害地点。她也有可能是在船引町之外的地点被杀害的,然后凶手再把她的尸体运到船引町丢弃。不过……"

"不过，按照常理推断……"我拿过佐伯的杯子，又给他调了一杯兑水威士忌，"既然她最后被人目击到时，是睡在船引町的商店街上，那她就应该是在船引町被杀的吧。"

"但是四月的案件和七月的案件也有不同之处。"也许是为了转换心情，高千放下盛有威士忌的杯子，起身从冰箱里拿出罐装啤酒，"海野早纪的尸体整个儿都被肢解了，而蜂须贺美铃和桑满到的尸体只有头和手被切掉了。"

"嗯。羽染要一的尸体上连切割的痕迹都没有。"

"我总觉得这个不同点具有重要的意义……"高千咕咚咕咚地灌下几口啤酒，"对了，发现海野早纪尸体的时候，有一个可疑的男人从现场逃走了，对吧？"

"对对，我把他给忘了。不过他好像和这件事没什么关系。"

"这么说，警方也调查过他，是吧？"

"嗯。那个人叫飞田光正，时年六十岁，他在船引町、城所町和其他几个区域都是小有名气的人物。当然了，不是什么好名声。"

"当时负责垃圾分类的居民里有人见过他，对吧？那天他在垃圾收集点鬼鬼祟祟的，是不是在乱丢垃圾啊？"

"你可真敏锐，可惜猜反了。飞田并不是去乱丢垃圾，而是去捡垃圾，而且还是个惯犯。"

飞田光正经常在能源垃圾收集日这一天，一大早就在各个收集点转悠，翻捡用于回收的书籍、杂志，有喜欢的就顺手牵羊。

"他每次都剪断捆书的绳子，东挑西拣，弄得乱七八糟。附近居民警告过他好几次，他根本不听。有一次，船引町的一位居民刚把一捆旧书扔到垃圾收集点，飞田光正就当着人家的面，堂而皇之地剪断绳子，一本一本翻看起来。那位居民勃然大怒，厉声要求他立刻把书整理好。飞田却不屑一顾地一边翻书一边说：'这不是垃圾吗？垃圾还整理什么？'然后就带着几本书扬长而去。那个说飞田光正眼熟的人当时正好目睹了这一幕。"

"是这样啊。所以说，他是在翻找旧书时，发现了海野早纪的尸体。"

"对。他像往常一样，在那里找书，一个装有死人头颅的塑料袋突然从书堆里滚出来，他的视线恰好对上死人的眼睛，吓得他魂飞魄散，拔腿就逃……他坚持说只记得自己大喊了几声，其他都记不清了。"

"有证据证明他没有撒谎吗？"

"他也不是没有可疑之处。这件事之后，飞田就再也没去过任何一个垃圾收集点。往好里想，可以说他是被吓怕了，再也不敢靠近类似的地方。但是也有可能……"

"也有可能他是怕被警方盯上，想避避风头。"

"是的。但是最后我们还是得出结论，认为他与此事无关。"

"有什么证据吗？"高千又拿出一罐啤酒。

"证据就是血型。"

"啊？"高千正想拉开易拉罐，又停下手，"警方知道凶手的血型了？"

"法医检查过海野早纪的尸体之后，确认她死前发生过性行为。通过从她身上提取的体液检测出凶手的血型，飞田的血型与之不符。为了确保万无一失，我们还做了DNA检测，结果也和飞田的不一致。"

"但是，与死者发生性行为的对象也不一定就是凶手啊。"

"你说得对，凶手也可能另有其人。然而，根据海野早纪生前最后看到她的人说,她当时烂醉如泥,睡在街上,很难想象那样的她能自愿与他人发生性关系,完事之后又有另一个男人过来杀死了她,并肢解了她的尸体。时间和情况上都不允许。所以,和她发生关系的人十有八九就是凶手。"

"也对……"高千几口喝干啤酒,双手抱胸,陷入沉思。我拿过她面前的水瓶想给自己调一杯威士忌,却发现水瓶已经空了。

"啊,没水了。"高千飞快地看了我一眼,站起身来,"你等等,我去买水。"

"没事,用啤酒兑威士忌也行,更有劲儿。"我刚说完,高千就一脚踹过来。

"不要胡说八道,我们的讨论才刚刚开始呢,你喝多少我不管,但起码要保证最低限度的思考能力,听见了吗?"说着,她就拿起钱包出门了。明明已经喝了不少,可她的脚步依然十分稳健,丝毫不见醉态。

"那个……阿匠啊,我真的很抱歉。"

我被佐伯突如其来的道歉吓了一跳。

"什么?"

"我以为你肯定单身一人,所以才来找你。要是我知道高濑小姐回来了,就不会特意来找你谈这些血淋淋的恐怖事件了。"

"不不不,没关系,你真的不用放在心上。别担心她,她一点儿都不害怕。倒不是说她喜欢这种事,只是她这个人,如果有机会了解一些常人无法得知的事件内情,她就愿意仔仔细细地探究琢磨。她就是这样的性格。"

"我不是这个意思,我是说,我耽误了你们俩团聚的时间。高濑小姐在东京工作,不会在这里待太久,是不是?交通费、住宿费也是不小的开支。你们久别重逢,在一起的每一秒钟都很珍贵,我却用这种无聊的事来打扰你们,实在是不好意思。"

"哦……"说实话,我压根儿没想过这一点,不过对于佐伯的体贴,我还是很感激,"不过,她也很高兴能再次见到佐伯先生。我们知道你工作忙,也不敢轻易约你出来。没想到你自己提出邀约,我们开心还来不及呢。"

佐伯刚想说话,被开门声打断了。高千拎着一个塑料袋走进来,她打开袋子给我们看。

"自动贩卖机还卖冰块,早知道我一开始就买了。"她麻利地把冰块放进每个人的杯子里,又倒上威士忌。

"你们说到哪里了?"

"没说什么新情况,等着你回来呢。"我说。

"真的假的?你可不要藏着什么王牌等着待会儿压我一头啊!"

"我干吗要这么做啊?"

"最重要的问题是,我们没法对凶手进行侧写。"似乎为了打圆场,佐伯及时转换了话题,"无论如何都找不到这几个受害人的交集。唯一可以肯定的是,羽染要一和桑满到的交情好得非比寻常。但是,他们和蜂须贺美铃才认识了不到四个月,时间太短了。"

"这三个人和海野早纪有什么联系吗?"

"我们调查过这四个人的生活圈和就读过的学校,没有发现任何值得关注的联系。也没有共同认识的人。"

"但是,如果四月和七月两起案件的凶手真是同一个人的话,这几个被害人之间总得有某种交集才对吧?"这次发言之前,我稍微慎重地考虑了一下。

"是啊。所以,阿匠,你认为这两起案件之间没有联系,凶手就是不同的人,对吧?"佐伯摇晃着杯子,冰块碰撞发出轻响。

"我也说不好。只是我觉得,仅就我了解到的情况而言,这两起案件给人的感觉不太一样。"

"感觉?什么感觉?"高千向我这边探过身,"具体有什么不一样的?"

"有很多方面都不太一样。首先,我觉得两起事件中,肢解尸体的理由有所不同。"

听到我的话,高千脸上的表情好像在说:我洗耳恭听,有什么本事你就亮出来吧。怎么?她是倾向于同一凶手的说法吗?那她的理由是什么?

的确,我承认,三个月之内在同一地区接连发生两起手法相似的凶杀案,是不同凶手所为的可能性非常低。然而,可能性低不代表没有可能,至少现阶段并没有确凿的证据支持同一凶手的说法。

"首先说四月那起案件,凶手肢解海野早纪尸体的理由很清楚,就是为了方便运输。"

"那凶手为什么非要把尸体运到其他地方去呢?"

"因为杀人现场很可能是凶手自己的住处,所以,他必须尽快丢弃尸体。"

佐伯用手敲敲椅子扶手,朝我用力点点头。

"至于凶手和海野早纪是不是原本就认识?可能性五五开,但我敢说他们并不认识。不管他们是否认识,那天晚上,凶手遇到在船引町商店街上醉酒沉睡的海野早纪都是纯属偶然。凶手看到睡得人事不知的海野早纪,突然起了歹心。"

"恐怕凶手当时假装做出照顾她的样子,把她带回了自己的住处。"佐伯再次点点头。

"凶手将她强暴并杀害的经过我只能想象一下。也许海野早纪中途醒来，奋力反抗，让凶手慌了手脚，失手将她杀死。佐伯先生，警方查明海野早纪的死因了吗？"

"她是窒息而死。她的脖子切断面上方留有少许瘀青，因此法医断定她是被人掐死的。"

"凶手为了制伏海野早纪，就用力掐住她的脖子，等她终于没有了气息才发现事情不对劲。对了，佐伯先生，海野早纪的体型如何？"

"她身高一米六，体重将近六十公斤，不算特别娇小。就算是身强力壮的男性，独自把她的尸体从自己家运到别处，也不是一件容易的事。"

"但是尸体又不能放在自己家里，于是，凶手就想有没有方便省力的弃尸方法呢。说不定他起初打算先把尸体切割成小块，再一点一点地丢弃。但他又突然想到，既然第二天早上是船引町的能源垃圾收集日，那干脆趁此机会把尸体都处理掉算了。其实，如果想尽量拖延暴露时间，他可以把尸体切割得更加细碎，混进可燃垃圾里丢弃，但由于这是冲动杀人，凶手急火攻心，根本想不出更好的办法。还有一点疑问，刚才高千也提出来了。"

"我提什么了？哦哦，我明白了，是透明塑料袋的事，对吧？"

"没错。凶手运送肢解的尸体时，为什么要冒险用透明塑料袋呢？答案只有一个。市里出台了有关丢弃垃圾的新规，所以他家里一个黑色塑料袋都没有。从这一点也可以看出，凶手杀人显然不是计划好的，而是突发行为。"

高千露出满意的微笑。她同意我迄今为止的说法，还是她已经在我的推理中找到了漏洞？

"我的结论是,四月的案件不存在疑点。凶手在街上偶遇海野早纪,以性侵为目的把她带回家中,最后将她杀害。处理尸体很棘手,他选择了肢解后弃尸,是情急之下只好出此下策。总之,在这一案件中,可以找到凶手分尸的合理理由。"

"原来如此。那么,与之相反,你认为七月的案件中无法找到凶手分尸的合理理由喽?"

"先不说分尸的理由,这两起案件的本质就截然不同。我刚才说过,四月的案件中,凶手遇到受害人是纯属巧合,属于突发性犯罪。而七月的案件明显是有计划的杀人,这一点我们都已经认可了。"

"因为凶手闯入蜂须贺美铃住处之前准备了多把凶器。"

"这绝非临时起意的犯罪,凶手有某种明确的动机。但是,他的杀意仅仅针对蜂须贺美铃和桑满到两个人,羽染要一只是碰巧被卷入的牺牲品。"

"你的根据是什么?因为只有羽染要一的头和手没有被切掉?不会只有这个原因吧?"

"只有这个原因就够了。本来凶手杀人后根本没必要处理尸体。杀人现场在蜂须贺美铃的住处,凶手杀完人,把尸体放在那里就好了。但他还是切掉了蜂须贺美铃和桑满到的头和手,只在房间里留下了躯干。换言之,七月的案件中,凶手没有肢解尸体的必要性。然而,他还是切掉了两具尸体的头和手,分别扔到别处,不惜冒着在路上被别人看到的风险。凶手这种不合逻辑的怪异行为找不到合理的理由解释,只能姑且认为他是出于对受害人的强烈仇恨才这样做的。"

"我说,佐伯先生,蜂须贺美铃和桑满到的头和手被人发现时,是什么状态?"高千引开话题。她从冰箱里拿出一罐啤酒,杵到我面前，好像在提醒我不要光喝威士忌，也换个口味。

"嗯？什么状态？"

"比如，是不是装在透明塑料袋里之类的。"

"没有，两个人的头和手都是毫无遮盖的状态。也许在运送过程中，凶手是包在什么东西里带来的，但是至少在现场，我们并没有发现袋子、毛巾这类东西。"

"四月的案件中，尸块是装在塑料袋里被丢弃的。而七月的案件中，尸块是无遮无盖被丢弃的。这是为什么呢？"

"那还用说？因为两起案件的凶手是不同的人，手法当然有所不同……"看到高千暗自窃笑的模样，我不由自主地闭上嘴。她眼中闪动着狡黠的光芒，如同一个偷吃了伙伴点心的孩童。我很少看到高千露出这样的表情，看起来她对同一凶手的说法抱有很大自信。但是，她的推理思路是什么呢？我十分迷惑，又忍不住对自己的说法给出补救："其实我也认为，同一地域出现两三个分尸杀人犯不太现实。然而，鉴于这两起案件确实存在诸多不同，果然还是……"

"你说四月的案件是无计划的突发性犯罪，这我同意。但你又言之凿凿地说这个凶手与七月的案件无关，你为什么如此肯定呢？"

"我没说肯定无关，我只是说很难找到关联。"说到这里，我也觉得自己好像在狡辩，"我很奇怪，你为什么要坚持同一凶手的说法呢？"

"你有没有想过这种可能？比如，一个人失手杀了另一个人，而这件事为他提供了某种灵感。"

"提供了某种灵感？你是说，凶手意外杀死海野早纪后，产生了继续杀人的冲动？"

"如果是这样的话，那凶手接下来的目标就是随机挑选的，哪个人都行。"

"换言之，你的意思是，第一次杀人让凶手变成了无差别作案的杀人狂魔？"佐伯竟然对这种说法表现出极大的兴趣，"原来如此，这也可以解释为什么很难找到受害人之间的交集了……"说到这里，佐伯又摇摇头，仿佛自己也意识到这种说法有漏洞，"可是，不对啊，那凶手为什么不肢解羽染要一的尸体呢？"

"他想做，但是没时间了吧。而且他一连杀掉三个人，体力应该也到极限了。"

"不可能！"我忍不住在心里抗议，这种说法刚才不是已经被否定了吗？我喝光啤酒，又从冰箱里拿出一罐。"凶手切下蜂须贺美铃和桑满到的头和手，不嫌费时费力，分别运到两个地方丢弃，可见他有时间和体力搞定第三具尸体。"我拉开啤酒罐，喝下一大口，"如果真如你所说，凶手在第一次杀人之后，成为一个嗜血狂魔，那对他而言，尸体就是无上的珍宝啊。他杀掉羽染要一，却不碰触他的尸体，不是很奇怪吗？"我的脑海中浮现出血流成河的分尸场景，感到一阵恶心，赶紧又灌下几口啤酒，"所以，凶手是无差别杀人狂的说法太牵强了。如果真有这种变态存在，早就该发生第三起杀人分尸案了。"

"佐伯先生，前年七月以后，还有类似案件发生吗？"

"没有。至少警方没有发现。不过，如果真是变态杀人狂作案，他应该会迫不及待地炫耀自己的成果吧，一般情况下不会发现不了。"

高千应该没有反驳的余地了，但她依然保持着自信满满的表情，至少不打算修正自己的说法。

"第一次杀人导致凶手觉醒。嗯,我是这样想的……"不知为什么,高千突然打开两罐啤酒,分别递给我和佐伯,"只是,这种觉醒并不是说他成了一个沉迷鲜血的变态,他的情况更复杂……"

"更复杂?"我和佐伯异口同声地发出疑问,催促高千继续说。

"怎么说呢?可能也不算觉醒,算是一种学习?哎呀,对不起,我不是故意吊你们胃口,我是真的找不出恰当的说法……"高千略显犹豫地来回看着我和佐伯,她调整了几次呼吸,再次开口:"千晓……"

上大学时,高千一直随着漂撒学长叫我"匠仔"。毕业后,尤其是有第三方在场时,她偶尔会叫我的名字。"听完佐伯先生介绍案情,你知道最让我在意的是哪一点吗?或者说,你完全没有注意到那一点,让我觉得非常不可思议。"

我可能下意识地露出了求助的表情,而佐伯只是朝我耸耸肩,表示他也没有头绪。

"高千,到底……是哪一点让你那么在意啊?"

而我还从未在他人面前叫过她"千帆"。不仅如此,就连我们俩独处时,我有时也会叫她"高千"。

"就是七月的案件的发现人。"

"发现人?你是说那位女老师?就是蜂须贺美铃的班主任?"

"不是她。我是说发现了受害人头和手的那两个人。"

"我想起来了,发现桑满到的头和手的是上山由利。"

"发现蜂须贺美铃的头和手的是户沼加奈惠。佐伯先生,这两个人认识吗?"

"我没听说她们俩认识。"

"原来如此。但是,这两人有不止一个耐人寻味的显著共同点。"

"说到共同点,这两个人都是女性,而且都比较年长。那一年,上山由利七十二岁。"

"户沼加奈惠六十五岁。"佐伯对高千的发言很感兴趣,"还有,她们两人都是独居,这一点也可以算吗?"

这可不算,我心里说。没想到高千却用力点点头表示同意。"喂,你等一下好吗?她们俩都是独居这的确是一个共同点,但和案件有什么关系啊?没错,上山由利是在自家门前发现尸块的,可户沼加奈惠是在公共场所,即城所公园的亭子里发现尸块的啊。这与她们是否独居有关系吗?啊!难道说户沼加奈惠也住在船引町吗?这样的话……"

"不,户沼加奈惠住在比城所町更靠北的雫石町。"

"她每天都从雫石町走到城所公园散步吗?但这和她是否独居也没关系啊……"

"一说起独居的年长女性,大家普遍会认为她们肯定与世隔绝、空虚寂寞,当然,这是一种偏见。"高千用谆谆教导的语气说道,"不过至少这两个人是为了排遣寂寞,才每天出门散步的。"

"你是说……?"

"她们每天都出门投喂小动物,对吧?"

"投喂小动物……"

"上山由利喂流浪猫,户沼加奈惠喂公园的鸽子。她们都是在出门喂小动物的时候,发现了尸块。"

"这……"

"杀害蜂须贺美铃和桑满到的凶手是同一个人,这样说没错吧?"

"当然没错。"

"他们被同一名凶手杀害,各自的头和手被扔在不同的地方。而两个发现人虽互不相识,却有很多共同点,她们简直就像镜像一般。"高千直勾勾地盯着我,"最让我在意的就是这一点。这只是单纯的巧合吗?千晓,你是怎么想的?"

"这……这个……"不怕丢脸地说一句,我压根儿没想过这个问题。听佐伯讲述案情经过的时候,我也没觉得这里有可疑之处。但是……

"但是,假如这并非巧合,又怎样呢?"

"那就说明这可能是凶手有意安排的。"

"有意安排的?"

"我不太明白。"佐伯也和我一样困惑,"也就是说,凶手故意让这两位具有很多共同点的女性成为发现人?高濑小姐,你是这个意思吗?"

"我就是这个意思。"

"但是凶手为什么要这样做呢,对他有什么好处吗?我觉得他这样做毫无意义啊。"

"起初我会注意到两位女性的共同点,是因为您在描述受害人的头和手的放置方式时,使用的说法给我留下了深刻的印象。"

"啊?我说什么了?我怎么说的?"佐伯迷惑不解地眨眨眼。

"您说凶手就像在布置艺术展品一样,把受害人的头端正地摆放在那里,又把受害人的手放在紧靠着头的地方,摆出手抚下巴的样子。"

我是这么说的吗?佐伯探寻地看向我,我回忆片刻,点点头。

"把尸块布置成艺术品一般,是为了向世人炫耀自己犯下的罪行。如果只是这样,我并不会觉得奇怪,因为凶手可能必须使用极尽夸张的手法，才能满足其扭曲的展示欲。然而，当我得知两位发现人具有许多共同点时，就不由得产生了疑问。"

佐伯沉吟道："难道……难道……凶手的目的是为了让上山由利和户沼加奈惠发现受害人的头和手吗？不，不，但是……"佐伯把自己说糊涂了，他不住用手搓着眉毛，"但是，凶手为什么要这样做？为什么要让她们发现？凶手不会只是出于这个目的才杀了那三个人吧？这怎么可能？"

"桑满到的头和手被放在上山由利家门口。你是想说，凶手知道她会在那个时间出门散步，才这么做的吗？"

"是的。而且，凶手也了解户沼加奈惠的散步习惯。"高千起身，从冰箱里拿出三罐啤酒，"所以，他可以轻易预测到，如果把蜂须贺美铃的头和手扔在城所公园的亭子里，户沼十有八九会成为第一发现人。"

"所以说，凶手与上山由利和户沼加奈惠有某种关联？他把受害人的头和手扔在特定地点，就是为了吓唬她们？但是凶手只为了这个目的就杀了三个人？这说不通啊。或许凶手只是一个脑子不正常的变态？"

"蜂须贺美铃居住的'船引公寓'有几层？"高千看着双手抱胸，苦苦思索的佐伯，突然发问。

"四层。怎么了？"

"蜂须贺美铃住在二〇四室，也就是在二层。每层有几个房间？"

"有五个房间，不对，应该是六个房间。"

"第一发现人，也就是那个'丘阳女子学园'的老师，曾经向邻居求助，对吧？那个邻居住在二〇三室还是二〇五室啊？"

"他叫池本直也，时年四十一岁，住在二〇三室。"佐伯第一次从外套内袋里拿出记事本翻看,看来他特意随身带着记录着当时搜查笔记的旧本子,"那位女老师带他看了二〇四室里的惨状后,他立刻回房间打电话报警。根据记录,他报警的时间是七月二日中午十二点五十五分。"

"这个人是干什么的?"

"他在商业街上经营着一家小酒吧。"

"他是单身吗?"

"据说离过婚,有个已经成年的女儿。你怀疑这个人?"佐伯哗啦哗啦地翻着记事本,"不过他有不在场证明啊。蜂须贺美铃他们的推定死亡时间是七月一日晚上十点到七月二日凌晨两点之间,这段时间他一直待在自己店里,有好几个常客可以做证。"

"他前一天熬夜了,所以第二天女老师敲门时他才会哈欠连连地来开门,对吧?"

"他说自己忙于处理店里的杂务,那天回家比平常晚。中谷邦子来求助时,他才刚刚入睡。"

"中谷邦子就是那位女老师吧?她为什么只向二〇三室求助呢?"

"只向二〇三室求助?什么意思?"

"她疯狂按门铃、敲门,池本直也半天都没露面,中谷邦子本以为他不在家,对吧?那么,她当时为什么不向二〇五室求助呢?"

"这个……她可能也向二〇五室求助了吧。"佐伯再次翻看记事本,但是似乎没找到相关记录,"就算她没向二〇五室求助,也不是不能理解。她可能惊吓过度,脑子转不过弯了。不管怎么样,当时二〇五室的住户并不在家。"

"二〇五室的住户叫什么名字?"

"他叫作长京太,时年二十四岁,是一名研究生。"

"警方调查得真详细啊。"

"那当然。蜂须贺美铃他们三个人整日不分昼夜地鬼混,周围邻居们都怨声载道,也许会有人因此对他们起了杀心。"

"但是,听你的语气,作长京太也没有嫌疑。"

"和二〇三室的池本直也一样,他也有不在场证明。在蜂须贺美铃他们的推定死亡时间段里,作长京太正与朋友在酒馆喝酒,而且那天他因为一些小事与一个公司白领争吵了几句,最后竟然大打出手。也不知道他是喝醉了,还是单纯心情不好,作长京太和人家打得不可开交,劝都劝不住,在场的朋友都很吃惊,在他们眼里,作长京太一直是一个温文尔雅的文艺青年。最后,作长京太被赶了出去,还惊动了警方。"

"嗯嗯,原来如此,这还真是完美的不在场证明啊。"

高千的语气中有几分讽刺之意,难道她在怀疑作长京太吗?

"警方调查过二〇四室楼下的一〇四室和楼上三〇四室的住户吗?"

"三〇四室的住户叫武市志摩子,时年二十九岁,在夜总会当陪酒女。她的几个同事和常客为她提供了不在场证明。至于一〇四室,当时那个房间没人住。"

"佐伯先生,不好意思,我还有两个问题。从船引町垃圾收集点逃跑的那个男人,飞田光正,以前不是因为擅自翻捡旧书,和一位附近的居民发生过口角吗?警方查过那位居民的身份吗?"

"没有,这个真没查过。"

"另一个问题是,当时中谷邦子住在哪里?她的家庭状况怎样?"

"这个……我看看……"佐伯一边翻记事本一边摇头，并发出无奈的叹息，"这件事很重要吗？"

高千双眼直勾勾地盯着他，佐伯似乎被她的气势震住了。他站起身，说："好吧，我打个电话问问。"他用放在床头柜的电话拨打了外线，并自言自语似的念叨着："不知道现在谁在警局。"很快，有人接起电话。

"啊，不好意思，我是佐伯，中越的手下有谁在吗？野本在？太好了，让他接一下电话。"

佐伯向那个叫野本的刑警传达了高千的两个问题。"就是这么回事。什么？不不，我就是回想起那两个案子，有一些疑问。"佐伯没法老实告诉对方这是一个年轻姑娘拜托他调查的。"是这样啊。当时的负责人里有谁知道吗？什么？哦，好的。"他看看手表，"没问题，我还会在这里待一会儿。好的，我等着。不，我不在自己家里，我在新厚木酒店。"佐伯含含糊糊地报出了房间号，"到时候通过前台转接到这里吧。不不，我不是在这里留宿，只是来拜访朋友而已。好的、好的，拜托你了，再见。"

佐伯放下话筒，又走回桌边坐下。"野本说他问问别人，再给我回电话。不过他不保证一定能找到答案，要是没有留下记录，也没有了解情况的人，就没办法了。实在不好意思。"

"没关系，谢谢您帮我打听。"

"原来是这么回事……"我回想着高千拜托佐伯调查的疑点，终于渐渐摸清了她的想法，"原来你并非坚持同一凶手的说法啊。"

"嗯？"佐伯来回打量着我和高千，"什么意思？"

"我一直以为，她相信两起案件是同一凶手所为，并以此为前提进行推理。但是看来是我误会了。"

"所以,两起案件是不同的凶手喽?"

"如果你说的凶手指的是实际动手杀人的人,那么,没错,两起案件是不同人所为。但是,两起案件绝非毫无关联。"

"那到底有怎样的关联?"

"两起案件都有共犯,但是这个'共犯'与传统意义上的共犯有微妙的区别。正如高千所说,有人从四月的案件中学到了某种经验,之后又引发了七月的案件。我可能说得太绕了,不好意思,我不是故意卖关子。"

"我懂。你们是在等警方回答高濑小姐刚才的疑问,警方的答案会给你们的假说提供有力的佐证。"

"那也要看警方的答案是什么了。"高千用拇指和中指捏起空罐子,晃来晃去,一副玩世不恭的样子,"也有可能彻底否定我们的假说。我们等着看吧。"

"我认为不太可能彻底否定。就算警方给出的不是你们所期待的回答,你们也会立刻完美地修正自己的假说吧。"佐伯好像终于卸下了身上的重负,快活地大笑起来,"无论如何,我对你们的能力很放心,现在就等着你们揭开真相了。"

鲜少与人说笑的佐伯试图活跃气氛,我却没由来地感到一些压力。佐伯说得越是轻描淡写,就越能感受到他对这件事的重视程度。

"阿匠,七濑和平塚都对你的洞察力佩服得五体投地。先是平塚,然后是七濑,一个个都成了你的信徒。上次那个案子,七濑还特意把你叫到现场,说要听听你的意见。你太厉害了!"

"哦?真的吗?"高千爱抚似的摸着我的脑袋,"我离开安槻没多久,你就混得这么好了。"

"没有这回事。上次只是因为我碰巧是第一个发现死者的人而已。"

"对了，我不是想打听你们的隐私，我就是随便问一下，你们俩现在是在远距离恋爱吗？"佐伯拦住打算去拿啤酒的高千，自己调了一杯威士忌。

这让我怎么说好呢？我犹豫着瞥了一眼高千，没想到她干脆地回答："对，就是这样。"高千今天果然与往日大不相同，整个人都放松多了。

"那你们商量过以后怎么办吗？是你回安槻定居，还是阿匠搬到东京和你会合？"

"暂时这两种打算都没有。"高千再次干脆地回答。对于她的回应，我心中既无困惑，也无感动，只是充满不可思议的情绪。高千的确因为与佐伯重逢而感到欣喜，但事情绝非这么简单，她对佐伯的信赖远远超出我的想象。至少我是第一次见到高千对外人袒露心声。

我想起一件往事。大学三年级时，我们间接卷入某个事件，当时负责调查的就是佐伯，还有七濑。高千好像和佐伯深入聊过一些私人话题，她说佐伯帮她驱散了人生道路上的迷雾。毫不夸张地说，能让高千讲出这种话的人，基本上就等同于对她有再造之恩了。我不知道他们具体聊过什么，高千想说的时候自然会说。不过，显然她从佐伯那里得到了一些非常宝贵的建议。

"千晓有千晓的难处，我也有身不由己的地方。暂时没法细说，总之，如果我们现在在一起，会给周围人带来很多麻烦。简单来说，我们面临着诸多阻碍，各种意义上的阻碍。所以，现阶段我们只能像这样抽空偷偷见面。佐伯先生，请您原谅我不能过多解释。"

"不不，没关系。像你们这么聪明的人，肯定是再三考虑之后做出这样的决定的。我只能在心里祝愿,事情能朝着对你们最有利的方向发展。"佐伯晃着杯子里的冰块,难为情地说,"今天晚上,占用了你们相聚的时间,我觉得更过意不去了。"

"没有的事。您能拨冗和我们见面,我非常高兴。我知道您工作繁忙,也不敢随便提出邀约。"

佐伯把杯子从嘴边拿开,轮流凝视着我和高千,说:"你们俩啊……唉,我算是服了你们了。"他像突然灵魂出窍一样摊靠在椅子上,愉快地跷起腿,"我真不知该说你们什么好。"

"对了,尊夫人还好吧?"高千打断了佐伯的话,对我而言,他没说完的内容就成了永远的未解之谜。

"她很好,每天都唠唠叨叨的。你见过她?"

"没有。但是我听别人说,佐伯先生人不可貌相,在家里对太太言听计从。"

"你听谁说的?我知道了,八成是七濑又在胡说八道。这个家伙真是的。"

"嗯,是谁说的不重要。不过,我觉得您二位肯定感情非常好。"

"毕竟是夫妻啊。"佐伯板起脸,生硬地转变了话题,"对了,平塚那小子不声不响就结婚了,婚礼和酒席都没办,这算怎么回事啊!"

平塚的结婚对象是我们的大学同学羽迫由起子,又称小兔,她现在在安槻大学读硕士。

"是啊。这都是小兔的意思,她希望现阶段以学业为重。哎呀,我也不知道现在还能不能随随便便叫她小兔了。"

"对对,千晓,我还想听你详细讲讲他们俩的故事呢。听说是你给他们牵线搭桥的?"

"嗯，算是吧。"我简单讲述了一下去年平塚私下找我帮忙的事，"你也知道，灵异事件是我最不擅长的领域，我原本想拜托漂撇学长陪我一起去的，但他说他正忙着写毕业论文，没空理我。正好小兔有时间，我就叫上了她。"

"然后，你们一起去了平塚先生的老家？这可真是命中注定的邂逅啊。要是小漂和你一起去的话，小兔和平塚先生说不定就错过彼此了。"

顺便一提，小漂是漂撇学长的搞笑版简称。交友遍天下的漂撇学长，在多得数不清的友人中，只允许高千一个人使用这个称呼叫他。

"对了，小漂今年能毕业了吧？"

"听说差不多了。他现在的问题是找工作。"

"他大学读了七年还是八年？大学都读了这么多年才毕业，哪能就这样轻而易举找到工作呢！社会很残酷的。"

"啊，还有，我还没把小兔结婚的事告诉漂撇学长。"

"为什么？"

"他从去年夏天就一直强调他很忙，我都不敢找他喝酒了。而且，小兔结婚这种好事他怎么会放过？再忙也会把正事扔到一边吧。"

"嗯，也是。小漂就是这样子，要是不小心让他知道了小兔结婚的事，他肯定会招呼一句：'走，我们喝个痛快。'然后打着给小兔庆祝的旗号举办一场又一场酒宴，没日没夜地把自己灌得烂醉。如果他因此今年又无法毕业的话，就会不分青红皂白地埋怨我们，说我们非要拉他去喝酒。"

不愧是交往多年的好友，高千也熟知漂撇学长别扭的性格。

"所以，在他找到工作之前，不要告诉他小兔结婚的事。你最好也提醒小兔一声。"接着，高千又微笑着看向佐伯，"我还没见过那位平塚先生呢，他是个什么样的人呀？"

"简而言之，他就是个不知天高地厚的公子哥。我们开搜查大会的时候，他有时会冒出几句震惊四座的发言。不过，事后证明他有些判断还是很准确的，值得一听。总之，平塚是个怪人，属于刑警中的异类。"

"我也觉得小兔选择的对象不会是个普通人。"

"哈哈哈。不过话说回来，他们怎么还不回电话？"佐伯看看手表，我们不知不觉已经闲聊了一个多小时，"他们不会忘了吧。"他正说着，门铃就响起来，接着又传来轻轻的敲门声。

"这么晚了，谁呀？"高千起身，从门上的猫眼张望，然后立刻打开门，发出欢呼，"哎呀呀，真是稀客！欢迎欢迎！"

"晚上好。"

来人不是别人，正是刚才提到的七濑。她和高千的发型和脸型均毫无相似之处，但气质却和高千非常相像，可能因为她们都是瘦高个儿，并且都偏爱中性打扮吧。

"哈哈，我就说嘛，佐伯先生晚上待在酒店，却又不住宿，其中必有蹊跷。原来是在和绝世美女密会啊。真是让我刮目相看。不过，小心我告诉你太太哦。"七濑越过高千的肩膀，朝佐伯讽刺地挤挤眼。

"你是三岁小孩吗？幼稚！赶快进屋。"

"佐伯先生，你也太狡猾了。"七濑坐在高千坐的椅子上，"平时我和平塚找阿匠帮忙的时候，你总是一副不屑一顾的样子，哎呀哎呀，这两个让人头疼的家伙又找外人求助去了，真拿他们没办法。"

原来如此。我总算明白佐伯为什么会担心七濑笑话他了。

"我没有不屑一顾。但是,你和平塚确实让人头疼。"

"可是你遇到难题,不也来找阿匠和高濑小姐商量了吗?啊,还有好菜好酒可以享受,太滋润了吧。佐伯先生,你这是玩忽职守。"

"我明天又不用上班。"

"不嫌弃的话,请喝啤酒。"

"啊,太感谢了。"七濑接过高千递来的啤酒,像征求许可似的轮流看着我们,"好吧,我明天也不上班。是真的,我没有开玩笑。野本刚才还跟我说,这下佐伯先生不用一个人耍酒疯了。啊!"七濑突然捂住嘴,"对不起,我讲话太失礼了。"

气氛莫名其妙地紧张起来。高千坐在双人床上,询问地望向我,可我也不明白到底是怎么回事。

"那件事,难道你没有告诉他们吗?也对,你也不好自己说。"

"没事,你不用放在心上。"佐伯朝越发惶恐的七濑挤出一个微笑,"其实,四月那起案件的被害人海野早纪小姐是我高中时代柔道部教练的女儿。老师请我到他家做客的时候,我曾和他女儿聊过几句。只是那时她还是小学生,应该完全不记得我了。"

"是这样啊……"

伴随着高千沉痛的声音,屋里沉默下来。也不知过了多久,佐伯又开口说道:"希望你们不要误会,我绝不会在公事中夹带个人感情。但是……但是……怎么说呢,这种时候不管说什么都像在找借口。"

原来如此,我好像明白了。刚才,佐伯讲述案件的时候,提到海野早纪时加了敬称,然后又急忙改口。他说到其他关系人时全都直呼其名,只有这一个例外,显得格外突兀,这一点他自己也意识到了吧。另外，如果按照时间顺序进行说明，理应先说四月的案件，但他却有意放在后面说，恐怕也是因为不希望我们猜到其实这起案件才是他关注的重点吧。

"好了，我们说正题吧。"七濑从背包里拿出塑料文件夹，"那个飞田光正，因为捡书与人发生争执时，有一些当地居民目睹了整个过程。但是没人知道和飞田吵架的男青年叫什么名字，只是说他戴着眼镜，身材瘦弱，一副学生模样，很可能是'船引公寓'的住户。还说他好像很爱读书，家里藏书很多，能源垃圾收集日时总能看到他丢弃大量旧书。事实上，'船引公寓'里的确有一个人符合人们描述的外貌特征，那就是当时住在二〇五室的作长京太。"

高千略显迟疑，但还是心满意足地连连点头。"那关于中谷邦子，查到什么了？"

"当时她住在城所町的一处民宅里。"

"她家不会就在城所公园附近吧？"

"岂止附近，简直就是紧挨着那个公园。"

"离公园的亭子也很近吗？"

"离亭子最近的那个门不朝向中谷家，但从她家走到亭子也没多远。"

"中谷家有几口人？"

"她和她丈夫两个人。"

"她们没有孩子吗？"

"她和现任丈夫没有孩子。但是她离过婚，有一个儿子，被前夫带走了。"

"他儿子多大？"

"嗯，当时他二十岁左右吧。"

"他儿子叫什么名字?"

"名字?我看看……"七濑突然有些不安,把视线从我和高千身上移开,下意识地转向佐伯寻求帮助,"这个……很重要吗?"

高千用眼神催促我开口,于是我说:"能帮忙调查一下吗?当然,今晚可能来不及了,不过如果能确认作长京太是中谷邦子的亲生儿子,那么两起案件基本就有定论了。"

"啊?他们是母子?"佐伯和七濑面面相觑,"就算他们是母子,又和案件有什么关系?怎么就能定论了?"

"首先,前年四月那起案件的凶手就是作长京太,他杀害海野早纪小姐的经过我们刚才已经说过了。作长京太以性侵为目的,把醉酒沉睡的海野早纪小姐带回自己的住处,也就是'船引公寓'二〇五室。中途海野小姐醒来,开始反抗,作长京太情急之下拼命掐住她的脖子,导致她窒息死亡。"

佐伯和七濑专注地屏息倾听。我偷看高千,她没有接话的意思,我只好继续说明:"作长京太失手杀了人,急得不知如何是好,无奈之下只好求助同住市内的母亲中谷邦子。海野小姐身材不算娇小,瘦弱的作长京太无法独自处理她的尸体,所以他才会联系母亲,找她帮忙。最重要的是,无论中谷邦子有没有直接参与处理尸体,她都清楚儿子犯下了杀人重罪。正因如此,才会发生七月的事件。"

虽然没说多久,但我已经筋疲力尽了。也许是觉察到我喉咙干渴,高千给我递来一样东西。我以为是啤酒,没想到却是一杯加冰块的威士忌。啤酒大概已经全都喝完了吧。

"四月,蜂须贺美铃从东京转学到'丘阳女子学园',进入中谷邦子负责的班级。当然,这只是巧合。中谷邦子读过蜂须贺美铃之前学校寄来的评语,知道她是一个问题学生。但最让她震惊的是,她发现蜂须贺美铃一个人住在'船引公寓',而且就在紧邻儿子住处的二〇四室。"

我停下来,喝了口威士忌,味道意想不到的浓郁,可能高千为了帮我提神,特意少放了冰块吧。

"当然,中谷邦子不会把这件事告诉蜂须贺美铃。当作长京太告诉她自己犯下大罪时,她也没有立刻把儿子杀人与蜂须贺美铃的存在联系到一起,她根本没空想这些,她一心只想帮助儿子隐瞒罪行。因为如果儿子的罪行暴露,她的人生也完了。所以,决定肢解尸体的可能不是作长京太,而是中谷邦子。"

我大口大口地喝下威士忌,越来越习惯这种浓郁的口感了。

"他们两人合作,把肢解了的尸体运到垃圾收集点丢弃后,中谷邦子质问儿子为什么要做这样的蠢事。作长京太无法隐瞒,只好全部招供。他说,三月份隔壁搬来一个女高中生,她经常带年轻男人回家日夜鬼混。墙壁隔音很差,他无心读书,夜不能眠,每天都心烦意乱。那天,他无意中在商店街看到一个醉酒沉睡的年轻女人,心中的欲火再也压抑不住了,于是……"

"所以,这就是犯罪动机?"佐伯终于忍不住插嘴,"蜂须贺美铃他们被杀就是因为这个理由?"

"听了儿子的话,中谷邦子怒火中烧,原来导致儿子走上邪路的就是蜂须贺美铃这帮人。当然,她不会仅仅为了惩罚蜂须贺美铃而杀人,她应该也考虑过其他更稳妥的方法。然而,有一个人的出现让她最终选择了杀人这一极端途径。这个人就是飞田光正。"

"飞田光正?"佐伯迷惑地环视众人,"他怎么了?"

"先认识飞田光正的是作长京太。可以说,飞田是他的眼中钉。作长京太是个书虫，隔三岔五买书回家。但是他所住的一居室空间有限，放不下太多书，他只能定期处理一部分。每月能源垃圾收集日那天，他都百般不情愿地扔掉一些旧书。而飞田光正这个人，却把他狠心割舍的宝贝图书白白捡走了。他忍无可忍，心里甚至萌生了强烈的恨意。"

也许有人会认为我说得太夸张了，但是，基于目前掌握的众多材料推断，作长京太很可能就是这种人。

"然而，海野早纪小姐的尸体被发现以后的两个月里，飞田光正再也没有去过垃圾收集点。他不是很热衷于捡旧书吗？为什么突然停手了呢？很多人认为他是被上次的事吓破了胆，所以不敢再来了。"

佐伯和七濑的脸上忽然浮现出了然的神色。

"中谷邦子听说这件事后，灵机一动，正好趁此机会杀掉蜂须贺美铃他们为儿子报仇，顺便把他们的尸体也好好利用起来。"

"利用……尸体？我懂了，这就和那两个投喂小动物的老太太联系起来了……"

"是的。虽然这件事还需要再拜托警方调查一下，但我认为住在城所町的中谷邦子已经被落在家门口的鸽子粪便困扰很久了，她可能也和附近居民一起找户沼加奈惠抗议了很多次。然而，抗议没有效果，她只好忍气吞声，默默忍受。"

"两名受害人被切掉的头和手分别被扔在两处喂食点，就是为了吓唬那两个老太太吗？的确，如果是为了达到这个目的，没必要用整个尸体，只用头和手就够了。原来如此，我明白了，这就是为什么只有羽染要一的尸体是完整的，而且连切割的痕迹都没有。因为在中谷邦子看来，谁的头和手都无所谓，不一定必须是蜂须贺美铃和桑满到的头和手。只要凑够两套，可以分别吓唬那两个人就行了。"

"中谷邦子自己进入二〇四室杀人,并让儿子在这段时间里故意在酒馆闹事,以确保他有不在场证明。因为作长京太就住在二〇四室旁边,千万不能落下把柄。"

"但是,如果七月那起案件的凶手是中谷邦子的话,她把受害人的头和手扔在城所公园的亭子里吓唬喂鸽子的户沼加奈惠还不够吗?为什么还要把另一名受害人的头和手扔到船引町,上山由利的门前呢?"七濑看看佐伯,又看看我,"她这样做是为了扰乱搜查吗?"

"恐怕她多少有这样的意图,只是她失算了。如果她想扰乱搜查,就不应该把桑满到的头和手扔在船引町或城所町,而应该扔到其他地区才对。"

"哦,原来如此。结果她不仅没有扰乱搜查,还让我们怀疑四月那起案件和这起案件有某种联系。其实,佐伯先生一开始还认为两者没有联系呢。"

"我没说肯定没有联系……"

"住在'船引公寓'的作长京太可能也长期被流浪猫的叫声和粪便所困扰,所以,中谷邦子就想顺便吓唬一下上山由利,让她不要再去喂猫,这样也可以帮儿子除害了。"

"但是,佐伯先生说过,上山由利发现桑满到的头和手之后十分冷静。"高千神情复杂,皱着眉头说,"看起来中谷邦子又失算了,船引町的流浪猫还会继续幸福地生活在那里……"

"对中谷邦子来说,吓唬上山由利只是顺手之举,她并不太在意船引町这个地方。儿子不会一辈子住在那里,研究生毕业后,他马上就会搬出'船引公寓'。所以,只要能把自家附近的鸽害控制住就好了。她的这个愿望应该达成了,因为户沼加奈惠着实被吓得不轻，可能再也不敢去喂鸽子了。要是万一鸽害还没有控制住的话，很难说会不会再发生第三起杀人案……啊，抱歉，是我想多了。"

称量死亡 ————

"喂，你别胡说八道！我警告你，不要得寸进尺！"

我刚走出卫生间，就听到一个男人在怒骂。我下意识地停下了脚步。

"根本就是你自己摔倒的……"

那个男人站在过道角落的小桌旁，握着粉红色电话的话筒，正在通话。他把声音压得极低，除我之外，店里的其他客人和店员应该都听不到他在说什么。乍看之下，他三十岁左右，身穿马球衫配短裤，一副不修边幅的样子，不太像下班后来店里喝酒的公司白领。

我在那里站了一会儿。那个男人的语气相当激动，眼神锐利，透出杀气。他的头发整整齐齐地梳成背头，还架着一副金丝眼镜。学者范儿的黑社会吗？我总觉得好像在哪儿见过这个人。

"啊，不、不，对不起，是我说得太过分了。"也许是注意到我的存在，那个男人语气骤变，"好，明白了，我会妥善处理。可能会花些时间，请耐心等待。什么？不，这个月不行。我都说不行了，就饶了我吧。好、好，下个月一定处理好，我保证。好的。再见。"

男人轻轻放下话筒，可他看起来就像是勉强压抑住怒火才没有把话筒摔烂的样子。可能是我多心了吧。

然后，他看也没看我一眼就径直走向收银台。

"结账。"

"好嘞，谢谢您照顾小店生意。"吧台另一侧的店主笑容可掬地说，"老师，您今天回去得很早啊。"

"突然有点儿急事。还有，我之前说过，以后不要再叫我'老师'了。"

"哦哦，我忘了。"店主哈哈笑起来。

那个男人也礼貌地笑了几声，接着就若无其事地出去了。

"匠仔，怎么了？"

我走回桌边，站在那里盯着那个男人反手拉上店门。漂撇学长（即边见祐辅）惊讶地看着我。

"没什么……"我坐在漂撇学长正对面，"刚才那个男的好像有点面熟。"

"这位客人，您不会也是'海圣学园'毕业的吧？"店主耳朵很尖，听到了我们的对话。

"海圣学园？不、不，我不是那里毕业的。为什么这么说？"

"那位梅景先生曾经在那个学校教书。"

我向店主确认了一下"梅景"是哪两个汉字，然后又在记忆中搜寻了一遍，还是没有任何头绪。

"听说他今年三月辞职，回家继承家业了。"

原来如此。所以那个人才会阻止店主叫他"老师"啊。

"我在哪儿见过他来着？好像就是最近的事……"

"喂，匠仔，好不容易出来喝一次酒，庆祝我找到工作，你就别想这些乱七八糟的事了，行不行？对方要是个可爱的姑娘也就罢了，可他是个臭男人啊！这不是浪费脑细胞吗？你可真是没救了。"

学长噼里啪啦地说了一大堆，他那油腔滑调的口气还和学生时代一模一样。我不禁苦笑，把杯中剩下的生啤一口气喝干。

这一天是一九九四年八月某日，晚上七点。

我和漂撇学长在一家名为"外狩"的酒馆喝酒，我们俩的确很久没有一起喝过酒了。

从去年夏天开始,谁也不知已经留过多少级的漂撇学长全身心地投入到了毕业和求职中,一直不肯陪我出来喝酒。我只好自己去开辟适合自斟自饮的新店,"外狩"就是我找到的一家。

今年三月,漂撇学长终于从大学毕业了,比我、高千(即高濑千帆)和小兔(即羽迫由起子)这些学弟学妹整整晚了一年。但是不出我们所料,他果然没有找到工作。毕业典礼结束后,将近半年的时间里,学长依然约不出来。我不禁有些担心,这家伙没事吧?没想到,今天傍晚,他突然闯进我打工的咖啡厅,大声宣布:"匠仔,今天我们要久违地喝个不醉不归!"

一问才知道原来他的工作有着落了。哎呀呀,真是可喜可贺,可喜可贺!学长说为了庆祝,要找一家以前没去过的酒馆喝酒,于是我就把他带到这里来了。

"对了,学长,我还没有问过,你要去哪个公司工作啊?"酒馆里很热闹,我用余光瞥了一眼忙里忙外的店长外狩,稍微提高了嗓门。

"我不是去公司工作,我要去学校工作!学校!"

"学校?"

"不是公立学校,是私立学校。"

"学长,你去学校干什么呀?"

"问的都是废话!去学校当然是教书了。"

"你拿到教师资格证了?哦,对了,你说过去年夏天你在忙教学实习,原来是真的啊。"

"我干吗要骗你!当时我很不安,觉得多考一个证书就多一份保证,但是我万万没想到最后还真当老师去了。"

"是哪家私立学校啊?不会就是刚才店长说的'海圣学园'

吧?"

"不是,是'丘阳女子学园'。"

"啥?!"我忍不住怪叫一声,"学长,你要去女校教书了?"

"你不要那么大惊小怪的好吗?最吃惊的是我才对啊。"

"不过这也太突然了吧,为什么在学期中间招新老师啊?"

"我也不太清楚。今年暑假这所学校里好像发生了什么怪事,有个老师突然失联了。"

"失联是怎么回事?"

"听说那位老师毫无征兆地辞职了,只给学校寄了一份辞职信,校方也联系不到本人。那个人不知惹了什么麻烦,好像还惊动了警方,事情搞得很大。按理说,这种情况校方可以给他开除处分的,但是最后经过多方考量,还是按照主动离职处理了。"

"那位老师不会是个教语文的年轻男老师吧?"

"没错。你真是消息灵通啊!"

"不、不是……"

就在上个月,我阴错阳差地卷入一起事件。有个与那起事件相关的语文老师放弃了工作及一切,逃离了安槻市,所以漂撒学长一提到老师失联,我就想起了那个人。不过那起事件比较麻烦,一时难以说清楚,而且与这次的故事毫无瓜葛,所以等以后有机会我再详细说明好了。

"我只是觉得你拿到的多半应该是语文老师的教师资格证。"

"哦,原来如此。"

"所以,你是接替那个老师喽?"

"没错。谁也没想到会发生这种意想不到的紧急事件,校方一时间很难找到代课老师,他们也很头疼。正好,我有一个伯母在这所学校的校友会和理事会都有些门路,于是就推荐了我,说自家有个不成器的外甥,他有语文老师的资格证书,这也是天降的缘分,等等。然后,我就去应聘了。"

"哦,是这样啊。"

"就是这样。我东奔西跑,拼命努力,谁承想,最后还是靠走后门找到的工作。唉,真丢人啊。"

"走后门又怎么了?这不也挺好吗。不过,话说回来,学长你能去那种历史悠久、校风严谨的女校当老师,教那些大户人家的小姐们,真的很了不起啊。"

"我自己也很吃惊啊。我到现在都不敢相信,总觉得这好像是一场笑话。"

"现在第二学期已经开始了,下个月起你就要走上讲台了吧?从学年中间接手一个班级,一定很困难吧?"

"所以目前我只能算是代课老师,校方说大概会从新学年开始正式录用我。"

"大概会正式录用?堂堂名校就用这种模棱两可的说法糊弄你?"

"不、不是,名校不会出尔反尔的。其实,我是想说……"

"哦,我懂了。学长你该不会只打算作为代课老师教完这段时间,然后拒绝学校的正式录用吧?你这样想可不行啊。你不是疯了吧!这是多好的机会呀,你终于要成为一个合格的大人了。"

"道理我都懂。可是,你想想,那是女校啊!女校!世上还有什么比那些正值青春期的女生更难对付的吗?我要是在这种恐怖到极点的环境中工作几十年,不得精神病才怪呢!光是想想都要吓死了。"

漂撇学长竟然说出这种话?

"我还以为一见女生就两眼放光的学长一定会高兴得一蹦三

尺高呢！"

"这不是一回事儿。那些认为在全是女孩子的地方工作真幸福的男人都是天真的蠢货。先不论个体如何，十几岁的女生群体可千万不能轻易招惹，她们就是目中无人、狂妄自大的典范。和这种女生群体相比，世间的百鬼夜行、魑魅魍魉什么的都是小儿科了。你不信的话，就去找从女校毕业的人打听一下里面的情况是不是这样。你问问高千，嗯……她好像不是女校毕业。那小兔是不是……"说得唾沫飞溅的学长突然严肃起来，"啊，对了，我完全联系不上小兔，那家伙怎么回事？"

他当然联系不上，因为小兔早就和平塚结婚，搬入新家了。但是，这可麻烦了，要怎么跟学长解释这事呢？

小兔和平塚从戏剧化的相遇到步入婚姻殿堂的整个过程，我们一直瞒着漂撇学长，这是我们共同商议的结果。因为我们太了解他的性格了，没有什么比好友结婚更适合作为举办酒宴的借口了。原本就对酒宴来而不拒的学长，一旦得知这件事，一定会没日没夜地大喝特喝。

其实，举办酒宴本身也没什么不妥，但是万一影响了学长毕业和就业就麻烦大了。不仅他自己有麻烦，周围的人，尤其是我们几个，也不会好受。真到那时，学长会立刻摆出惨兮兮的面孔，没完没了地抱怨我们，倒打一耙，怪我们硬拉他参加酒宴，才耽误了他毕业和找工作。事先声明，这绝对不是我的被害妄想，高千和小兔也都持同样的看法。总之，我们说好，在学长把毕业和就业全部搞定之前，要瞒着他这件事。

本来，学长已经顺利毕业，虽然晚了一些，但也找到了工作，总算可以把小兔结婚的事告诉他了。事实上，在来"外狩"的路上我就准备好要说了。但是，看着学长一脸愁苦委屈，诉说着女校的种种恐怖,我心里又萌生了新的不安。

现在告诉他没问题吗?在他精神状况不太稳定的时候,我把小兔结婚的事告诉他,会不会成为他无休止逃避现实的借口呢?应该不会吧?但是,如果万一学长因为耽于杯中之物,而丢掉了代课老师的职位,那可不是闹着玩儿的。我还是看看情况再说吧。

"小兔读研也很忙,要写论文什么的。"

"可是,我给她的公寓打过好几次电话,都只能听到一个干巴巴的声音说:'这个号码现在无人使用。'"

"啊,对了,对了,她跟我说过她搬家了。下次我见到她,问问她的新号码。"

若是平时的学长,此时一定会尖锐地质问我:"匠仔,不对啊,你不会有什么事瞒着我吧?"然后就是一连串让人招架不住的盘问。然而,今天学长却没说什么,果然去女校任教的事让他很烦心,没空关注对方的举止是不是可疑了。

"话说,学长你对女校的偏见相当大啊。"

"这不是偏见,你小子什么都不了解,就会说风凉话。"

"学长你对女校了解很多吗?你还没有在那里正式上过课呢,而且,也没有在女校学习生活的经历。所以,你还是不要现在就对女校抱有这么消极的看法比较好吧。"

"我大一时的一个同学毕业后做了女校的老师。他住在县外,一个人独居。前一阵子,我去那边参加招聘会的时候在他家住了一晚,然后他告诉我他早就辞去了女校的教职,现在在一家运输公司做经理。"

"那个人不会是因为对女学生下手,事情败露被开除了吧?"

"喂喂,我还没说到那里呢。不过,你猜对了。"

"我开玩笑的。我还以为只有电视剧里才会有这种桥段呢。"

"我也不好说现实中是不是常有师生恋这种事,不过,怎么说呢,应该不少见吧。但是,听熨仔讲完他的遭遇,我觉得他的情况可能有点特殊,有时候过于受欢迎也会招来祸事。"

漂撇学长的这位同学叫熨斗谷,但是学长习惯叫他"熨仔"。他这个爱起外号的毛病不知什么时候能治好。

"熨仔这个人啊,真是个好男人。虽然不如我,但也不比我差多少。他为人稳重,性格温柔,不受女生欢迎才奇怪呢。上大学的时候,就有不少女生惦记他。但是,熨仔是个严谨认真的人,绝不会仗着自己受欢迎就到处拈花惹草。这方面也很像我,可能就是因为这样,我们两个才成了好朋友。嗯,一定是这样。"

说着说着,学长就陷入了莫名其妙的自恋之中,在自恋这件事上学长真是无人能及,我简直不知道该从哪里吐槽才好,只能连连点头,含糊其词地附和他的话。

"熨仔在那个女校教英语,事情发生在他当老师的第二年。那时,可能是出于老师的奉献精神,他主动提出对考生进行个人辅导,帮她们讲解习题,答疑解惑。"

"个人辅导?"

"就是在上课和辅导班之外,对那些备考的学生进行单独辅导。当然,都是免费的。"

"他一定很辛苦吧,肯定有很多人想参加这种辅导。"

"哎呀,你怎么又抢我的话?不过,你又猜对了。熨仔的想法过于天真了,他以为不会有很多人想参加辅导,因为那所学校的风气比较轻松自由,不是特别注重升学应试。而且,外面已经有很多辅导班可供选择,那些努力备考的好学生早就去补习了,剩下的学生不会有几个愿意来参加他的个人辅导。然而,他忘了一件重要的事,那所学校是女校啊!"

"他完全没有考虑到自己特别受女生欢迎这件事,对吧?"

"起初,来参加个人辅导的只有一两个人,熨仔非常耐心细致地为她们答疑。订正完作业后,还在她们的本子上仔仔细细地写下评语,比如'又犯了和上次一样的错误哦''这次进步很大'之类的,而不是按常规在本子上盖一个'优秀'或'良好'的印章就完事。可是,没想到,他的这个做法为他埋下了祸根。"

"是不是那些学生再交作业的时候,在老师的评语后面又写了一些回应的话?然后,他又认真地回复了她们,就这样像投接球一样有来有往,久而久之……"

"你小子还真敏锐!就是这样。熨仔万万没想到,老师的评语和学生的回复渐渐成为类似于交换日记的形式,而且,这件事传到了其他学生耳中。"

"于是,学生们蜂拥而至,想参加熨斗谷老师的个人辅导,因为这样就能得到老师的私人评语了。"

"没错。不过当时熨仔年轻热情,只要时间和精力允许,他对每一个参加辅导的学生都一视同仁,认真对待。但是,学生数量超过十个人之后,应对起来就很勉强了。有一天,一个叫由美的学生找到他,表示希望参加个人辅导,但是那时参加辅导的已经有十几个人了,熨仔实在应接不暇,所以你猜猜,他怎么对由美说的?啊,我先声明一下,由美这个名字当然是假名。"

"他是不是满怀歉意地拒绝了由美的请求?而且,不仅如此,他还建议她去找其他英语老师辅导?"

漂撇学长一脸严肃地举起双手。"你太厉害了!连细节都猜得八九不离十,佩服佩服!那下面的发展你自己说吧。"

"我只能想象一下。恐怕由美听了熨斗谷老师的话之后,深感屈辱，她其实不是为了备考才来找他的，她只是想得到老师的私人评语，体会一把交换日记的感觉。没想到老师不仅不同意，还想把她推给其他老师。"

"没错、没错。后面的发展就进入了我无法理解的领域，只能说女人心，海底针啊，而且这个针会扎人！"

"虽然'由美'是假名，但她是登场的学生中唯一一个有名字的，所以她应该就是造成熨斗谷老师被开除的原因吧？"

"正是。由美原本是个朴素老实的女生，却突然开始对熨仔死缠烂打，而且不是在校内，而是在校外。她不知怎么查到了熨仔的住址，天天跑到他家门口等着他。就这样，由美一点一点侵入了他的私人生活。"

"而熨斗谷再稳重认真，也是个男人啊……"

"被一个女生如此主动地追求，他也很难保持理智吧。他和由美在一起了的消息眨眼间就传遍了校园，校长找到熨仔问话，最后他不得不选择辞职。还好校方没有给他开除处分，而是让他主动辞职了。"

"依熨斗谷的性格，虽然是对方勾引他，但是一旦发生关系，他就会负责到底。所以，他是不是向由美求婚了？"

"呵呵呵，你猜对太多次，我已经不感到吃惊了。对，没错，他提出等由美毕业后就和她结婚，但是……"

"但是由美却根本没这个打算，转身就把熨斗谷甩了。"

"……你连这层发展都能想到！我简直要给你跪下了。那么，既然你明白了，就给我讲讲由美这么做到底是为什么啊？"

"这个结果也不是特别出乎意料吧。"

"不出乎意料吗？但是我听熨仔讲到这里的时候都惊呆了，可以说这是整个故事里最让我惊讶的部分。由美是喜欢他的吧？

被熨仔拒绝加入辅导,不能和他'交换日记',她无法控制对老师的爱意,才会主动出击的吧?然而,当熨仔求婚的时候,她却毫不犹豫地拂袖而去,这到底是怎么回事啊?怎么能说翻脸就翻脸呢?"

"学长,由美的心理真有这么难懂吗?"

"不是难懂不难懂,而是觉得她的做法不可理喻。你不觉得吗?"

"学长,你讲这个故事就是为了用实例证明女校有多么恐怖,是不是?"

"是啊。一个好男人不仅丢了工作,还被践踏了感情,这也太倒霉了吧。可见女校是个吃人不吐骨头的地方,这还不够恐怖吗?"

"学长,刚才你自己也说过,姑且不论个体,形成团体的女生是最恐怖的。对,你说的没错,这就是女校之所以恐怖的理由,是从众心理导致的。"

"从众心理?可我说的是由美的个人行为让我难以理解啊。"

"由美其实并不喜欢熨斗谷。"

"什么?怎么可能?你别瞎说……"

"她对熨斗谷根本没有什么炽烈的爱意,如果你不明白这一点,就不会理解她的种种言行。"

"可是,如果她不喜欢熨仔的话,当初为什么要……"

"当然,她可能多少也觉得这位老师很有魅力,但是她并不打算和他谈恋爱,或者产生亲密关系。她之所以希望和老师'交换日记',是因为这是当时学校里的潮流。"

"潮流?"

"就是一种时尚,比如一段时期社会上流行某种款式、某种颜色，大家就一窝蜂地追捧。就是这个意思，你懂吗？由美生怕自己落后于潮流，所以才希望参加熨斗谷办的个人辅导。事情就这么简单。"

"但是，熨仔拒绝了她……"

"所以她就恼了，觉得咽不下这口气，其他同学都能参加，为什么只有我被拒绝了。当然，熨斗谷并没有其他意思，他只是因为时间不够才拒绝她的，但是他没想到青春期的女生很容易在这种事上钻牛角尖。对由美来说，把她推给其他老师就等于彻底否定她的个人价值，因此她才会主动出击，做出种种过激的举动。她就是想证明自己绝不比其他女生差而已。"

"她、她到底要向谁证明啊？"

"首先，她要向其他参加了熨斗谷个人辅导的女生证明自己的价值。由美会觉得其他人都在暗中嘲笑她，认为她被拒绝是因为老师不喜欢她。其实，别人也不一定真的这样说她。"

"这、这不是被害妄想吗？"

"由美深信只有自己被排斥、被嘲笑，心灵备受折磨，最后她只能选择极端手段证明自己的价值。所以，与其说是向别人证明什么，倒不如说她想向自己证明。对由美来说，作为女性的价值才是放在第一位的，至于熨斗谷怎样，她根本不放在心上。"

"你别说了，你越说我越害怕。下个月我还怎么站上讲台啊！"

"学长，你没问题的，你又没那个本事让女生神魂颠倒。"

"也是。喂，你太失礼了！我各方面都不输给熨仔啊。跟你说实话吧，我接受代课老师任命的那一天，校长再三叮嘱我，说如果学生知道新来的老师是年轻的单身男性，一定会有想法，要求我时刻谨言慎行。一旦出现师生恋之类的风言风语，校方绝对不会站在教师这一方。校长说这番话的时候语气轻描淡写,眼神却毫无笑意,太可怕了。"

"没想到学生时代无所畏惧的学长一进入社会,立刻畏首畏尾,怕这怕那的。"

"可不是吗。如果可以的话,我真想作回学生。想想都觉得好寂寞啊,高千也毕业了,还去了东京。"

学长郁郁寡欢地啜饮着冷酒。他不开心恐怕不是因为即将进入女校教书,而是因为想到长期以来能够陪他喝个痛快的只有我一个人,因此觉得心里不爽吧。

"一转眼已经快一年半了,匠仔,你和高千一直都有联系吧?"

"有啊,我们有时候会写信……"本来我打算随便敷衍他两句,但看到学长的神情越发落寞,就不忍心了。而且,虽然不是我的本意,但刚才我的话可能也加重了他对女校的恐惧,让我更加过意不去。于是,我不经意就说出了实情。

"今年正月,高千回来了一趟。"

学长一听这话,立刻两眼圆睁。"什么?她回来了也不跟我打个招呼?"

"她想跟你打招呼,但也联系不到你啊。"这不是撒谎,"那时你大概正到处参加招聘会吧,连人影都找不到。"

"哦,也对,有时候还得去县外参加面试之类的。话说,高千是什么时候回来的?正月的话,那就是元旦到三号这几天喽?"

"除夕和元旦这两天她肯定要回父母家,不然就麻烦了。她是一月二日晚上坐飞机来安槻的。"

"住在你家吗?"

"怎么可能！我那里什么都没有。她住'新厚木酒店'……啊！"话说到一半，我突然大吼一声。

"你什么毛病？吓死我了。"

"我想起来了。刚才那个……那个梳背头、戴眼镜，曾经在'海圣学园'教书的那个男人，他叫什么来着？梅景，对吧？我就说看他有点面熟，我终于想起来了，我在'新厚木酒店'等高千的时候见过他。"

"等高千的时候？"

"准确地说，应该是等高千坐的机场大巴到达酒店的时候。"

一月二日那天的情景一旦在脑海中激活，如藤蔓般缠绕的相关记忆也跟着逐渐复苏。

"一月二日下午五点左右，我离开公寓，坐上电车，在县厅前站下车，进入'新厚木酒店'大堂。"

"高千坐的机场大巴是五点到酒店吗？"

"她坐的飞机应该五点到达安槻机场，所以我估计，如果她顺利坐上大巴的话，最快五点半到达酒店，最晚六点也能到了。"

"但是你五点就出发去酒店了。"

"嗯，是啊。怎么说呢，我实在等不及了。"

"嘿嘿嘿。"学长顿时两眼放光，一改刚才半死不活的样子，"火烧屁股都不急的匠仔居然也有等不及的一天。原来如此，我懂，我懂，是因为好久没见到高千了，对吧？"

我自觉失言，但是看到学长恢复了一些精神，心里就释然了。其实，我和高千说好，下个月我去东京见她，如果我把这件事告诉学长的话，他会不会更精神呢？

"我坐在酒店大堂正对大门的地方，透过玻璃门，可以看到机场大巴的停靠站。但是，我在那里坐了将近一个小时，大巴都还没有来。"

"所以，高千没有在六点到达酒店？"

"六点？她过了十二点才到，都已经是第二天了。"

"啊？这是怎么回事？"

"她原本要乘坐的飞机因为机械故障之类的原因停飞了，所以她只能改签成后面的一班飞机。她在机场给酒店打电话，通过前台转告我会晚些到，虽然我有心理准备，但谁知道会这么晚啊。"

"哦。然后呢？你就一直在大堂等高千，在这段时间，看到了那个背头男梅景，是吗？"

"是的。学长你也很敏锐嘛。"

"这和敏锐不敏锐有什么关系？根据事件发展，不就应该这样吗？不这样的话才怪呢。"

"嗯，那时应该是下午六点左右，我坐在椅子上，无意识地看着大堂里来来往往的客人……"

一个男人从正门走进酒店大堂，正是梅景。那天他也穿着马球衫，但是下面配了一条长裤。他目不斜视地穿过大堂，径直走向电梯。

"当时坐电梯的只有他一个人，我无意中看了一眼楼层指示灯，电梯停在九层。"

"九层是客房楼层吗？"

"是的。二层到四层是餐厅、商店、宴会厅等，五层以上都是客房。我看到电梯停在九层，就想那位客人住在九层的某个房间啊。如果事情到这里结束，估计我很快就会忘记这个人吧……"

我左等右等，直到晚上九点，机场大巴还是没来。我有些疲倦，就想去一层的茶点室点杯啤酒边喝边等，就在这时，电梯的楼层指示灯亮起来，电梯从九层一次没停地降到酒店大堂这一层。

"电梯门打开，出来的就是刚才看到的梅景。他依然是一个人，穿过大堂，离开了酒店。"

"可能是出去办事吧？"

"当时我也这么想，不过，后来又发生了一些怪事，这就是我会记得这个人的原因吧……"

高千乘坐的机场大巴终于到达酒店车站，那时已经过零点了。等待高千办理入住手续的时候，我无意中看向正门，结果正好看到梅景走了进来，他依然没在大堂停留，径直走向电梯。他走进电梯轿厢后，我想他肯定是去九层吧，谁知电梯在七层就停下了。

这是怎么回事？我再次看向电梯的楼层指示灯，没有其他数字再亮起来。

"于是你就纳闷，原本以为住在九层的男人，返回酒店后为什么去七层了？"

"对。当然，也有可能他去七层办事，办完事后又爬楼梯上到九层。可是，我总觉得好像不对劲。"

"我最先想到的可能性是，他想去自动贩卖机买东西，但是九层没有自动贩卖机，七层才有。"

"这我也想到了，但是后来我打听过，这家酒店是偶数楼层有自动贩卖机。"

"哦！哦！哦！"学长提高嗓门，好像一下来了兴致，"也就是说，九层的房客在七层下电梯，不是为了找自动贩卖机，而是因为其他原因。"

"不仅如此。其实,我在给你讲述的过程中,又陆续想起一些事……我陪办完手续的高千坐电梯来到十二层,她住的地方——"

"等等!"学长突兀地打断我,"你还陪高千到她的房间去了?你心里在打什么鬼主意?"

"我等了她七个小时,她好不容易到了,我丢下一句再见就走,这才奇怪吧?"

"对对对,你说得太对了。"学长一边坏笑,一边上下挑动眉毛,看起来他已经基本恢复正常了,"然后呢?你去了十二层之后干吗了?"

"我们从电梯出来,向高千房间走去的路上听到一阵喧哗,几名酒店服务员和一个身披浴袍、貌似是房客的中年女性在争执着什么。那时我们没心情看热闹,就直接进房间了。后来,高千向一位熟识的女服务员打听才知道,那位中年女性不小心在浴室摔倒了,脸磕到地上,一时失去了意识。她醒来后给前台打电话,要求服务员帮她处理一下伤口。服务员赶来,看到她眼眶附近有一块瘀青,担心她会不会磕到头,造成脑震荡,于是劝说她去医院检查一下。"

"你们看到的就是这一幕吗?"

"对。但是她极力反对,说已经给大家添了很多麻烦,不想再兴师动众了。结果也没有叫救护车……"

"嗯。可是,这不是九层,也不是七层,而是十二层发生的事吧?这和梅景有什么关系?"

"你听我说啊。刚才我从卫生间出来的时候,听到梅景用恶狠狠的语气和一个人通话,他说'你是自己摔倒的'……"

"原来如此。所以你才会那么关注他。"

"当然,我并不知道和他通电话的那个人是否就是住在十二层的中年女人。但是,就在梅景住进酒店的那一天,恰好发生了房客失足摔倒的事件,这真的只是巧合吗?"

"嗯,一般情况下大家都会觉得这只是巧合吧。如果不是的话,又是怎样的呢?"学长完全恢复了正常,一杯一杯地喝着酒,速度丝毫不减,"比如,如果那位十二女士和梅景认识,而且她又是梅景刚才的通话对象。"

"十二女士?哦,你是说那个住在十二层的房客吗?"学长又开始给人家乱起奇怪的外号,这也说明他彻底放松下来了。

"梅景在电话里朝十二女士怒吼'你是自己摔倒的',对吧?也就是说,她在酒店房间受伤并非因为自己不小心摔倒,而是梅景的责任,所以她打电话找梅景追责。"

"是梅景的责任?具体是什么责任呢?"

"比如,她在浴室洗脸的时候,梅景突然从后面叫了她一声,她吓得摔倒在地,诸如此类吧。或者更直接一点儿,是梅景把她打伤的。"

"所以,梅景其实住在十二女士的房间吗?"

"那倒不一定。他可能住在九层或七层,但偶然得知有个熟人住在十二层,便顺便去那里拜访一下。然后,他们两人发生了矛盾。"

有道理。但我转念一想,又觉得不对。"但是,学长,这不是很奇怪吗?"

"怎么奇怪了?"

"先不说梅景是无意中吓到十二女士,还是直接对她施加暴力,总之,他不可能导致十二女士受伤啊。"

"为什么?"

"因为梅景下午六点进入九层的某间客房,九点左右又离开了酒店。他返回酒店时是零点,这次他没有去九层,而是去了七层。然后,我和高千就坐上从七层下来的电梯上到十二层,我们上电梯和梅景在七层下电梯之间几乎没有时间差……"

"而高千和你到达十二层时,十二女士已经和服务员们发生争执了。原来如此,我明白了。"

"十二女士在房间受伤的时候,梅景并不在酒店里。就算他在七层下电梯之后立刻从楼梯冲上十二层,也根本来不及动手。我们不知道十二女士受伤后昏迷了多久,但无论如何,梅景都不能导致她受伤,因为在时间上是不可能的。"

"不过,你的前提是,在晚上九点到午夜零点这段时间里,梅景肯定不在酒店。但如果他趁你不注意,中间偷偷溜回酒店呢?"

"你的意思是我漏看了,对吧?我等高千的时候的确上过几次厕所,没有一直盯着电梯。但是绝大部分时间,我都待在大堂里。如果梅景在晚上九点到午夜零点之间出入过酒店,我不会没看到。"

"不好说,至少你没法断言你绝对没有漏看。比如,你去厕所的时候,梅景正好回到酒店,然后当他出去的时候,你碰巧又去厕所了,这也不是没有可能吧?"

"怎么说呢,我的确不能说自己百分之百没有漏看。但是,唉,我还是认为自己没有漏看。"

"也许那一次梅景正好没用电梯。那个酒店我也去过好几次,如果爬逃生梯去客房的话,在大堂是看不到的,对不对?"

"对。但他为什么非要爬逃生梯呢?难道是怕我看到他?这不可能呀。"

"谁知道呢。我们先姑且认为梅景不可能是导致十二女士受伤的原因，那么假如刚才是她在电话里责怪梅景，那就是故意找碴儿了。"

"是的。所以梅景才会那么生气，并怒斥对方：'你是自己摔倒的。'"

"嗯，可是我总觉得我们好像搞反了。"

"怎么说？"

"十二女士纯粹是因为自己不小心摔倒的，而她摔倒的时候，梅景根本不在酒店里。如果这些都是事实，那么他们双方都应该非常了解，对不对？至于责任在谁，根本就没有讨论的余地。然而，当十二女士不依不饶地责怪梅景时，他却显得无计可施。如果梅景被她惹烦了，稍微说她几句倒也罢了，可他为什么会勃然大怒呢？"

"也许起初梅景并没把她当回事，但是她一直纠缠不休，梅景终于忍不住大发雷霆。"

"不，我觉得不可能。"

"啊？为什么？"我有点儿吃惊，学长说话一向留有余地，不会轻易否定任何可能性的。

"梅景打电话的时候，注意到你在场就立刻改变了语气，对吧？"

"对。他一开始讲话很粗暴，后来变得毕恭毕敬，简直判若两人。"

"他注意到有第三者在场，冷静下来之后，语气也变了。这说明他们俩是熟人，而且十二女士比梅景身份高。她可能是梅景的客户，因为梅景说过'一定妥善处理'这种话。"

我渐渐明白学长的意思了。

"我认为，无论十二女士多么嚣张，梅景都不敢轻易对她发火。但他还是发火了，而且火气很大，连从旁边路过的你都注意到了……"

"梅景可能被对方戳到了痛处吧？也许对方提出了让他无法反驳的有力证据？"

"说不定梅景是用某种方式远程操控，即使他本人不在酒店，也可以让她受伤。"

"远程操控？"

"我的想法你就随便听听好了。比如，梅景事先交给十二女士一个盒子，并且郑重其事地告诉她这是一件礼物。她一个人在房间时打开了盒子，结果，砰！那其实是个专门整人的玩具。"

"啊？"

"她吓了一跳，摔倒在地。所以说她会受伤是梅景搞恶作剧的结果，梅景也无法否认。但如果是这样的话，梅景非但没有道歉，反而发起火来，这就很奇怪了……"

"我们可以设想多种情景，为他们建立多种关系，但没法简单概括事件的前因后果。"

"我还很纳闷梅景午夜零点在七层下电梯之后去哪里了。他是一直待在七层的某间客房里吗，还是又回到九层了？或者，他会不会去十二女士的房间了呢？"

"不知道。午夜零点之后的事我又没有看到。"

"话说回来，你把高千送到她的房间之后怎么样了？说呀，说呀，说呀！反正你不说我也知道，算我白问。"

"让你失望了，什么事都没发生。高千比计划晚了六个小时才到酒店，她一路奔波，疲惫不堪。我等她也等得快累死了。我们轮流冲过澡，又喝了房间冰箱里的啤酒庆祝重逢，然后就上床睡觉了。"

"你们没吃饭吗?也是,那个时间餐厅早关门了。"

"我们也想过找一家深夜营业的饭馆吃顿饭,但是这个念头只是一闪而过,我们两个谁都走不动了。第二天一早,我们被饿醒了,打算出去找吃的……啊!"

"你怎么回事?今天总是大惊小怪的,动不动就大叫。"

"我、我想起来了。第二天,也就是一月三日的早晨六点,我和高千跑到一层吃早饭……"

"一层?餐厅不是在二层以上吗?"

"在一层扶梯的旁边有一个婚礼策划室,你不知道吗?那里面有一个茶点室。"

"我只在夏天,酒店屋顶开放啤酒花园的时候去过,每次都是坐专用直梯直接到屋顶,所以根本不知道一层有什么。"

"那个茶点室六点半才开始供应早餐。"

"你们不知道人家的营业时间吗?六点就去了。"

"不,我们知道。但是我们想守在门口,摆出饥肠辘辘的样子,万一服务员觉得我们可怜,能提前一分钟开门也好啊。"

"你们俩丢不丢脸啊,像没吃饱饭的小孩一样。匠仔,你这副德行我就不说了,可是竟然连高千也这样!"

"我一个人绝对不会这样做。两个人的话,可以一边等一边聊聊天,不至于太尴尬。"

"你是在秀恩爱吗?算了,不说这个了。你一月三日早晨六点去了茶点室,后来怎么了?"

"在等茶点室开门的时候,我不经意地朝电梯那边看去……"

"梅景从电梯里出来了?"

"你怎么知道的?"

"我说,按照故事的走向,正常人都能猜得出来吧。"

"也对。总之,我不经意地看向电梯,五层的指示灯亮起来……"

"什么?等等。你说五层?"

"对啊。电梯一次没停地从五层下到一层,电梯门打开,出来的正是梅景。"

"匠仔,前一天晚上一会儿去九层、一会儿去七层的男人,第二天早晨又从五层下来,你当时不觉得奇怪吗?"

"我当然觉得奇怪了。我寻思,这人怎么回事啊?"

"他在不同楼层之间频繁移动,你和高千没有讨论一下他到底在干什么吗?"

"我们肚子饿得咕咕叫,根本没那份闲心想这些。"

"如果你把这件怪事告诉高千的话,她一定会立刻把饥饿抛到脑后,提出各种有趣的假说。"

"可能吧。但那时还没有足够的线索可以用于推理,直到刚才发生打电话那件事,我们才第一次了解到那个男人的名字和过去的职业,更重要的是,他与十二女士之间可能的联系。"

"也是。这件事好像越来越有意思了。一月二日下午六点进入酒店九层的男人,晚上九点一度外出,午夜零点回来时,不知为何没去九层,而是去了七层。然后,第二天一早又从五层下来了……真是让人摸不着头脑啊。"

学长好像已经忘记了杯子里倒满的酒,用手托着脸颊,陷入沉思。他表情木然,仿佛戴着一张水泥浇筑的面具。但忽然之间,他又眼睛一眯,喜形于色,活像一个想出鬼点子的淘气孩童。

"匠仔,如果午夜零点返回酒店的梅景住在七层的某间客房的话,那么,你认为他是在半夜什么时候下到五层的呢?"

"这个不好说。他也不一定是半夜下楼的，也有可能是清晨爬楼梯下到五层的。"

"这样可不行，你的想法太保守了。不行、不行。"

"想法太保守是什么意思？"

"你的想法要更加大胆。如果高千在，她肯定能提出让我们张口结舌的大胆假说。"

"大胆也要有个限度吧，又不是越大胆越好。但是，听你的口气，你是不是已经有什么惊世骇俗的想法了？"

"对！我们要大胆假设！冲破藩篱！怎么了？你别这样看着我。反正我们多方推理得出的结论也没办法验证，既然都是空想，那还不如放飞自我，提出更加有趣的假说。"

没错。我们并非警察，也不是侦探，只是两个酒鬼在酒桌上不负责任、天马行空地尽情想象，不求面面俱到，只求自圆其说。我们没有必须得出正确结论的义务，所以多少牺牲一些完整性也无妨，能够提出令人大吃一惊的假说才是首要目标。我好像听谁说过类似的解谜基本方针？是高千说的吗？

"我认为，梅景从七层下到五层的时间是一月三日凌晨三点整。"

"啊？为什么？你又不在现场，是怎么推算出他下楼的准确时间的？"

"你不觉得梅景的活动是按照每隔三小时的规律安排的吗？"

"每隔三小时？"我正想嗤笑，但转念一想，又觉得他的话有些道理，"一月二日下午六点到晚上九点，他在酒店九层。九点到午夜零点，他在外面，虽然不知道具体地点……"

"他午夜零点回酒店后，没去九层，而是去了七层。第二天早晨六点，他又从五层下楼。所以，我推断，他午夜零点到凌晨三点这段时间在七层，凌晨三点到早晨六点在五层。你说呢？当然，我没法证明他一定在每层待了三个小时，不过，从整体时间线看，我的推断也说得过去。"

"他一个晚上就换了四个地方，每三小时换一次……"学长的假说确实别出心裁，且不可否认的是，他指出了梅景怪异行动背后可能存在的规律，值得进一步深入思考，"其中三处在酒店客房，一处在酒店之外……他的目的到底是什么？"

"不知道。大概有什么事情必须这样安排时间才能完成吧。"学长用手指敲敲桌子，"现在问题的关键是，梅景刚才打电话的对象是否就是一月二日晚上在酒店客房摔倒的那位十二女士？"

"这个……我觉得不是同一个人。刚才我们也说过，十二女士在客房摔倒时，梅景并不在酒店。"

"嗯，和你的看法相反，我倒是认为十二女士在客房摔倒时梅景不在酒店这件事反而佐证了梅景的通话对象就是十二女士。"

"嗯、嗯，什么？你都把我说晕了。"

"梅景每隔三小时换一次地点。下午六点到晚上九点在九层，九点到午夜零点在酒店外面，午夜零点到凌晨三点在七层，凌晨三点到早晨六点在五层。虽然说到底，这些只是我的推断，我没法断定他就是这样行动的。但是，假如我的推断正确，那么，为什么只有第二个地点在酒店外面呢？你不觉得奇怪吗？"

"这个……你是说……"

"我觉得，说不定按照梅景原来的计划，第二个地点应该在酒店十二层。也就是说，那段时间，他本该在十二女士的房间。"

"的确，四个地点中只有一个在酒店之外好像不太对劲。也许那时突然有计划之外的事发生，梅景不得不离开酒店吧。"

"我也不知道，假如真是如此，那么梅景必须在十二个小时内依次在九层、十二层、七层、五层的四个房间移动,他的理由是什么?"

"不知道。但是,这要看那些房间里除梅景之外是否还有其他房客。也就是说,十二层的房间里住着十二女士,那九层、七层、五层的几个房间里有没有人呢?还是说这三个房间都是给梅景一个人准备的?"

"按照正常思路,每个房间都应该有其他房客吧。我实在想不出为什么要准备三个房间让梅景一个人住。还有,一月三日早晨,梅景从五层下楼后,没有在前台办手续,就直接离开酒店了,对吧?"

"他好像的确没有办退房手续。所以,他应该是交给房间里的其他人办理了,也就是说,每个房间里,除他之外,还有别人。"

"很有可能。梅景在十二小时内轮番拜访了四位房客。严格说起来,每个房间的房客可能有两人以上。不过过了方便起见,我们就暂且认为每个房间住一个人吧。所以,在一月二日那天,这四个人入住了同一酒店是巧合吗?"

"应该不是,我认为他们是按照梅景的指示这样做的。当然,事先梅景也和他们分别定好了拜访时间。"

"没错,这样就看出了梅景的地位。那四个人不得不听从梅景的命令,在指定日期、在同一酒店开房,并且要在指定时间段等候他拜访。"

"原来如此。那四个人不仅在时间上受到限制,还不得不支付一笔房费。啊,不过也有可能是梅景付钱吧?"

"不可能。你想想,那是一月二日,新年假期啊。有家之人在这一天独自外宿,光是想出合理的借口就已经万分困难了。但是，他们却不得不这样做。也就是说，梅景显然抓住了他们的把柄，而且是很大的把柄，否则梅景没办法要挟他们，让他们言听计从。"

"很大的把柄？难道梅景想勒索钱财？"

"我也想到了这一点，一月二日那天可能是梅景收钱的日子。"

"他把四个勒索对象在同一天集中在同一地点，就是为了方便收钱吗？如果真是如此，梅景必须在那天把钱收齐的话，每个人需要分配三个小时吗？时间有点太长了吧？"

"所以，除了收钱，梅景大概还有其他目的。不知是巧合，还是有意安排，这四个勒索对象都是女性。梅景既要钱，也要人，顺便多占点便宜何乐而不为呢？这样想的话，就可以理解梅景为什么把收钱地点定在酒店了。"

"可是，一晚四个人，这也太多了吧！"

"匠仔，你不能按照自己的标准衡量别人啊。世界很大，肯定有这种精力超群的男人。"

"也许吧，但我总觉得他会精尽人亡……"

"喂，你也太夸张了。梅景也就三十多岁吧？他还很年轻，应该游刃有余。"

"就算再年轻，应付四个人也很勉强吧。啊，对了，说不定这就是梅景没去十二女士房间的理由？"

"嗯？哦，原来如此。你是说，梅景和九女士翻云覆雨后，身体吃不消，于是就跳过了十二女士吗？"

又出来一个九女士，学长又在乱起外号了。不过，我得承认，这样也的确便于区分。

"可能十二女士是四个人中跳过也不可惜的那一个吧。"

"但还是很奇怪,因为梅景原本的目的是勒索钱财啊。"

"当然,他不会放过十二女士的,不过他只从她那里要了钱,没要其他的。"

"如果真是这样,那一月二日晚上九点我看到梅景的时候,他应该从十二层下来才对啊。"

"哦,对呀。也许梅景推迟了从十二女士那里要钱的计划。"

"你是说,后来我在高千的房间里,所以没有看到梅景去十二女士那里要钱吗?可是,梅景没有理由推迟计划吧,因为他事先和每个人都定好了时间,九点到零点,十二女士肯定会在房间等他才对。梅景在九层办完事,九点去十二女士那里拿完钱就走不行吗?"

"是啊。"

"不知为什么,我总觉得那天晚上,梅景根本没去过十二层。也就是说,他没有从十二女士那里拿钱。"

"嗯,那就是说,梅景这边突然发生了紧急事件,不得不取消和十二女士的约定。"

"而十二女士并不知道会被梅景放鸽子。"

"是啊,这也就是为什么服务员劝她去医院检查伤口,她却坚决拒绝了。她认为那时梅景可能随时都会来,如果自己被送去医院,梅景扑空的话,后果会很严重。"

"所以,她忍着伤痛,一直等待,但梅景却没有出现。十二女士越等越生气,若不是梅景非让她来这里,她也不会受伤。所以,刚才她才会在电话里要求梅景对她受伤的事负责。"

"可是,不对啊,如果十二女士有把柄掌握在梅景手中,按理说,她只有任凭梅景百般刁难的份儿,怎么会有胆量反过来威胁对方呢?就算她被怒火冲昏头脑,口出怨言,梅景也不会搭理她,更别说勃然大怒了。我说过,梅景占有压倒性的有利地位……"

说到这里,学长猛地抬起头,视线飘向虚空,好像天花板上突然下起雪来。

"不对,不对,等一下……"

"学长,你怎么了?"

"我们……好像搞反了……"

"什么?"

"我觉得,被勒索的不是十二女士,而是梅景吧?"

"梅景被十二女士勒索?"

"梅景通话时原本情绪很激动,但他注意到匠仔在场就冷静下来,语气骤变,毕恭毕敬地向对方承诺'会妥善处理'。还说这个月不行,下个月一定处理好。你想想,电视剧里那些被勒索的可怜虫不都是这样说的吗?"

"所以,你是说,梅景在恳求勒索者宽限交钱的期限?"

"我认为是这样的。"

"但是,如果梅景是被勒索的一方,那他一月二日那天去酒店干什么?难道,并非是他叫十二女士她们去酒店,而是她们叫他去酒店?"

"不,不是这样的,恐怕一月二日那天梅景还是勒索人,然而随后双方的立场却逆转了。"学长用指尖揉揉太阳穴。

"立场逆转?"

"对,我觉得立场逆转的契机不是别的,正是十二女士在房间摔倒受伤这件事。"

"嗯,这是怎么回事?我不太懂。"

"等等,等一下。"学长闭上双眼,揉着眉骨,"我可以在脑海里勾勒出整个事件的全貌，但是……但是，有些细节还不清楚。"

学长闭着眼睛，双手抱胸，苦苦思索。我很少见到他如此认真的模样。

"我还是觉得，一月二日到一月三日，把四个女人叫到酒店的是梅景，但是，他的目的不是勒索。"学长睁开眼睛说。

"那他的目的是什么？"

"应该是强迫她们和他上床吧。所以，他给每个人安排了三个小时。"

"我说过好几次了，这不可能。他精力再好，也不能这么做吧。"

"所以，梅景的真正目的不是发泄欲望，他只是在那四个人面前演了一出戏。"

"怎么说？"

"你站在那四个人的角度考虑一下，她们都认为梅景只约了自己。也就是说，她们根本不知道除自己之外，还有另外三个人那天也在同一家酒店。"

"嗯，大概是这样。"

"但是后来她们全都知道了，梅景不只叫了自己一个人。"

"所以，梅景的计划落空了？"

"不，这正是他精心设计的一步，可以说，这是他整个计划的关键。"

我越听越迷糊。

"在我具体说明之前，你先根据现有线索思考一下，这四个女人是怎样的人？"

"怎样的人？首先，不用我说你也知道，她们都和梅景认识。"

"没错。还有一点很重要,她们四个人互相见过面。"

"你怎么知道的?"

"若非如此,整件事就毫无意义了。"

我更摸不着头脑了。有一瞬间,我真心怀疑学长说这些云山雾罩的话是故意逗我玩。但是,看他依然一脸严肃,又不像在演戏。说实话,他也没有那个演技。

"而且,她们不仅仅是见过面那么简单,恐怕她们还属于同一个团体。"

"什么团体?"

"比如私立学校的PTA之类的。"

我沉默片刻,终于明白了学长的言外之意。

"你是说……你是说'海圣学园'的PTA?她们四个人都是'海圣学园'的学生家长?"

"这只是我的想象,我觉得她们应该是一类人,都热心参加PTA的活动,积极监督教学工作。但是,在很多方面,她们之间也存在着竞争,比如她们会比较谁在PTA的业绩更好。更主要的是,她们还会比较谁的身材更好,谁的容貌更美……"

我终于一点一点明白了学长的主旨。

"也就是说,梅景有意选择了这种类型的女性家长,并把她们叫到酒店。"

"而且,她们还有一个共同点:只要有人勾引,就会半推半就地和别人发展婚外情……"

"这样一来,梅景就可以伪造自己的不在场证明了……"

学长脸上的表情好像在说:"你小子终于开窍了!"他戏剧性地竖起一根食指,说道:"如果这里我突然指控梅景杀人,你可能会觉得我的思路过于跳跃，但是梅景不惜花费如此心力伪造不在场证明，他要隐藏的罪行一定非常严重。"

"所以，梅景并没有勒索她们？也有可能梅景握有她们的把柄，威胁她们，所以才能轻而易举地把她们都叫到酒店来。"

"不好意思，我要撤回前言，梅景根本没有勒索她们。她们非但没有受到胁迫，倒不如说是自己主动前往酒店的。而这正是梅景计划成立的关键。"

"学长，你的假说里自相矛盾的地方也太多了吧。"

"我知道，我刚才搞错了几个地方，现在从头开始整理。我先来解释这几个问题：梅景把那四个人叫到酒店的目的是什么？他的计划具体是怎样的？如果他的计划成功，又会怎样？"

"他的计划不是已经成功了吗？你看他现在都没被逮捕，还能来这里喝酒……啊，不对……"说到一半，我恍然大悟，原来是这么回事啊。梅景的计划并没有成功……至少没有完全成功，所以刚才通话时他才会有那种反应。

学长好像读出了我心里的念头，他笑了笑。"梅景计划杀死一个人，姑且把这个人称为A先生好了。如果这位A先生离奇死亡，嫌疑很可能会落到梅景头上。"

"所以梅景必须准备好不在场证明。"

"他为什么要特意选在一月二日动手呢？新年假期三日连休，很多人会选择和家人团聚，很难腾出时间。起初我认为梅景有不得不选那天的特殊理由，但后来我觉得，可能因为只有那天时机合适吧。梅景动手的时机必须满足两个条件：第一，必须能确定A先生出没的地点。第二，那天四个女人必须都有空。一月二日正巧是这样的日子。"

"你是说，梅景事先做过多次调整，最后选择这一天动手是机缘巧合，对吧？"

"对。再说那四个女人。我也不清楚她们到底是不是'海圣学园'PTA成员，这充其量只是我的想象。不过，可以确定的是，她们与梅景有过频繁的接触，可能平时逮到机会还会给梅景抛个媚眼、调调情之类的。"

"刚才你说过，她们四人都以为梅景只邀请了自己，谁都不知道其他三个人也在同一家酒店。然而，A先生被杀的消息传出后，她们都知道了这件事。"

"一月二日下午六点，梅景先进入九层客房与九女士密会，那时他并没告诉她自己九点就会离开。"

"是啊，如果那时他说自己九点就走，九女士会起疑。好不容易有机会出来约会，三个小时就走人是怎么回事？她肯定以为梅景会陪她一整晚。"

"晚上九点，梅景借口忘记一件要紧的事，对九女士花言巧语一番，与她告别，离开了酒店。"

"九女士不知道梅景办事需要多长时间，但她一心以为那天晚上梅景还会回到她身边。结果，她一直等到天亮，都没见到梅景的人影。"

"十二女士更惨。晚上九点到午夜零点原本是梅景和十二女士约好的密会时间，很有可能梅景还让她提前过来。结果她白白等了一个晚上，梅景压根就没露面。"

"那个时间段，梅景离开酒店，杀死了A先生，之后又回到酒店。"

"接着是七女士，恐怕之前梅景也让她早点儿来酒店，所以她零点之前就来了。而梅景零点之后才到她的房间，他用冠冕堂皇的理由解释了自己迟到的事，并在七女士的房间待到凌晨三点。"

"然后,梅景随便找了个借口离开那里,转移到五女士的房间。咦?不对呀,梅景有必要找四个证人给他做证吗?只需要九女士、十二女士和七女士三个人就足以让他的不在场证明成立了呀。"

"三个人的确够了,但是,这里还存在梅景的一个目的,证人越多,效果越好。"

"什么意思?啊,我懂了。"我忍不住拍手,关键的一块拼图终于完美归位了,"原来如此。是这么回事啊。"

"A先生的尸体被发现了,警方认定是他杀,并怀疑梅景与此有关。被警方问及行踪时,梅景声称一月二日下午六点至一月三日早晨六点他一直待在酒店,有四个女人可以给他做证。"

"梅景伪造不在场证明的计划真可谓一记险招。同一家酒店,同一个晚上,轮流与四个女人密会,这很难不被警方怀疑是他刻意制造的。"

"而梅景正好顺水推舟,告诉警方那四个女人都对他有意思,他觉得一个个约她们出来太麻烦,碰巧那天大家都有空,就一起约出来了,方便省事。他可能还滔滔不绝地自夸,说自己太受欢迎也很伤脑筋之类的。梅景这样说反而能增加他的可信度。而最可能让他陷入困境的应该是十二女士的证词,毕竟梅景事先也没和她统一过口径,但是……"

"但是,梅景非常自信,他相信十二女士为了自己的面子,会告诉警方一月二日晚上九点到午夜零点这段时间,梅景的确和自己待在房间里。"

"是这样的,梅景利用了十二女士的自尊心和针对其他PTA成员的竞争意识,成功制造了自己的不在场证明。不知道警察找那四个女人录口供时具体说了多少细节，但她们早晚会得知那天晚上除自己之外，梅景还约了三个女人到同一家酒店。"

"只有白等了一宿的十二女士没有对警方说实话。四人之中只有她被梅景放了鸽子，这无异于全盘否定了她的价值，她绝不能据实告诉警方，自曝这份屈辱。所以她撒谎了，告诉警察那天晚上的那个时间段梅景与她在一起。"

我想起刚才学长讲的那件事，唯一一个被老师拒绝加入个人辅导的女生由美后来做出种种过激行为。和十二女士一样，她们都是为了保护受伤的自尊，证明自己的价值。

"另外三人的房间他都去了，唯独没来找我，我到底是哪里比不上她们啊。梅景预见到十二女士会对此耿耿于怀，而且其他证人的数量越多，对十二女士的打击就越大，所以她一定会坚持自己的谎言。这就是为什么找三个证人就能成立的不在场证明，找四个证人效果会更好。"

"但十二女士也不傻，她很快就意识到自己被梅景利用了。一般人被掌握了这种把柄，一定会深感不安，为了不让对方推翻证词，可能会采取威逼利诱等各种手段。然而梅景却什么都没做，他坚信十二女士无论如何都会把自尊心放在首位，一定不会改口的。"

"他可真是自信啊。"

"事实上，如果没有发生那起意外的话，梅景的计划就全盘成功了。"

"你说的意外就是十二女士在浴室摔倒受伤的事，对吧？"

"对。十二女士为了自尊心不能说实话，但这不代表她不恨梅景。梅景把她玩弄于股掌之间，她实在咽不下这口气。想报复他很简单，只要推翻自己的证词就可以了。但是，这样一来，其他三个女人就会知道只有她被梅景放了鸽子，这太丢脸了。所以，无论如何都不能对警方说出实情。她绞尽脑汁，苦苦思索有没有不用推翻证词也能报仇的办法。终于，她想出一条妙计。"

"就是利用她摔倒那件事。"

"没错。她找到警察，说她眼眶的伤其实不是摔的，而是梅景打的。"

"这样一来她就不用推翻自己之前的证词，只要做些补充就可以了。比如，她可以说服务员劝她去医院的时候，梅景觉得不好意思，躲在浴室里。"

"警察可能建议她找医生诊断，开一张受害申报，然后再起诉梅景。她照做了。"

"这可能就是今年三月梅景辞职的直接原因。老师打伤学生家长这种事，虽然与杀人没法比，但也是一大丑闻了。"

"不过，梅景应该从一开始就做好辞职的准备了。不在场证明成立，洗脱了杀人嫌疑固然很好，但是和多位学生家长在酒店密会这种事一旦暴露也非同小可，他可能早就写好辞职信交给学校了。辞职、换工作，一切都在他精心构想的计划之中。"

"但是，十二女士起诉他在密会时把她打伤，是他唯一没有算计到的事。"

"如果十二女士摔倒时没有留下伤口，梅景的计划就会完全成功。他早已料到十二女士扭曲的自尊心不允许她翻供，也不会以此为由向他勒索金钱。"

"万一她真的以此勒索他，他只要用不以为意的姿态应对就好了。'只要你能说出真相，想告我就去告啊！'天平两端一边是身为女人的尊严，另一边是金钱，十二女士会选择哪边呢？毫无疑问，她当然会选择女人的尊严。梅景对自己的预测充满信心。"

"然而，他做梦也没想到，十二女士在不翻供的前提下，以暴力伤害的罪名起诉了他。"

"十二女士声称梅景在密会时对她施加暴力，他也很难否认，因为他没法说自己当时并不在酒店里。"

"十二女士认为梅景利用自己制造了完美的不在场证明，那他就应该支付一大笔治疗费和慰问金作为酬劳。十二女士的态度很强硬，梅景可能也感觉到，如果把她逼急了，她说不定会不惜抛弃一切也要翻供。"

"女人的尊严，还是金钱？十二女士原本必须放弃一个，但现在因为脸上的伤，她有可能两者兼得。如今她占据了优势，态度自然也硬气起来。刚才梅景在通话时勃然大怒，大概也是因为十二女士一再提高治疗费和慰问金的金额，让他实在忍无可忍了吧。"

当然，我们不能保证这番假说有几成正确，说不定完全猜错了。

进一步深入想想，如果我们的假说多少与事实相符，那这四个女人有很大可能性是家庭主妇。可是，即便是为了给孩子的老师做证，她们会轻易承认出轨吗？还是说，为了避免这种风险，梅景特意只选择了单亲家庭的母亲？

或许你会指出，确保不在场证明成立根本用不着如此复杂的计划，只要找几个值得信赖的人统一口径不就行了吗？唉，说到底，这只是两个门外汉玩的推理游戏而已，不值得当真。或者我们也可以说，也许梅景是一个老谋深算、沉迷策划布局的人。如果把各种可能性一一罗列出来，那这个故事就结束不了了。

总之，我们的推理到此为止，大概再也不会见到梅景了吧？

可谁能想到，不久之后，我就在报纸上看到这样一则报道：

一位女性保险推销员被杀

在保险公司工作的井手窪绢子女士（四十四岁）死在自己家中。她儿子回家时，发现了母亲的尸体，并马上打电话报警。

井手窪女士的脖子上缠着一条绳子，警方认定她是被人勒死的，现已成立搜查本部侦办此案。目前警方已经找到重要嫌疑人进行审讯，据称该嫌疑人曾任教于井手窪女士之子就读的私立学校。

这……这……不会是那个人吧？怎么可能有这么巧的事？就在我胡思乱想之际，报纸上又刊登了后续报道。

杀害保险推销员的疑犯被警方逮捕

安槻警署逮捕了涉嫌杀害保险公司职员井手窪绢子女士（四十四岁）的疑犯。疑犯名为梅景丈地（三十一岁），在安槻市内经营一家公司。据说他否认了警方的指控。

该疑犯曾经任教于井手窪女士之子就读的私立学校，并与被害人有过一段亲密关系。警方推测两人感情出现矛盾可能是疑犯的杀人动机。

后记 ———

此前一直在学校读书的匠仔（即匠千晓）、高千（即高濑千帆）、小兔（即羽迫由起子），以及漂撇学长（即边见祐辅）终于从安槻大学毕业了。严格说来，漂撇学长比其他三人晚了一年才毕业。

毕业后，匠仔成为自由职业者，高千去东京工作，小兔考上研究生（并闪电结婚），漂撇学长成为女校教师。本书在讲述不同案件的同时，也穿插了他们各自的经历。除了小兔的结婚对象平塚刑警之外，七濑刑警、佐伯刑警似乎也都成了常规角色，但是本书收录的四篇故事统一以匠仔为第一人称讲述，这其中也有重新回归"匠千晓系列"原点的意味。

本书的故事中，有时会涉及某些过去发生的事件，本来我想在文中加入注释，因为有些读者可能第一次认识"匠仔四人组"。后来我又想，不如在这里，将已经出版的"匠千晓系列"所有小说按照作品世界内部的时间顺序，而不是出版顺序，整理一遍，这样更方便读者查询。

① 《她死去的那一晚》幻冬舍文库（二〇〇八）
② 《啤酒之家的冒险》讲谈社文库（二〇〇〇）
③ 《羔羊们的平安夜》幻冬舍文库（二〇〇八）
④ 《苏格兰游戏》同上（二〇〇九）
⑤ 《依存》同上（二〇〇三）
⑥ 《替身》同上（二〇一二）
⑦ 《解体诸因》讲谈社文库（一九九七）

⑧《谜亭论处》祥伝社文库（二〇〇八）
⑨《黑贵妇》幻冬舍文库（二〇〇五）
⑩《怜悯恶魔》幻冬舍（二〇一六 本书）

此处只列出了这些小说目前的出版社及首次出版年份，其他某些版本市面上已经很难买到，就不一一罗列了。

①至⑥都是长篇小说，讲述了"匠仔四人组"学生时代遇到的各个案件。①至④是他们大二时发生的故事，⑤和⑥是他们大三时（只有漂撇学长除外）发生的故事。

⑦至⑨是三本短篇小说集，里面的故事有些是"匠仔四人组"学生时代发生的，有些是他们毕业后发生的，时间设定各不相同。

⑩即本书，也是一本短篇小说集。第一个故事《无间咒缚》发生的时间是一九九三年八月，第二个故事《怜悯恶魔》发生的时间是同年十二月，第三个故事《艺术切割》发生的时间是一九九四年一月，第四个故事《称量死亡》发生的时间是同年八月。

下面，我给初次接触"匠千晓系列"的读者补充几点说明。

高千和匠仔各自的故事请参看④和⑤，他们的故事可以说贯穿了整个系列。读过这两本书你就会明白他们不得不选择远距离恋爱的原因了。

本书的第一个故事《无间咒缚》中平塚刑警提到的分尸案，记录在⑦中的短篇《解体出处》之中。

七濑刑警和佐伯刑警都曾经在③中出场，但那时对他们只是一笔带过。从⑥开始，他们才与匠仔等人深入交往。

第四个故事《称量死亡》中提到一位男老师卷入某个事件，

不得不放弃教职，导致漂撇学长捡了个便宜，成为临时代课老师。那位男老师涉及的事件请参照⑨中的中篇《分裂图像以及避暑地的心血来潮》。

在《称量死亡》中，出现了匠仔关于下个月去东京看高千的内心独白，他们的约定在⑨中的短篇《夜空的彼岸》里实现了。

顺便一提，在《夜空的彼岸》中，已经成为女校教师的漂撇学长和小兔两人喝酒聊天，但是小兔完全没提自己结婚的事。看起来匠仔他们好像依然对漂撇学长不放心。我说，你们倒是赶紧告诉他啊！

不开玩笑了，说回正题。长久以来，我只是毫无计划地写着"匠千晓系列"的故事，从来没有列过清晰的年表，所以不仅是小兔的结婚问题，在很多时间设定不同的短篇故事中也出现过不少相互矛盾的细节，我也很担心本系列的忠实读者会感到混乱。然而，旧书不再版的话，我也没有修订的机会。在接下来出版的新作中，我会尽可能遵循最主要的故事线，但是有些必须大幅修改的矛盾情节也只能放任不管了。不过，若有哪家出版社愿意出版"西泽保彦全集"的话，我拼上性命也会把整个系列重修一遍。不是开玩笑，我是认真的。

不论我怎么说，都像是空洞无力的借口，还请各位读者多多担待，放过那些细微的矛盾，把每个短篇故事当作单独的作品看待。衷心希望大家能在阅读这些故事的时候获得快乐。

二〇一六年九月　于高知市
西泽保彦

"AKUMA WO AWAREMU" by Yasuhiko Nishizawa
Copyright © YASUHIKO NISHIZAWA 2016
All Rights Reserved.
Original Japanese edition published by GENTOSHA Inc.
This Simplified Chinese Language Edition is published by arrangement with
GENTOSHA Inc.
through East West Culture & Media Co., Ltd.
Simplified Chinese edition copyright: 2020 New Star Press Co., Ltd.
All Rights Reserved.
著作版权合同登记号：01-2018-1543

图书在版编目（CIP）数据

怜悯恶魔／（日）西泽保彦著；潘璐译．——北京：新星出版社，2020.6（2022.11重印）
ISBN 978-7-5133-4028-1

Ⅰ.①怜… Ⅱ.①西… ②潘… Ⅲ.①侦探小说-小说集-日本-现代 Ⅳ.①I313.45

中国版本图书馆CIP数据核字（2020）第067645号

怜悯恶魔

[日] 西泽保彦 著；潘璐 译

责任编辑：王　欢
特约编辑：赵笑笑
责任校对：刘　义
责任印制：李珊珊
装帧设计：冷暖儿

出版发行：新星出版社
出 版 人：马汝军
社　　址：北京市西城区车公庄大街丙3号楼　　100044
网　　址：www.newstarpress.com
电　　话：010-88310888
传　　真：010-65270449
法律顾问：北京市岳成律师事务所

读者服务：010-88310811　　service@newstarpress.com
邮购地址：北京市西城区车公庄大街丙3号楼　　100044

印　　刷：北京美图印务有限公司
开　　本：910mm×1230mm　　1/32
印　　张：9.25
字　　数：106千字
版　　次：2020年6月第一版　　2022年11月第二次印刷
书　　号：ISBN 978-7-5133-4028-1
定　　价：48.00元

版权专有，侵权必究。　如有质量问题，请与印刷厂联系调换。